AF387423

Ernst Weiß

Franziska

e-artnow 2018

Jack London
Martin Eden

Franz Werfel
Der Abituriententag

Marie Madeleine
Der rote Champion

Ernst Weiß
Die Feuerprobe

Ernst Weiß
Boëtius von Orlamünde: Der Aristokrat

Walter Scott
Kenilworth: Historischer Roman

Wilhelm Raabe
Der Hungerpastor

Ernst Weiß
Der Gefängnisarzt

Walter Scott
DER ABT

Joseph Roth
Rechts und Links

Ernst Weiß

Franziska

e-artnow, 2018
Kontakt: info@e-artnow.org

ISBN 978-80-273-1472-0

Inhaltsverzeichnis

Erster Teil

1

Eine Mutter starb.

Das ganze Zimmer atmete Sterben. Niemand rührte sich. Die Morgendämmerung lag wie Nebel vor den Fenstern, blickte mit weißen Augen in den Raum. Der Atem der Mutter verstummte. Franziska ging zum Klavier, holte die zwei Kerzen vom Notenpult und stellte sie zu Häupten der alten Frau hin, leise, ganz zart; die Kerzenhalter aus dünnem Glas klirrten hell wie Silber. Dann sank von neuem das Schweigen in das Zimmer und drängte sich wie eine schwere Wolke in ein enges Tal.

Die Krankenpflegerin zündete die Kerzen an. Die Töchter wichen zurück.

Nun zitterte in der schon erstarrten Maske nur noch der zuckende Mund, atmete heftig, leidenschaftlich, in gequälter Hast, dann ward er ruhiger, versank tief in sich. Eine namenlose Stille griff allen an die Kehle.

Die Krankenpflegerin wandte sich ab. Franziska ging zu ihrer Mutter hin, ordnete ihr graues Haar, das feucht war, strich ihr sehr weich, wie einem Kinde, über die Augen hin; die Schwestern standen an der Tür und zitterten. Und das war alles; nur das Kreuz fehlte; es lag zu Füßen der Toten, versteckt in den schweren Falten der Decke. Franziska gab es der Mutter in die Hand; nun beugte sie sich selbst zu dem Bett nieder, sank in die Knie, fühlte den Atem der Schwestern auf ihrem gebeugten Nacken, schloß die Augen und drückte ihre Stirn auf ihrer Mutter Brust, auf eine grauenhaft stille Brust. Das dauerte lange; dann stand sie auf und ihre Schwestern mit ihr.

Die Krankenpflegerin winkte ihnen, und sie gingen in ihr kleines Zimmer. Minna, die Jüngste, wandte sich noch an der Tür zurück, warf sich fassungslos über die bleichen Hände der Toten, riß sie, die sonst so strengen, nun willenlosen, an den Mund, küßte sie, sah sie wie zum erstenmal: armselige, kranke Greisenhände, die in den Furchen und Falten noch den Staub der schweren Arbeit, die Furchen eines mühevollen Lebens trugen wie eine dunkle Schrift auf weißem Grunde.

Dann standen die drei Schwestern einander gegenüber, starrten einander an wie fremde Menschen.

Kein Wort, keine Träne. Etwas Unbegreifliches war da, unwiderruflich war die letzte Nacht.

Lange schon war das Herz der Mutter müde und abgearbeitet; aber in der letzten Nacht erst war es widerwillig geworden, hatte um sich geschlagen, gegen die Brust, immer wieder, weithin, bis in die Spitzen der Finger schlug das Herz. Und dann warf sich eine Faust gegen die Augen: ein rotes Licht stand plötzlich da, hoch und breit wie eine Mauer. Vor sich rote Finsternis, hinter sich rote Finsternis. Wohin waren ihre Kinder verschwunden, wohin das seit Jahrzehnten bewohnte Zimmer, die kleine Stadt vor den Fenstern, die alte Lampe über dem alten Tisch?

Die Mutter hatte das Tischtuch an sich gezogen, sie riß den Mund weit auf, von unbeschreiblicher Angst ergriffen.

Henriette, die Lehrerin, schrak von ihren Schulheften empor, die ihr in die Falten des Kleides flatterten, sie schrie auf, und Franziska erstarrte mitten in der höchst beschwingten Glut ihres Spiels. Zitternd stieß die Mutter etwas Böses zurück mit unsicher verkrampften Händen, dann sank sie zusammen, schwer, und doch ganz sanft.

Schon war Franziska ganz nahe bei ihr, schon hatte sie sich über sie gebeugt, aber die Mutter murmelte verstört, mit fremder, schüchterner Mädchenstimme, sie wandte den Kopf zur Seite: und ihr Auge, unbewegt, in grenzenlosem Dunkel, starrte der Tochter entgegen, starrte und war blind. Die rote Finsternis hatte sich verdüstert, alles war Nacht.

Franziska allein weinte nicht. Sie nahm die Mutter bei der hilflosen Hand, sie führte sie zum Bett. Sie eilte fort, rief den Arzt, der aber erst am nächsten Morgen kommen wollte. –

Die Mutter sah nichts mehr: Nur ein rotes Licht? Sie hatte sicherlich vorher gelesen ... Nein, es war nur eine Augenkrankheit – nein, nicht einmal das, nur eine Schwäche. Hatte es nicht noch Zeit bis zum nächsten Morgen? –

Franziska eilte zurück. Es war alles, wie es der Arzt gesagt hatte. Es hatte Zeit bis zum nächsten Morgen! Das waren nicht mehr als zehn Stunden Sorge, Unruhe, aber der Arzt war ja seiner Sache sicher: die Augen wollten nicht mehr, aber es war keine Gefahr.

Es war doch keine Gefahr? Und doch war das Gesicht der Mutter nicht mehr das von gestern. Die Augen waren geschlossen, die Mutter schlief. Aber in der Tiefe der Augen wohnte vielleicht unrettbares Dunkel. Aber so grauenhaft die Blindheit war, es gab noch Grauenhafteres. Was sollte diese Stille? Was bedeutete dieser starre Schlaf? Was bedeutete es, daß die Atemzüge der Mutter sich unsagbar schwer aus dem tiefsten Grund der Brust losrissen und sich mühselig durch das Halbdunkel schleppten, von einer Stunde zur anderen. Dann aber wurden sie immer leichter, immer schneller – die drei Schwestern atmeten auf –, sie schwebten dahin, wie wenn ein Mensch eilt und fliegt, weite Wege entlang, blühende Berge empor, und seine Augen glänzen, und dann – als stände er nun da, umarmt von plötzlicher, mittagsstrahlender Sonne, leuchtend, beseligt am Ziel, hielte staunend allen Atem an – die Hand an das süßzitternde Herz gepreßt.

Die Schwestern waren zu der Kranken hingestürzt, die sich mit starr abwehrenden Händen aufgerichtet hatte und Überirdisches mit ihren erblindeten Augen zu sehen schien, schon sank sie wieder zurück, wie aus allzu weiter Ferne kam ein weicher Atem zurück in der Mutter Brust; wieder lief eine Seele im Dunkel der Nacht den Lauf hin gegen den Tod.

Gegen drei Uhr morgens eilte Franziska zum zweitenmal um den Arzt; er war aber nicht mehr daheim; die Jahreszeit war rauh, nie hatte es so viel Kranke gegeben wie jetzt: eben verrollte sein Bauerngefährt auf der Straße. Nun lief Franziska zum Geistlichen, der die alte Frau kannte und der ihr schon vor zwei Jahren bei einer plötzlichen Krankheit die letzte Ölung erteilt hatte. Seine Ruhe erfüllte alles mit Milde. Der tiefe Duft des Weihrauchs schläferte ein, die bewußtlose Frau schien zu lächeln, als er ihr die Handflächen und die Fußsohlen mit seinem heiligen Öl salbte. Ihr starrer Blick wurde menschlich im Lichte der geweihten Kerzen. Mit dem Geistlichen kam die Krankenpflegerin; ungerufen und doch erwünscht; denn sie blieb.

Nun war es nicht mehr das grauenvolle Schweigen, erpreßt durch eine wilde Faust, nicht mehr das Schreckliche eines unerbittlichen Wettlaufes, nun wußten auch andere Menschen davon. Alles ging vorüber, nichts geschah zum erstenmal: so wurde es ein Sterben wie alle Tage, das bürgerliche Ende eines bürgerlichen Schicksals.

2

Henriette und Minna weinten: Minna leidenschaftlich wie ein Kind, das mit der ganzen Seele, mit ganzem Herzen weint, Henriette wie ein müder gedrückter Mensch, ein Mensch mit vielen Dienstjahren, mit wenig Hoffnungen, viel Arbeit und ohne Freude.

Franziska stand am Fenster, fühlte ihr Herz stürmend pochen. Sie konnte nicht weinen, in dieser Stunde nicht, nicht in diesem unbarmherzig grauen Tageslicht, Wand an Wand mit ihr, die es vielleicht noch hörte.

Die Krankenpflegerin öffnete leise die Tür. Ihr Lächeln war Mitleid, Verstehen und Trösten wollen. Ihr schwerer Blick drängte jeden Schmerz zurück in seine Alltäglichkeit, in die Beschränkung von vier weißen Wänden, zwischen denen ein einfacher Mensch bescheiden gestorben war. Im Sterbezimmer ragten zwei große Kerzen aus hohen, sandgefüllten Messingmörsern hervor. Die anderen Lichter waren ausgelöscht und standen dünn und unscheinbar am geöffneten Fenster.

Franziska ließ das Notenpult herab, auf dem noch vom letzten Abend her Beethovens Sonate aufgeschlagen war. Der alte Flügel seufzte. Minna hatte ein Büschelchen Himmelsschlüssel, das sie tags zuvor aus dem Wald geholt hatte, der Mutter auf die Bettdecke gelegt.

Franzi sah sie immer noch weinen.

Sie sehnte sich in diesem Augenblick leidenschaftlich nach solchen Tränen, sie hätte lautlos untersinken, auf immer aufgehen mögen in diesem Schmerz: in irgendeinem Schmerz der ganzen Welt; sie sehnte sich danach, eine Sekunde wenigstens nichts von sich zu wissen, eine Sekunde wenigstens der toten Frau zu gehören und sich ihr jetzt, jetzt noch ganz hinzugeben, wenn sie es früher im Leben nie gekonnt hatte.

Die Krankenpflegerin hatte die Schwestern allein gelassen. In der Küche wanderte sie mit ihren schweren Tritten. Sie fühlte sich jetzt hier wie zu Hause: aber die Töchter waren es nicht. Kein lautes Wort; keinen Blick ließen sie fort von dem Mund der Mutter, um den ein strenges, fast böses Lächeln leuchtete.

»Nur fort ... eine Stunde nur!«

»Franziska!« sagte Henriette ernst.

»Kannst du mich nicht verstehen? – Es muß sein. Nachher bleibe ich bei ihr den ganzen Tag, die ganze Nacht.«

»Und ich morgen«, sagte Henriette.

»Und ich ... die letzte Zeit ... den letzten Tag«, sagte Minna in Tränen.

In der Küche war der Tisch gedeckt. Frau Reichner, die Krankenpflegerin, hatte die drei Eßbestecke der Kinder auf den Tisch gelegt. Sie selbst hielt der Mutter altes schwarzes Eßbesteck in den harten, knochigen Händen. Das verschlug den Töchtern den Atem. Aber die Krankenpflegerin lächelte, wenn auch nur ein demütiges untertäniges Lächeln. Nach dem Essen ging sie in das Sterbezimmer zurück, stellte die Stühle und den Tisch an die Wand und ließ sich der Toten bestes Kleid aus dem Schrank herausgeben. Nun lag es da, schimmernd im Glanz stiefmütterchenblauer, etwas verblaßter, sehr weicher Seide, und ließ das lebendige Mittagslicht über altmodische Volants, kleine Glasperlen und über verdrückte Schleifen hinwegflimmern; als die Reichner es mit harten, gierigen Fingern angriff, zitterte das alte Gewand.

»Keinen Menschen mehr lieben«, dachte Franziska, »damit mir keiner sterben kann.« –

Die Heide vor der kleinen Stadt war noch grau und steinig, voll von Gestrüpp und toten Zweigen, die mit ihren dünnen Armen den letzten Schnee umklammert hielten.

Nach und nach kamen die Schwestern zur Höhe empor; ein leichter Nebel stieg aus der Heide, schlich ihnen nach, legte seine graue Hand über die steinigen Wege, über die fernen Hänge, und alles Harte wurde weich und mild.

»Was soll nun werden?« fragte Franzi.

»Sprich heute nicht davon«, sagte Minna.

»Warum? Ist heute ein Feiertag?«

»Franzi! Denkst du nur an dich? Kaum daß unsere Mutter kalt ist...«

»Ach, Worte. Wenn Mutter noch …da wäre, auch sie hätte sicherlich von nichts anderem gesprochen: – können wir drei beisammenbleiben, oder können wir es nicht?«

»Kannst du noch fragen? Du weißt doch alles – oder weißt du es nicht? Wenn du schon herzlos genug bist, an einem solchen Tage davon zu reden, dann mußt du ganz offen reden – und ich werde dir ganz offen antworten: So wie jetzt kannst du nicht weiterleben. Ich will arbeiten, mehr noch als vorher, ich bin schon jetzt von früh morgens bis spät abends in der Schule; ich will 42 Stunden wöchentlich halten. Und du, Minna, du hast schon jetzt keinen freien Augenblick gehabt, du hast ja alles im Haus geschafft, hast der Mutter jede Mühe erspart und alles ohne Entgelt, alles umsonst …«

»Nicht davon reden, Henriette«, sagte Minna.

»Aber es geht ja doch um dich, liebe Minna«, sagte Henriette. »Wir sollten von jetzt an nur ein einzelnes Zimmer mit einer kleinen Küche mieten. Und wenn alles noch so geräumig ist, für das Klavier ist schwerlich Platz. Sieh, Minna, dort, wo dein Bett steht, von dort muß Franzis Klavier fort.«

»Mein Klavier muß also fort?«

»Das sag' ich dir nicht aus Bosheit, Franzi. Du selbst hast damit angefangen. Ich hätte heute nicht den alten Jammer aufgerührt. Es ist schon jetzt nicht mehr recht angegangen. Ich verdiene ein wenig Geld: 700 elende Gulden, und auch das nur, wenn ich endlich definitiv werde. Einmal wird es ja sein. Vielleicht sogar bald. Was ist das aber für drei Menschen? Sag' doch selbst! Wir können uns winden und schmiegen und klein machen, es geht und geht halt doch nicht zusammen. Ich bin müde. Wenn ich nachmittags heimkomme, möchte ich ein bißchen pausieren. Aber du bist immer am Klavier. Nein …ich denk' es mir, kann es mir nicht anders denken: die eine verdient das tägliche Brot, die andere steht am Herd. Aber die dritte…«

»Ja, die dritte«, sagte Franzi mit bösem Lächeln.

»Du brauchst nichts zu sagen. Ich weiß alles. Ich will nicht von deinen sauren Groschen zehren. Nicht einmal einen Tag. Das ist der Grund, weshalb ich habe heute mit dir sprechen wollen …«

»Ach, sprechen«, sagte Henriette, »was sollen denn alle Worte? Ich habe dir das tausendmal gesagt. Wenn schon die Mutter sich nicht traute, dir das zu sagen, wenigstens *ein* Mensch muß doch offen mit dir sein. Sieh doch, wo führt das hin? Was nützt dir alle Arbeit? Hättest du doch auch am Pädagogium studiert! Wie anders könnten wir jetzt an unsere Zukunft denken.«

»Sieh doch«, sagte Franzi, »es muß ja nicht sein. Auch ohne Pädagogium werde ich mir mein Brot verdienen, wenn auch nicht hier.«

»Nein, Franzi«, sagte Minna, »wir bleiben auf jeden Fall beisammen; unsere Mutter hätte es sicher so gewollt.«

»Nein«, sagte Henriette, »eine ist zuviel.«

»Das weiß ich. Ich habe mich nicht auf eure Kosten sattessen wollen. Henriettes 700 Gulden sind mir heilig. Was soll ich nun tun? Was wird aus meinem Klavier? Aber ihr könnt ja das Klavier in Stücke schlagen lassen und den Winter über damit Feuer zünden. Und mich kann vielleicht jemand als Ladenmädchen brauchen. Nur über Tag. Abends komm ich heim – und irgendein warmes Winkerl unterm Herd werdet ihr doch für mich haben?«

»Ach, Franzi«, sagte Minna, »was denkst du dir denn? Wir werden dich doch nicht im Winkel schlafen lassen.«

»Es gibt doch nur Brot für zwei«, sagte Henriette.

»Gut, dann will ich euch etwas sagen«, sprach Minna, »ich will fort, ich geh nach Prag, ich geh zu anständigen Leuten in Dienst. Die kleinen Kinder mögen mich leiden. Ich…« »Nein«, sagte Henriette, »das kann ich nicht zugeben. Du …ein Dienstmädchen! Nein, das kann nicht sein!«

»Aber es ist ja nicht hier. Kein Mensch weiß davon. Ich mache euch keine Schande …«

»Es ist nicht darum. Aber kann das wirklich dein Ernst sein?« »Was wäre ich bei euch anderes gewesen als euer Dienstmädchen? Die Henriette ist in der Schule, du spielst Klavier, was bleibt mir?«

Sie lächelte. »Macht euch doch nur keine Sorgen um mich. Ich werde nicht schlechter, als ich bin...«

Die Waldeshöhe war erreicht. Die Heide tief unten schimmerte wie ein graues Stück Seide inmitten der hohen, grünen Wälder. Die Erde duftete nach Frühling, die ganze graue Februarwelt atmete Frühling; und ein leiser Regen fiel. Er streichelte die langen, halbergrauten Nadeln der Kiefern, die plötzlich tiefgrün wurden und leuchteten. Franziska gab Minna die Hand. Sie schwiegen. Dann gingen sie zurück in die kleine Stadt, in das alte Haus im Schatten der Kirche, in dem die Mutter lag. Als sie vor dem Hause standen, sahen sie die zwei großen Totenkerzen aus dem Fenster in den Vorfrühling hinaus schimmern.

»Schreib mir, bis du dort bist«, sagte Franziska leise, »dann ... komm ich zu dir.«

»Ach geh«, sagte Minna, »ich tu's ja nicht euretwegen, deinetwegen tue ich's ja nicht.«

Sie begann zu weinen, als sie die hölzerne Treppe hinaufstieg; niemand wußte, ob deshalb, weil ihre Mutter gestorben war oder weil aus einer Bürgerstochter ein Dienstmädchen werden sollte – auch sie selbst wußte es nicht.

Als Franziska ihre Schwester zum Bahnhof begleitete, fühlte sie mit Staunen, daß sie sich auf die Minute freute, da sie ganz allein zwischen ihren vier Wänden sein würde; sie freute sich auf die erste Nacht allein in ihrem Zimmer, es schien ihr, als würde dann die Welt weiter, als schliefe sie dann in einem entfernten Land, unter Zeltwänden oder unter freiem Himmel.

Aber Minna weinte, und ihre Hände zitterten beim Abschied. Der Zug kam: Franziska küßte Minna auf den Mund; Minnas Arm lag so schwer, so verlangend, so fassungslos zärtlich um ihren Hals, daß sie fürchtete, sie würde niemals mehr frei. Aber es war nur ein Augenblick: dann kreischten die Räder, der Zug ging. Minna winkte aus dem Abteil mit einem weißen Tuch, und ihr von Tränen verschwollenes Gesicht schien aus der Ferne zu lächeln.

Franziska hatte eigentlich nur einen einzigen, ihren Vater, geliebt: als Kind, als erwachender Mensch und dann in der Erinnerung, und sie vermochte es nie zu fassen, daß sie ein Mensch, den sie liebte, verlassen konnte.

In zwei schlaflosen Nächten, den ersten schlaflosen Nächten ihres jungen Lebens, in denen sie ihn mit gewaltsamen Tränen wieder ins Dasein, Nebenihrsein, in den blühenden Tag zurückwünschte, war ihr mit ihm die ganze belebte Welt gestorben.

Das einzige, was noch lebte, war die Musik. Nichts sprach zu ihr als das alte Klavier, nie gab sie ihre Seele preis, als wenn sie sich allein im dunklen Zimmer von den Tönen berauschen ließ. Die ersten Lektionen hatte ihr der Vater erteilt; als er starb, stand sie vereinsamt da. Sie hatte von ihm die Fähigkeit der Improvisation geerbt, konnte stundenlang frei über ein Bild, über eine Erinnerung phantasieren. Die Gedanken kamen ihr von selbst; oft schloß sie die Augen oder sah auf die Kirche hin, deren Fenster ganz fein vergittert waren, um den Spatzen und Tauben das Nisten zu erschweren. Sie spielte lange ganz ohne Gedanken. Sie glaubte, jeder könnte so spielen, wenn er wollte. Das machte ihr Glück, ein etwas haltloses Glück, aber doch eins.

Als sie fünfzehn Jahre alt war, starb plötzlich ein Herr von Kornhen, ein verarmter Aristokrat, der Vertreter einer Versicherungsgesellschaft gewesen war.

Franziska ging an der Kirche vorbei, in der die Leiche aufgebahrt war; der Tod des Herrn war zwar etwas geheimnisvoll vor sich gegangen, man sprach von Selbstmord, aber der Geistliche, der mit ihm gut befreundet gewesen war, deckte die kirchliche Bestattung mit seinem eigenen Gewissen.

Franziskas Kleid streifte das Portal der Kirche. Totenstille herrschte in dem hohen Haus, und Franziska dachte, der Tote läge ausgestreckt da, im offenen Sarg, um den Hals die Schlinge des Seiles oder an der Stirn die Spuren der mörderischen Kugel.

Die Mutter hatte ihr verboten, der Totenmesse beizuwohnen; aber Franziska konnte nicht widerstehen. Das Grauenhafte lockte sie.

Grünes Dunkel lag über dem Schiff der Kirche; graue Weihrauchwolken wogten, dufteten schwer. An dem geschlossenen Sarge kniete der Sohn des Verstorbenen, ein blondlockiger, schlanker Mensch, und das Zittern seiner kleinen weißen Hände über dem dunklen Holz war rührender als Weinen. Von der Empore senkte sich süßer Orgelklang herab, kleine Glöckchen klingelten. Das Gezwitscher aufflatternder Vögel war hell wie kühler Wind.

Franziska schauerte. Sie ging langsam zurück, das Gesicht stets dem Altar zugewandt, an dem fahle Kerzen brannten. Mit einem letzten Blick sah sie, wie der alte Priester den jungen Menschen sanft zu sich emporzog. Sie träumte von diesem edlen, blassen Knabengesicht. Ihre Nächte und ihr Spiel am Klavier waren lange davon erfüllt. Er hieß Erwin. Im nächsten Jahr kam eine fremde Künstlerin in die kleine nordböhmische Stadt und gab im Tanzsaale des einzigen Gasthofes ein Konzert. Franziska war bedrückt, als sie die ersten Töne der Geige hörte; nach dem ersten Satz der ersten Sonate aber war sie tief ergriffen, zitterte vor Aufregung und war so blaß, daß die Mutter sie mit harten Händen zwang, heimzugehen. Das vergaß Franziska ihrer Mutter nie.

Von diesem Tage an begriff sie, daß ihr die elementare Kraft zum Schaffen fehle, daß sie nie über den Augenblick und sein Leid und seine Freude hinüberfliegen könne und daß das halbfreie Phantasieren der sichere Untergang ihrer Kunst war.

Sie zwang sich, drei Wochen lang keine Taste zu berühren, dann begann sie in einem Alter, da die anderen schon Mittelmäßiges leisteten, wieder mit den allerersten Anfängen des systematischen Klavierspiels.

Die kränkliche Mutter hatte aushilfsweise für die gröbsten Arbeiten der Hauswirtschaft ein junges Bauernmädchen aufgenommen. Franziska brachte sie dazu, das Mädchen zu entlassen, ihr selbst die Arbeiten zu übertragen und ihr dafür das Entgelt zu bezahlen.

Junge Menschen haben eine rücksichtslose Energie. Franziska kannte das Leben nicht; kannte nicht die Kunst: sie glaubte beide mit bloßen Händen überwinden zu können. Für das erarbeitete Geld nahm sie Klavierunterricht bei einem alten Organisten, der früher einmal Orgelvirtuose in Leipzig gewesen war: aber Torvenius war der Musik ebenso ergeben wie dem Trunk, und so waren ihm bei einem Gasthausstreit mit einem Bierglasscherben die Beugesehnen der linken Hand zerschnitten worden. Nun, nach der erzwungenen Rückkehr in die Heimat, wollte er sich am Leben rächen, das ihm unrecht getan hatte, und diese Rache bestand darin, daß er sich fast täglich bis zur Sinnlosigkeit berauschte und einen kleinen Hund namens Orla blutig schlug; und doch war das in seinem Schmutz halbverkommene Tier das einzige Wesen, das er liebte und dem er seine Zärtlichkeit durch plumpe Liebkosungen bewies.

Er beneidete, haßte und verachtete Franziska; nur die bitterste, atembeklemmendste Not konnte ihn zwingen, ihr weiterzuhelfen. Er dachte sie damit zu quälen, daß er sie vor die schwersten Aufgaben stellte; aber ein Mensch wie Franziska kannte keine Müdigkeit. Wenn sie bis spät in die Nacht in der feuchten Waschküche die Wäsche gewaschen oder Körbe mit Kohlen und Holz die Treppen aus dem Keller heraufgeschleppt hatte, fand sie immer noch Zeit, zu üben und theoretische Bücher und Partituren zu lesen. Alles erschien ihr leicht im Vergleich zu den drei Wochen, in denen sie sich das freie Phantasieren abgewöhnt hatte. Denn das waren ihre einzigen ganz hellen, freudebestrahlten Stunden gewesen. Das war ja herrlich über alles: spielen, woran man dachte, wirklich spielen, die Schönheiten der gegenwärtigen Erde und des halbverträumten Erinnerns wie bunte Bälle durch die Abendstille werfen, mit feinen Fingern sich das Süßeste auf den Tasten zusammensuchen und plötzlich doch erschauern vor einer ganz neuen, unbegreiflich wundervollen Harmonie, die im nächsten Augenblick windverweht ins Niedagewesene entschwand, über das gesenkte Pult des Klaviers schritten in der Abenddämmerung die biblischen Gestalten, von denen der Vater ihr erzählt hatte: der verlorene Sohn, der zögernd an die hölzerne Tür klopfte und von liebenden Akkorden empfangen wurde, oder Ruth, die glückselig in der sinkenden Herbstsonne über die rauhen Stoppelfelder ging, oder die Muttergottes, die stets die Arme ins Leere ausstreckte und unsichtbare Tränen in den Augen hatte, die Frau Lots, die, zur Salzsäule verwandelt, in der Wüste auf einer Sanddüne dastand und im Regen kleiner und kleiner wurde. Wie sich einst Musik und biblische Kleinkindererinnerung vereinigt hatten, das verstand sie später nach diesen hungrigen drei Wochen nicht mehr.

Auch die Gestalt des Vaters und die Erinnerung an den blonden Knaben in der schwarzverhangenen Kirche wurde gleich der der Frau Lots immer durchsichtiger: Franziska, die Siebzehnjährige, fühlte schon weit hinter sich eine erste Jugend, ein für immer verlassenes, längst ins Unrettbare versunkenes Reich.

Und doch war es auch jetzt noch an manchen Tagen herrlich zu leben. Denn alles, was sie erlebte, jeder Augenblick, der seine Flügel vorüberschimmern ließ, gehörte ihr allein, jeder Schritt, den sie tat, zog in unnennbare Fernen, weit war der erste Saum des dunklen Waldes, weit waren die in der Frühlingsdämmerung zitternd erwachten Lichter der kleinen Stadt im Tal, alles fiel ihr mitten in die rauhen, abgearbeiteten Hände; wenn sie eine Fuge von Bach, ein Scherzo von Haydn, eine Sonate von Beethoven spielte, so war es immer, als hörte sie es zum erstenmal, als gehöre ihr nun diese Musik allein; und ging sie unter dem ferngestirnten Firmament unter nachtbehangenen Bäumen, so fühlte sie das Unentrinnbare der Stunde süß, nahm es auf in tiefster Seele, weil sie wußte, niemals kehrt es wieder.

Menschen, die so stark an sich selbst hängen, die sich keinem zweiten Menschen geben wollen, die geben sich der Natur, der Unendlichkeit des Unbeseelten hin. Sie versinken darin, berauschen sich an der Stille, am Nebel, am Waldesduft. Wenn jetzt, hart neben dem Weg, ein Eisenbahnzug aus den ernsten Wäldern hervordonnerte, stampfend wie auf Gigantenfüßen, leuchtend in tausend goldenen Funken, die aus dem dunklen kegelförmigen Schlot der Maschine hervorströmten wie ein Zug Bienen aus sonnengebräuntem Korb am Gartenrand, wenn plötzlich die Flamme aus dem Kamin hervorschlug und sich in dichtem, rotem Rauch hoch über die windgebeugten Baumwipfel emporbäumte, da jubelte Franziskas jungfräuliches, starkes Herz dieser unüberwindlich schreitenden Kraft entgegen: denn sie fühlte, daß sie lebte.

Als der schwere Zug in die Ferne gerollt war, war sie plötzlich müde, es rief sie das Zimmer daheim, das Sterbezimmer ihrer Mutter, das nun ihr gehören sollte, und Mutters Bett, in dem sie diese Nacht und alle anderen kommenden schlafen mußte.

Henriette war noch nicht daheim. Aber in der Ofenröhre war noch etwas Essen aufbewahrt. Dachte Minna nicht an alles? Und woran dachte sie jetzt?

Franziska mochte nichts essen; ihr war, als könne sie vom Schlaf allein satt werden; sie zog den Schlaf ein wie einen berauschenden Duft, und als sie wußte, daß sie schlief, sehnte sie sich nach einem Traum, und fühlte sofort die müden Augen angekettet an eine Erscheinung. Als erste stand ihre Mutter vor ihr, einen schwarzen Strumpf um den Hals und lächelte ihr ernst zu. Aber sie stand gar nicht da, sondern schleppte sich am Boden hin; schon zog sie die Tochter mit sich und griff heftig nach ihr, wenn Franzi müde zurückbleiben wollte. Und wie sie so dahinging, scharrte sie unaufhörlich in der Erde, das Ende des Strumpfes, der auf der Erde nachschleifte, war eigentlich aus Eisen und grub eine tiefe Rinne in den Boden, in den Händen hatte die Mutter ihr Eßbesteck aus schwarzem Bein und den dünnen silbernen Löffel, und diese Gegenstände wollte sie nun in der Erde verscharren. »Ihr braucht sie ja gar nicht mehr«, sagte ihre Stimme, »Minna ist fort, ihr andern verdient sie nicht.« Plötzlich zeigte sie mit furchtsam bösem Blick nach rückwärts: da ging auch der Vater, bleich, mit einem tiefen Schirm über die Augen, und wollte die schwarzglänzende Okarina, auf der er immer gespielt hatte, in seiner Brusttasche verstecken; sie war drei Monate nach seinem Tod plötzlich zerbrochen, obwohl sie längst ruhig im Glaskasten auf grünem Samtpolster lag. Dann kamen noch viele Gestalten, auch lebende, die bloß aus der Stadt verschwunden waren; und ein kleiner Knabe, den sie aus den Kinderjahren kannte, hielt eine abgelaufene Zwirnspule in der Hand. Um alle Gestalten war Halbdunkel, und ihre Schritte klangen wie murmelnde Stimmen.

Plötzlich stieg eine lohende Flamme vorn empor. Alle Gesichter wandten sich nach oben, alle waren entzückt, Staunen und Jubel lag in jedem Auge. Ringsum war Wüste, einsame Palmen streiften mit tief herabhängenden Blättern den nachtfeuchten Sand, eine leise, wundervoll fließende Melodie rauschte hinter einer Sanddüne wie ein Quell, und jetzt sah Franziska sich allein im halbdunklen Zimmer sitzen; ernüchtert glaubte sie sich in die Wirklichkeit zurückgeworfen. Aber die Musik dauerte fort. Sie hörte sich selbst auf dem Klavier phantasieren, fühlte, wie sie immer neue Töne, immer neue Harmonien mit den ausgebreiteten Armen empfing. Auch das alte Klavier ging schwerfällig auf seinen drei Beinen dahin, strebte der lodernden Feuersäule entgegen wie alle die anderen; die Mutter aber stand am nächsten, fast in der Mitte der singenden Glut, ihr blasses Gesicht war selig zurückgebeugt, und all die feinen Runzeln und Falten ihrer Züge erglänzten in Goldfäden. Da fühlte Franzi plötzlich alles langsam weit, weithin versinken, alles entschwinden: sie erwachte. An der Tür stand Henriette und leuchtete in das Zimmer hinein.

5

Solche Traumesnächte glitten wie Wolken über Franziskas Leben hin, aber sie spiegelten sich nicht in ihrem Leben; denn wann hätten sich Sonne und Sterne in einer geschotterten Landstraße gespiegelt? Eine Stimme in ihr sagte »Vorwärts!« ganz gleich, wohin. Von einer Stufe der Kunst zur anderen, von einem mühsam ersparten Pfennig zum anderen. Jede Ruhestunde, in die sie schonungslose Arbeit zwängte, schien ihr Gewinn, jede Schwierigkeit, die sie überwand, positives Glück, Reichtum jeder Tag.

Das erste, das letzte, der Tod blieb unfaßbar.

Sie sprach es nicht aus, sie fühlte es: ich bin keine von denen, die sterben können; eines Tages werde ich vielleicht zu ihnen gehören, aber dann werde ich der Franziska von heute zuwinken, vom anderen Ufer her, ein anderer Mensch wird zurückbleiben, mit einem anderen wird ein neues Dasein beginnen und enden.

Eines Tages wartete sie im strömenden Regen auf Torvenius, ihren Klavierlehrer. Sie stand in der Tür seines kleinen Häuschens, sah hinaus auf den Rasen in den winzigen Vorgarten, der in der frühlingsschweren Luft zu wachsen schien. Endlich kam Torvenius; er trug einen Koffer in der Hand. Seine Augen glänzten sonderbar, und seine Hand zitterte, als sie den Schlüssel ins Schloß des Koffers steckte.

Aber Franzi dachte nie über Menschen nach; sie spielte; Torvenius schwieg und sah ihr zu. Die Sonate war zu Ende; Franzi wandte sich zu ihm und wartete auf sein Urteil. Er stand auf, öffnete den Koffer und zog den Leichnam seines Hundes heraus.

»Alles stirbt«, dachte Franzi. Gestern war der Hund noch umhergelaufen und hatte mit einem abgenagten Knochen am Pedal des Klaviers geschabt. Nun schien ihr das Tier von heute ein anderes zu sein, ein Doppelgänger des lebendigen. Aber es graute ihr vor beiden.

»Was ist das jetzt? Nun werden die Leute sagen, ich hätte den Orla zu Tode geprügelt«, sagte Torvenius, »aber ich habe ihn ja nie angerührt. Die Bestie heulte, wenn ich zur Tür hereinkam. Das Aas heulte eben zum Vergnügen. Papageien werden 150 Jahre alt, aber Hunde müssen genau so sterben wie Menschen. Was sagt Orla?« Er beugte sich über das entkräftete, offenbar an Altersschwäche verendete Tier und nahm ihm ein weißes Handtuch ab, das er ihm um den Hals geschlungen hatte.

Warum er den Hund in seinem Koffer herumgeschleppt hatte, erfuhr niemand. Vielleicht hatte er ihn irgendwo verscharren wollen.

Torvenius verschwand am nächsten Tage auf einige Wochen. Franzi übernahm die Klavierstunden, die er bis dahin erteilt hatte. Plötzlich erschien er wieder in der Stadt. Er betrank sich nicht mehr, aber gerade jetzt wichen ihm sonderbarerweise die Leute aus und zeigten ihm offen, daß sie ihn verabscheuten. Endlich nahm ihn der Besitzer eines Kinematographentheaters als Klavierspieler auf. Atemlos gebannt hingen die Leute an der leuchtenden Fläche, keiner hörte auf das Spiel, keiner merkte, daß dem Klavierspieler die Sehnen der rechten Hand den Dienst versagten. Franzi traf ihn manchmal auf der Straße. Nun grüßte er demütig, lief ihr sogar nach und wollte mit ihr reden; aber Franzi fühlte, daß sie ihn haßte. Ihr graute vor ihm wie vor seinen zwei Hunden. Das war so deutlich auf ihrem Gesicht zu lesen, daß er sich ohne Worte wieder davonmachte. Am nächsten Abend sah ihn Franzi im Kinematographen; eine tropische Landschaft, windbewegte Bäume, dunkle Kähne, hellglitzerndes Wasser und rauschende Ruder – alles zog vorüber. Torvenius saß an seinem Klavier, den Kopf zurückgelehnt, die Augen halb geschlossen. Um sein gequältes Gesicht zitterte der Widerschein des wandelnden Lichtes. Und in diesem Augenblick erschien ihr sein Gesicht schön, von einer inneren Flamme erhellt. Aber das war nur ein Augenblick.

Diese Stunde im Kinematographen, Sonnabendabend von sieben bis neun Uhr, diese Stunde war ihr Sonntag. Denn sie hielt die Sonntage nicht mehr. Und seitdem sie nicht mehr in die Kirche ging, glaubte sie auch nicht mehr an Gott.

Es waren harte Tage, bis an den Rand gefüllt mit Arbeit: und an manchem Sonnabend fühlte sich Franzi müde zum Sterben. Der Kopf dröhnte; die Finger krampften sich zusammen, und es knirschte in den Gelenken. Sie fühlte Schmerzen von den Fingerspitzen bis zu den Schultern. Das schwerste war, daß sie dann an sich zu zweifeln begann. Dieser Zweifel schmerzte mehr als die Gelenke. Und doch überwand sie sich, blieb stark. Denn sonst hätte sie dieses Leben nicht jahrelang ertragen. Sie konnte unbarmherzig streng gegen sich sein; sie mußte es sein. Wenn sie ein Stück auswendig spielte und plötzlich ihr Gedächtnis auch nur eine Sekunde lang zögerte, dann wartete sie nicht, bis es wirklich versagte, sondern sie verurteilte sich dazu, das ganze Stück abzuschreiben, von den donnernden Akkorden des Beginns bis zu den feinen Arabesken des Finales, die so wesenlos schienen und doch so unbeschreiblich mühsam waren. Sie saß lange Nächte hindurch aufrecht im Bett, ein altes Zeichenbrett von Vaters Zeiten her auf den Knien, und schrieb, bis ihr die Feder aus den Fingern sank. Aber wenn sie morgens erwachte und die Knie kaum bewegen konnte – denn diese waren von dem schweren Zeichenbrett fast gelähmt –, da fühlte sie sich jung, fühlte sich endlich, endlich glücklich, vom Leben als einzige unter Tausenden auserwählt, sie fühlte den Hauch einer großen Zukunft sich entgegenwehen: da erhob sie sich über ihre Geschwister, über den alten Torvenius, über all die matten Menschen der kleinen, grau- und braunfarbenen Stadt und über sich selbst; über die unvollkommene Franziska von gestern abend, die beim 58. Takt der *Fis*-Moll-Sonate von Schumann versagt hatte. Sie erwartete Übermenschliches von sich, Grenzenloses vom Leben. Das gab ihrem Auge den Glanz der Überwältigten, ihrer zarten, feingliedrigen Figur die Kraft, ihren herben Zügen die Schönheit; das adelte sie. Aber es machte sie auch leer, herzlos, kalt bis zur Härte, empfindlich bis in die letzten Fingerspitzen und, wie alle Hochmütigen, im tiefsten Innern wehrlos wie ein Kind.

6

Im Februar des nächsten Jahres reiste Franziska nach Prag. Leonore Constanza sollte ein Konzert geben.

Die Fahrt dauerte lange; mutlos, unterirdisch klang das dumpfe Dröhnen des Zuges. Nebel lag über den winterlich tiefgerunzelten leeren Feldern, Nebel lag auch als feuchter Glanz auf den Straßen Prags, Nebel hing als zarte Hülle um die Bogenlampen, die sich über den breiten Straßen wiegten, an kaum sichtbaren Fäden gehalten. Nebel stand schüchtern vor den Schaufenstern der Geschäftsläden und wartete, Nebel schritt die ganze grandiose Weite des Wenzelplatzes empor, bis zur Höhe, wo ein gewaltiges ehernes Reiterstandbild drohend einen säulengetragenen Palast bewacht, erfüllt von wuchtender Kraft, heldenhaft und doch sanft wie ein Fürst vor einer Zauberburg in Tausendundeiner Nacht.

Ganz dürftig aber war das alte Haus, in dem die Schwester wohnte. Die dunkle Stiege war gekrümmt wie ein buckliger Rücken, die Stufen schadhaft wie eines greisenhaften Menschen Zähne. Hier war Minna vor einem Jahr bei einem pensionierten General in Dienst getreten. Franziska klingelte; eine alte Frau steckte ihr alabasterweißes Köpfchen heraus und hielt ihr das pergamentene Ohr hin.

»Ich möchte Fräulein Minna sprechen«, sagte Franzi.

»Die Minna?« gab die schwerhörige Frau zurück und lachte. Sie sprach das Wort aus, als hätte sie es nie gehört, winkte dann mit flatternder Hand, schloß die Tür und legte den Riegel vor.

Franzi wartete. Unten klingelte die elektrische Straßenbahn, Menschenschritte gingen am Hause vorüber, man hörte Worte in einer fremden Sprache. Sie fühlte sich müde zum Umsinken, müde, wie sie es seit den Kinderjahren nicht gewesen war. Da wurde an der Tür gerüttelt, der Flügel wurde aufgerissen, die Kette klirrte. Tiefatmend fiel ihr die Schwester um den Hals und preßte sie schmerzhaft innig an sich. –

»Ich wußte sogleich, daß du es bist«, sagte Minna. »Du hast doch nicht lange gewartet? Wie lange bleibst du bei uns? Ich lasse dich nicht mehr fort. Jetzt habe ich Dienst, aber abends fährt die Herrschaft aus, und dann...«

»Die Herrschaft? Was sind das für Worte?« fragte Franzi.

»Ich habe es nicht so gemeint«, sagte Minna; und wie zur Entschuldigung: »Du darfst nicht böse sein, du weißt doch. – Erinnerst du dich nicht mehr? Ich war krank.«

»Du Arme«, sagte Franzi, »was hat dir denn gefehlt?«

»Typhus! Aber du mußt mich nicht bemitleiden. Im Anfang hatte ich ja solche Angst vor dem Krankenhaus, aber im Grunde war es doch schön. Glaubst es? Denk nur, die ehrwürdigen Schwestern wollten mich gar nicht fortlassen. Als ich dann gesund wurde, gab es soviel zu essen. Sie haben mich wirklich verwöhnt, gaben mir Cheaudeau zu trinken, und ich konnte den ganzen Tag daliegen und durfte nichts arbeiten ...Und das Haar wuchs mir wieder. Aber im Anfang, da hatte ich einen kahlen Kopf wie unsere gnädige Frau.«

»Hast du jetzt Zeit?« fragte Franzi.

»Jetzt? Nein, ich denke, es geht nicht. Hör' nur zu, der General schläft, ach, er schläft fast den ganzen Tag, er schläft und ißt und ißt – und dann schläft er wieder ein, er ist ja uralt –, und wenn er dann aufwacht, muß alles fix und fertig sein, und ich muß doch noch die Teller waschen und den Tisch decken, muß Ordnung machen in allen sechs Zimmern ...und für den Abend Feuer zünden ...Sieh nur«, sie wies auf ihre Hände, die vom Küchenfeuer und der Lauge des Abwaschwassers gerötet waren; manchmal schämte sie sich ihrer, denn früher waren sie ihr Stolz gewesen. In der ersten Zeit hatte sie die Hände vor dem Schlafengehen mit Glyzerin eingerieben und Handschuhe angezogen. Später fügte sie sich in alles.

»Du bleibst doch die Nacht über bei uns?« fragte sie, »bleibst bei mir? Bitte!«

»Nein«, sagte Franzi, »bitte mich nicht! Ich muß unbedingt nachts wieder heim, Henriette erwartet mich an der Bahn.«

»Und abends?« fragte Minna mit einem schüchternen Lächeln.

»Abends will ich ins Konzert.«

Minna schwieg, dann sagte sie sanft:

»Kommst dann auf eine Stunde, gelt? Um sechs Uhr? Vor sieben Uhr fängt die Musik ja doch nicht an. Ja? Und weißt, du kommst gleich hinauf in mein Zimmer, hier oben ist es, im dritten Stock, links, beim Dachboden. Und jetzt adieu, leb! wohl, Franzerl, auf Wiedersehen!« –

Franziska stand wieder auf der Straße. Eine schwere Glocke tönte. Der Regen fiel. Alles war wundervoll und märchenhaft, der dunkle Reiter aus Bronze, König Wenzel von Böhmen, der erobernd über die verstummte Stadt hinblickte, die tschechischen Menschen, die an ihr vorübergingen, deren seltsame Sprache sie hörte und von denen sie wußte, sie kamen nie und nirgend wieder.

Aus Kindertagen erinnerte sie sich einer altertümlichen Brücke, von der ihr Vater an Winterabenden erzählt hatte: goldene Statuen von böhmischen Heiligen standen blankgeküßt auf der steinernen Balustrade, nahe bei einer uralten Mühle in der Mitte des Flusses stieg eine kleine Insel aus dem silberhellen Wasser, die Kronen rauschender Bäume ragten bis zur Brücke empor, reichten hinüber über die graue Balustrade und umhüllten die goldenen Märtyrer mit grünem Schatten an heißen Tagen im Sommer.

Diese Wunderbrücke wollte sie sehen. Als sie den sanft geneigten Wenzelplatz langsam hinabging, seit unendlich langer Zeit zum erstenmal wieder von Träumen umfangen, dachte sie, jeder Weg müßte sie hinführen. Je länger der Weg dauerte, desto schneller ging sie. Sie ging durch sehr stark belebte, flackernd erhellte Straßen, ging dunkle, niedere rauchige Viadukte hindurch, über denen schwere, eisengraue Lastzüge hinwegdonnerten und die innen ganz ausgekleidet waren von den grellen Farben der Zirkusplakate, sie ging vorbei an schmalbrüstigen, vierstöckigen Häusern, die aus staubigen Fenstern auf die schmutzige Gasse schielten, ging Straßenzüge empor, die einander ähnlich waren wie Waisenkinder, oder wie Blinde, die in einer Reihe geführt werden – nun erwachte sie langsam und fühlte, wie sie alt, übernächtig und traurig wurde.

Kleine, armselige Geschäftsläden drängten sich vor, alte Kleider für die ärmere Klasse, graue Wäsche für den Arbeiter, billige Lebensmittel für alle. Körbe mit harten, grünen Äpfeln und schwarzgedörrten Pflaumen warteten auf der Straße, um kindliche Käufer anzulocken, waren aber doch zum Schutz gegen Diebe mit engmaschigen Netzen bespannt; und im niedrig gewölbten Laden sah sie eine alte dicke Frau mit zitternden, winzigen, gelben Händen eine Petroleumlampe anzünden. Ein kleiner Junge stand zu ihren Füßen und sah neugierig zu, eine halbverzehrte rote Rübe in der schmutzigen Kinderhand.

Die Straßen, die Warenballen, die grauen Hemden, die Äpfel, die Netze, die müden Gesichter der Menschen, alle waren geschwärzt von schwerem Ruß der Lokomotiven, die vorbeidröhnten, und von dem feineren Rauch der vielen Fabrikschlote, die hier hart beieinanderstanden wie Bäume im Wald.

Das ist dein Feiertag! dachte Franzi; sie war gekränkt, bis zu Tränen erbittert, als sei dies alles, die graue Straße, die häßliche Armseligkeit, das kümmerliche Elend ihr zum Trotz in diesem Winkel der fremden Stadt aufgestellt.

Das ist dein Feiertag! sagte allzu deutlich eine Stimme in ihr. Und der Mensch, der Träume haßte, der den Tod nicht begriff, der sich nur ans Wirkliche klammerte, der nur das Greifbare, schreiend Lebendige erobern wollte und ersehnte, dieser Mensch erwachte hier auf der grauen Straße im Proletarierviertel Prags, Zizkov, das in der trüben Dämmerung eines Frühlingsabends ins Unabsehbare zog.

Das ist dein Feiertag! dachte Franzi. Sie fühlte, es war nicht dieser Tag allein, den sie verurteilte, es war die allzu lange Reihe von Arbeitstagen, in deren Mitte er lag, nun selbst grau in grau wie ein Waisenkind in einer langen Reihe, als eine leere Stundenfolge in einer leeren Welt. Leer? Schwebte ihr Leben nicht auf den Flügeln der Musik, der menschlichsten aller Künste? Warum blieb doch die Vergangenheit ganz kalt, grauenhaft verödet, ohne Lächeln, ohne Erinnerung – nichts anderes als umgewendete Blätter in einem großen Notenbuch? Sie hatte immer nur für sich gespielt, sich allein zuliebe, hatte Türen und Fenster verschlossen, hatte sich an der Musik wie an einem geheimen Laster berauscht. Nichts bedeutete den andern, was ihr selbst soviel bedeutet hatte. Viel? Gestern noch war es Tröstung gewesen, Hoffnung, Sturm und Friede,

Erde und Sterne, Heiterkeit und Schmerz. Heute lag es fern. Nie hatte ihr einer zugehört, nie hatte ein Wort von ihr sich in dem Lächeln eines andern gefunden, nie hatte jemand hinter ihr gestanden und nach dem letzten Ton des Klaviers ihr die Hand auf die Schulter gelegt, nie einer die kleine Kerze im Messingleuchter mit weicher und doch männlicher Hand ausgelöscht, nie einer ihr Haar gestreichelt, nie ihre noch zuckenden Hände in die seinen genommen. Gestern noch hätte sie es nicht gewollt, aber heute, zwischen diesen hohen, brutal wuchtenden, grauen, unwiderruflich seienden, bestehenden, überwirklichen Mauern, in diesem farblosen Dämmer einer Fabrikgasse, da leuchtete der Zauber der ersehnten Menschennähe in sanftem Glänze auf, hier hätte sie ihre eigene gequälte Brust zitternd einer zweiten entgegenwerfen mögen, hier haßte sie die unfaßbare Höhe ihres Tagewerkes. Ihr Fanatismus brach sich an der öden Welt. Sie sehnte sich nach der bescheidenen, gütigen Erfüllung eines Alltagslebens, das am Abend erreicht, was es sich morgens gewünscht hat, und nicht mehr.

Es regnete; allerorten regnete es leise. Die Gaslaternen waren angezündet, die gelben Flammen brannten ruhig zwischen vier gläsernen Wänden, unter einem schützenden Dach aus verzinktem Blech. Die Pfeifen in den Fabriken begannen zu schrillen. Aber noch jagten in den Fenstern die gewaltigen Schatten der Schwungräder, es dröhnte unbewegt der Schlag blitzender Kolben. Es kamen da und dort Arbeiter in blauen Blusen, Kinder liefen ihnen voran, alle gingen auf längst vertrauten Wegen irgendeinem fernen Licht, einem fernen Dach, einem fernen Herd entgegen, bis sie im Dunkel verschwanden.

Franzi kehrte zurück; als sie das eherne Standbild wiedersah, schien es ihr altbekannt, ihr war, als hätte sie es eben erst verlassen, leuchtend im Glanz dunkler Bronze und doch vom Nebel ins Märchenhafte entrückt.

Minna wartete. Leise führte sie die Schwester durch eine Lattentür in einen finsteren Bodenraum, und Franzi fühlte dankbar und freudig die Berührung dieser rauhen, warmen Hand, die für sie arbeitete. Etwas in ihr demütigte sich jetzt vor der Schwester, und sie hätte ihre Hände geküßt, wenn nicht das Licht zwischen den Balken durchgeschimmert hätte.

Eine schräge Decke hing in das winzige, hell beleuchtete Zimmer hinein. Franzi mußte sich bücken, als sie zum Fenster trat; da streifte sie ein altes Weihwasserkesselchen, das Minna von zu Hause mitgenommen hatte. Ein Rosenkranz aus schwarzen Perlen hing ringsherum, klirrte leise bei der Berührung. Tief unter dem Fenster lag ein kleiner, runder Garten mit schwarzen Bäumen in der Nacht. Es standen im Kreise lautlose Häuser mit vielfach erleuchteten Fenstern. Weit in der Ferne aber sah Franziska, staunend über ein unverdientes Geschenk, im Scheine von zwei silbernen strahlenden Reihen von Bogenlampen das kaum bewegte Wasser der Moldau, den traumhaft gezogenen Bogen der alten Brücke, das Schienengleis zwischen zwei steilen, greisenhaft hageren Toren – und dann – ganz im Nebel, am anderen Ufer, wie in einer anderen Welt, die erloschenen grauen Paläste des Hradschins; rötlich flackernde Lichter stiegen dort in die Höhe empor, eine Reihe von Wanderern, Fackeln in der Hand; über allem thronte der uralte Sankt Veitsdom und ragte mit mächtig gezackten Türmen unendlich hoch in die Luft der Nacht.

Auf einem kleinen Tischchen hatte Minna vier Papierservietten ausgebreitet. Da waren Brot und Torte, kaltes Fleisch und Bonbons aufgetischt, ein schwarzes Eßbesteck aus Horn versteckte sich bescheiden. Minna aß nichts. Sie sah zu und lächelte. In der Ecke stand ein winziges Köfferchen, auf dem Minnas Name in weißen Lettern aufgeschrieben war. Franzi selbst hatte es der Schwester gekauft. Damals war es ihr geräumig erschienen, fast so groß wie die Koffer, welche die Rekruten beim Einrücken mitbekommen, jetzt aber schien es ihr verschrumpft, und selbst der Name hatte etwas Armseliges und Bettelhaftes angenommen.

»Du darfst mich nicht bemitleiden«, sagte Minna, »du weißt ja gar nicht, wie fein ich es getroffen habe. Die zwei alten Leute da unten sind so gut zu mir. Ich gehe sonntags nie fort; deshalb habe ich meinen ganzen Lohn erspart. Nein, ich ziehe mich sonntags um drei Uhr nachmittags an, wasche mich, kämme mich und mache mich schön, und wenn ich fertig bin, dann ist es sieben Uhr oder halb acht, ich komme hinunter ins Speisezimmer, und die alte Generalin fragt: ›Nun, Minna, war es schön draußen, haben Sie in der Klamovka getanzt? Und

warum sind sie so bald wieder zurück?«< Sie hatte kniend ein Buch aus dem tiefsten Grund ihres
schwarzen Köfferchens hervorgeholt, ein altes Gebetbuch, zwischen dessen verrunzelten Blättern Heiligenbildchen lagen, himmelblaue und rosa gefärbte; eins war safrangelb. Alle waren
mit Gold oder Silber eingefaßt und am Rand wie Spitzen fein durchbrochen. Zwischen zwei
solchen Bildchen lagen alte, zerknitterte, aber wieder geradegefaltete Banknoten.

»Wie anders ist dies Geld als das meine«, dachte Franzi.

Minna sah ihre Schwester an.

»Willst du einen?« fragte sie und hielt einen Schein gegen das Licht. Franzi schüttelte den
Kopf.

»Mach keine Geschichten«, sagte Minna. »Du brauchst ja das Geld notwendiger als ich. Denk'
doch, du mußt dir die teure Karte für das Konzert kaufen.« Sie drückte ihr zwei Scheine in die
widerstrebende Hand.

Nun schwiegen beide. Minna bückte sich wieder zu ihrem Köfferchen herab und schloß es ab.
»Jetzt mußt du gehen«, sagte sie, als sie wieder in den Kreis der Lampe trat. »Nicht wahr, es ist
doch jetzt schon Zeit für dein Konzert? Schade, daß du nicht länger bleiben kannst.« Sie nahm
das schmale Gesicht der Schwester zwischen ihre beiden Hände. »Wie bist du doch schmal geworden! Aber deine Haare, die sind doch herrlich! Weißt du, die Enkelin der Generalin kommt
manchmal abends her, die darf ich dann frisieren, bevor sie ins Theater fährt. Die hat ja auch
schöne Haare, aber die deinen sind doch wirklich ganz anders ... und tausendmal schöner. Und
nun geh, grüße mir die Schwester, sag' ihr – nein, eigentlich brauchst du ihr nichts zu sagen,
alles ist ja gut, nur manchmal möcht' ich doch gern auf eine kleine Weile bei euch sein, trotz
alledem – Nein, sei nicht traurig, Schatzerl, so wie es ist, ist es gut, laß mich nur hier!«

Franzi fand keine Antwort. Lange blickte sie die Schwester an, gab ihr die Hand. Dann, als
sie schieden, hob Minna Franziskas schmalen Kopf empor in den milden guten Schein des
winzigen Lämpchens und küßte sie beim letzten Schritt über die Schwelle auf den Mund.

»Leb' wohl! Sei glücklich! Schreib' mir bald!« sagte Minna. Sie stand in der Tür und hielt das
Lämpchen hoch empor, damit es der Schwester durch das Dunkel des Bodenraumes leuchtete.

Als die Lampe nur noch auf das verstaubte Gerümpel schien, ging Minna langsam in ihr
Kämmerchen zurück, schloß die Tür doppelt ab, zog die Schürze aus, legte sie zusammen, verlöschte das Licht und setzte sich auf den kleinen Koffer in der Ecke.

7

Franziska kam viel zu früh in den Konzertsaal. Das Klavier stand noch dunkel und unscheinbar auf der kahlen Estrade, bis ein Diener den Deckel lärmend in die Höhe schlug und zwei silberne, unruhig in vier Lichtern brennende Leuchter neben das leere Pult setzte.

Sanft schimmerte die Orgel im Hintergrund.

Die Saaldiener, in weinroter Livree, silberbordiert, standen noch müßig umher, plauderten und lachten ein selbstbewußtes und doch serviles Lachen.

Franzi kümmerte sich nicht um ihre erstaunten Blicke, sondern nahm die neugekauften Notenhefte hervor und begann in ihnen zu lesen, um jede Note zu hören, wie sie daheim auf ihrem langbrüstigen und doch kurzatmigen Klavier klingen würde. Inzwischen drängten sich viele Damen rauschend vorbei – plötzlich wurde es ganz hell, und die Leute applaudierten.

Frau Leonore Constanza stand vorn am Podium, jung, groß und elegant, mit einer silbergestickten Seidenschleppe, die beinahe klirrte, als die Constanza vorwärts schritt. Um ihren bloßen Hals funkelte eine schwere, vielleicht allzu schwere Perlenkette. Die Constanza verbeugte sich – nein, es war mehr so, wie wenn sich ein Raubtier nach den ersten Schritten in der Freiheit schüttelt und streckt. Dann setzte sie sich ans Klavier und begann die symphonische Sonate in H von Liszt.

Sie saß ganz ruhig da, den starren, fast tierhaften Blick in eine dunkle Ecke des Saales gerichtet, bloß ihre Hände spielten. Die bunten Ringe funkelten frech. Ihre Hände waren wie mutige, weißgliedrige Wesen, wie Wesen für sich, die nichts anderes konnten und wollten als spielen und die fast gegen den Willen dieser prunkvollen Dame ihren Weg gingen, dahinschwebten, tanzten, und dann wieder schwer zu Boden gedrückt wurden, wuchtig, von der eigenen Kraft überwältigt wie Leoparden.

Als diese Hände endlich ruhig wurden, begann lärmender Applaus, klang brutal, schonungslos in das Schweigen, wurde der Künstlerin fast gewaltsam zu Füßen geworfen und brach sich donnernd an den klanggewohnten Wänden des Musiksaales.

Franziska wurde plötzlich ungeduldig, müde und enttäuscht. »Das ist alles Komödie«, dachte sie, »nicht ein Ton ist echt. Das kann schließlich eine musikalische Maschine auch.« Und sie wartete von nun an in Erbitterung auf den Schluß des Konzertes und zählte die Stücke von den Fingern ab.

Nun kam nach kurzer Pause eine schwedische Sängerin, eine sehr hübsche und bewegliche Dame, der eine fast unmäßige Fülle sonnenfarbenen Haares in die blasse Stirn fiel, und begann, von einem ebenso blonden jungen Mann am Klavier begleitet, die Arie *»Ah perfido«*. Diese Arie hatte dunkelglühende, tief italienische Augen, aber wenn Dagmar Johannsen sie sang, wurde sie plötzlich ein sonnenblondes, blauäugiges Lied, und etwas wie Sehnsucht nach dem kühlen Meer und den weiten gelben Roggenfeldern am Strand der nordischen Meere lag in ihr. Nun blieb nur noch ein Stück: die Wandererphantasie von Schubert.

»Schade um den Abend«, dachte Franziska, mit der fanatischen Kraft junger Menschen im »Nein« sagen, »das war die Mühe nicht wert, nach Prag zu fahren.« Und doch sah sie mit Bedauern, mit ungestilltem Hunger, daß die vier Kerzen beim Klavier schon weit über die Hälfte herabgebrannt waren.

Da schlug Constanza die ersten pochenden, frühlingshaft unruhigen Töne des Allegrosatzes an.

»Aber das?« dachte Franzi, »ist denn das dasselbe Stück, an dem ich mir zwei Monate lang die Finger zerbrochen habe, das sind die zwanzig Seiten, die drei Winternächte dauerten, bis sie endlich abgeschrieben waren?«

Die Constanza saß nun da, nicht mehr starr und prunkhaft kalt mit ihren allzu lebendigen Händen, sondern sie neigte ihren Kopf, mattes Licht fiel auf ihren Nacken, das dunkle Haar glänzte zitternd. Sie beugte sich zum Klavier nieder wie eine Mutter zu ihrem Kind. Dann lehnte sie den Kopf zur Seite, um besser zu hören, was das Instrument sagte. Aber es war kein Klavier mehr, es war eine menschliche Stimme, die fragte, die ergriffen war, die hingerissen emporblickte, die beseligt war und die verzieh. Alles Verzeihen, alles Vergessen dieser Welt war in dieser Melodie in *As*-Dur.

Franziska dachte an nichts mehr. Sie sah die Finger der Künstlerin nicht mehr und ihre Technik, wollte nichts sehen, nichts denken, nie mehr etwas anderes hören als diese einfachen Töne, in ihrer Einfachheit Herzen lösend und wundervoll sich an sie lehnen wie an eine warme Menschenbrust. Der erste Satz war zu Ende, die tiefen, schwermütigen Töne des zweiten begannen.

»Was hat diese Frau erlebt«, dachte Franziska, »bevor ein Mensch so spielen kann, muß er nicht alle Wege dieser Erde gegangen sein?« Die graue Vorstadtgasse Prags von heute nachmittag zog sich vor ihren Augen in eine unendliche Dämmerung. War diese große, königliche Frau mit ihren matten und doch strahlenden Schultern, mit ihrem Millionen-Perlenkollier um den nackten Hals, war auch die Constanza nichts als ein armes Ding, ebenso wie sie selbst, ein Mensch, der von sich und vom Leben mehr verlangt hatte, als für ihn erreichbar war – nein, der nichts erreicht hatte als Enttäuschungen, schlechte, ehrgeizige, unbefriedigte Tage, schlaflose, verzweifelte, leere, unendlich leere Nächte, nichts erreicht als am Ende ein ganz kleines Stück Vollkommenheit, einen winzigen Augenblick Untergehen in dem reinsten, tiefinnersten Glück der Erde und einen Augenblick der Überwältigung?

Der zweite Satz war zu Ende. Die Leute schwiegen.

Die Constanza sah mit großen Augen in den Saal und setzte nach einem leisen Zögern mit dem letzten Satz ein.

In diesem Augenblick sagte eine Stimme in Franziska: » *Das* ist der Mensch, der dir helfen kann; sie allein weiß, ob deine Arbeit der Mühe wert ist.«

Nun warf sie den ganzen Kleinmut des heutigen Tages ab wie eine Verleugnung dessen, was für sie das Heiligste in dieser Welt war. Aber sie hatte Angst vor dieser Entscheidung, und in ihrer Angst sagte sie energisch und kalt zu sich: »Du wirst zu ihr gehen, du mußt noch heute abend nach Schluß des Konzertes zu ihr gehen und ihr vorspielen.«

Nach diesem schwer gefaßten Entschluß wollte sie warten, möglichst lange warten, möglichst lange sollte dieses Finale dauern, dieser tanzende, jugendlich beschwingte Satz, in dem alles knabenhafte Kraft und herrlichkeitstaunendes Entzücken war ... noch ein letzter Aufschwung, und alles war zu Ende. Die letzten Akkorde donnerten über den stürmischen, fast wütenden Applaus hin. Blumen wurden wie Flammen aufs Podium geworfen, große, bunte Sträuße mit langen, seidenen Bändern flatterten empor – die Constanza fing ein kleines Sträußchen Maiglöckchen auf, das nur zufällig unter die großen Huldigungssträuße gekommen war, legte es mit kindlich feinem Lächeln neben den silbernen Leuchter, setzte sich nochmals ans Klavier und spielte etwas Kleines, Rührendes, Einfaches. Dann stand sie auf, verbeugte sich mit sehr ernstem Gesicht gegen den Hintergrund des Saales hin, wo an den billigsten Plätzen die eifrigsten Enthusiasten standen, und ging fort. Von dem aufgeregten Beifall nochmals gerufen, kam sie abermals, lehnte sich übers Klavier, nahm ihr Maiglöckchensträußchen, roch daran, gleichsam nun schon als Privatperson, nickte den Leuten etwas herablassend zu und begab sich ins Künstlerzimmer.

Im Künstlerzimmer waren fast nur Damen, bloß der junge Einar Johannsen, der Bruder der sonnenfarbigen Sängerin, ging mit seinem feinen behutsamen Lächeln zwischen den Damen umher und sammelte ihre Stammbücher, Karten und Holzfächer, auf welche sie Autogramme geschrieben haben wollten. Neben Franziska stand ein kleines, brünettes Mädchen, das aber nichts in seinen nervösen, sehnigen Händen hatte. Herr Johannsen sah sie staunend an, verstand nicht, was sie hier wollte, und war im Begriff, sich eben an Franzi zu wenden, die mit ebenso leeren Händen beschämt dastand – da sagte Frau Constanza mit der Stimme und der Haltung einer Königin:

»Nun, Einar, bekomme ich meine Zigarette?«

Herr Einar warf die sorgfältig gesammelten Blumen und Fächer auf einen Fauteuil und winkte den Autographenleuten mit beiden Händen ab. Die Zigarette, die immer verlangt und nie geraucht wurde, war das traditionelle Zeichen, daß Frau Leonore Constanza das Klavierspiel, den Beifall, die Glückwünsche, die Blumen und vor allem die Menschen gründlich satt habe und allein sein wolle, aber nun auch wirklich allein. Aber das kleine, brünette Mädchen blieb.

Franziska sah ihre leeren Hände an, die noch so kindlich, aber doch schon lebendig beseelt, ja geradezu wild waren, und dachte: »Das *sind* aber auch Hände.« Die Augen der Kleinen brannten. »Auch die will zu ihr, um ihr vorzuspielen. Eine von uns muß nachgeben. Im nächsten Monat gibt die Constanza wieder ein Konzert, ich aber muß heute nacht wieder daheim sein.« Das Herz klopfte ihr bis hoch in den Hals, der Puls schlug hart bis in die Fingerspitzen, in denen kein Gefühl mehr war. »Ich werde schlecht spielen«, dachte sie, »aber um Himmels willen, kann ich denn heute schlecht spielen?« und sie stand schon vor der Constanza, verbeugte sich und sagte: »Gnädige Frau?«

Die Constanza hatte gerade eins der Stammbücher in der Hand; sie sah auf. Ihr Blick traf zuerst ein junges, schlankes Mädchen in weißer Bluse mit blauem Kragen, mit einem kleinen, goldenen Kreuzchen auf der Brust, ein blasses schmales Gesicht mit tiefen, dunklen Augen und schweren, sehr ordentlich geflochtenen blonden Zöpfen, in denen ärmliche Haarnadeln aus Draht staken, und dann Herrn Einar, der schuldbewußt lächelte und mit den zarten Schultern zuckte. Dagmar stand im Hintergrund bei den Kränzen und sah alle Schleifen durch, eine nach der anderen, als erwarte sie, ihren Namen auf einem der breiten Seidenbänder zu finden.

Die Constanza, den Blick immer noch auf Franzi gerichtet, dachte: »Nun, wenigstens ist es keine Konservatoristin. Denn die Konservatoristinnen ziehen immer pompös daher und immer schlampert. Pompös eigentlich nicht immer, aber schlampert wohl.« Sie sagte zu Einar: »Was wünscht die junge Dame?« sagte das im Ernst, als wäre der elegante Schwede Franziskas lebendes Gewissen.

Franziska wurde rot und sah mit ihren kindlich strahlenden Augen so einfach, so rührend aus, daß die Constanza mild wurde.

»Vielleicht ist die Kleine mit mir verwandt«, dachte sie, »ich muß irgendwo in Böhmen eine Nichte in diesem Alter haben.«

»So setzen Sie sich doch«, sagte sie mit gütiger Stimme. Franziska faßte Mut.

»Ich will Ihnen vorspielen, gnädige Frau«, sagte sie geradeaus.

»Also doch!« dachte die Constanza. »Hand aufs Herz, mir wäre es tausendmal lieber, wenn mich die Leute um Geld anbettelten.«

»Vorspielen? Doch nicht heute?«

»Ich muß noch diesen Abend fort und weiß nicht, wann ich wieder herkomme. Bitte, gnädige Frau...!«

Ihre Lippen zitterten.

»Ein Kind!« dachte die Constanza.

Einar und Dagmar tuschelten. Dagmar hatte seit dem frühen Morgen nichts gegessen, weil die Stimme bei nüchternem Magen mehr Glanz haben sollte, nun aber litt sie ernstlich Hunger und drängte Einar zum Fortgehen.

»Ach, sehen Sie doch liebes Fräulein,« sagte Einar, »es geht eben nicht.«

»Warum nicht?« sagte die Constanza. »Wenn ich will, dann geht alles. Und nun schnell, kommen Sie!«

Sie stand auf, warf das Album zur Erde, und ging mit Franzi in den Konzertsaal zurück. Die Leute waren fort. Nun schien der leere Saal ungeheuer groß. Er lag wie im Nebel da. Die Orgel glich mit ihren silbernen Säulen einer Reihe verschneiter Bäume. Dumpfe, warme Luft schwebte über den verlassenen Bänken. Zwei Diener gingen die Wände entlang und löschten die roten Notlichter aus.

»Und also: setzen Sie sich, und spielen Sie!« befahl die Constanza.

Einar lächelte Dagmar zu. Wenn die Constanza »Und also« sagte, dann war sie wütend, und Klein-Dagmars hungriger Magen war gerächt. Einar war so vergnügt, daß er sogar dem kleinen brünetten Mädchen die knochige Klavierspielerhand drückte und ihren Besuch Frau Constanza für morgen vorzumerken versprach.

»Was soll ich spielen?« fragte Franziska verzagt und fühlte die feindselige Stimmung all der Menschen um sich.

»Was Sie wollen«, sagte das Achselzucken der Frau Constanza, »was Sie also können«, sagte ihre Stimme.

Einar, ein sehr hübscher, nicht einmal unmusikalischer Mensch, war der Geliebte der gefeierten Künstlerin. Er stand noch in dem Alter, in dem man die Erfolge seiner Geliebten durchaus als die seinigen ansieht und auf sie stolz ist. Nun schmeichelte es ihm, daß Frau Eleonore Constanza wie eine leibhaftige Göttin zu Gericht sitzen und entscheiden sollte, was gut und böse sei. Ohne auf seine Schwester zu achten, die ihn mit dem Ellbogen anstieß, zündete er die zwei silbernen Leuchter wieder an und hielt Franzi ihre Mappe mit den Musikheften hin. Aber Franzis Hände hatten schon, fast ohne zu wollen, die Sonate Opus III begonnen: Beethovens letzte, düsterste und grandioseste.

Franziska schloß die Augen, hörte plötzlich ihr Spiel wie aus einer fremden Welt. Die Akkorde der Einleitung zuckten, flackerten – dann aber brach wie ein Funken aus dem Fels geschlagen das Motiv des Allegros hervor, dieses unvergängliche Titanenmotiv, das nicht mehr klingt wie Musik und Melodie, sondern wie ein wilder Schrei, wie ein Hieb mit ehernem Hammer. Das schreckte Franzi auf. Sie hörte auf sich hin, sie blickte empor, und die Augen auf die zwei blassen Lichterpaare richtend, die auf silbernem Leuchter vor ihr brannten, sah sie die Flamme zittern, von ihr wegwehen, sich zur Erde beugen und dann in der ersten langen Pause still und feierlich wie eine Fermate in die Höhe schweben, sah durch ihren blassen, durchsichtigen Mantel die dunklen Augen der Mutter, der sie dies Stück am Abend vor ihrem Tode vorgespielt hatte, sah erschreckt ihre müden abgearbeiteten Hände, frierend in die alte schwarze Schürze gehüllt, sah das strenge Lächeln um ihren ernsten Mund und hörte sie ein Wort zu ihr sprechen, das sie sonst nie zu ihr gesprochen hatte. Ihr Name »Franzi« war ja auch der Name des Vaters gewesen, und die Mutter, zu allen anderen so herb und kalt; gegen ihren Gatten war sie nichts als Milde, nur Mütterlichkeit. Wenn der alte Schuldiener sonnabendabends heimkam, von der Arbeit erschöpft – denn an diesem Tage wurde das Schulhaus mit seinen vielen Bänken und Tafeln, seinen vom Wochentag angerauchten Kachelöfen, mit seinen staubigen Treppen und Korridoren für die ganze Woche in Ordnung gebracht –, wenn er blaß und erschöpft heimkam, mußten die Kinder aus dem großen Zimmer fort, nur Franziska durfte bleiben, wenn sie gerade spielte.

Wenn er heimkam und, den kleinen, blassen bärtigen Kopf gebeugt, die Mütze in der Hand, sich in eine Ofenecke setzte, da durfte er nicht reden. Gütig kam die Mutter auf ihn zu, brachte ihm alles, was er wünschte, legte es vor ihn hin, und ihr Lächeln vergoldete alles. Es war nicht mehr dieselbe Frau, die wegen eines Fleckens in einem abgetragenen Straßenkleid, wegen eines verlorenen Hellers so grauenhaft streng, so aufwühlend ungerecht strafen konnte, die so rauhe und häßliche, manchmal gemeine Schimpfworte hatte – es war eine sanfte, hingebende, mütterlich weiche Hand, die über ihres Gatten Augen strich, eine süße, weiche, mädchenhaft blühende Stimme, die zu ihm sprach. Und diesen Mund, diese Augen, diese Stimme hatte sie plötzlich nach vielen Jahren, nach einer endlosen Zeit ärmlicher, tief bedrückender Witwenschaft mit ihrem letzten Wort am letzten Abend vor ihrem Tod wiedergefunden, als Franzi am Klavier saß. Durch dieselben Kerzenlichter hatte Franziska zuletzt ihrer Mutter erblindende Augen in gütigem Schein leuchten sehen – und dies düstere, ungeheure Pfeilerwerk der Beethoven-Sonate war für die Mutter das Portal für den Tod geworden, durch das sie hindurchging mit ihren müden und hart gewordenen Händen, die in eine schwarze Schürze gehüllt waren, mit gebeugtem, grauem Kopf und mit Augen, die so tief eingesunken waren in den Staub der Zeit, daß sie das Heute nicht mehr vom Einst trennen konnten. – Nun brandeten dieselben Töne empor, wogten dahin in unwiderstehlichem Zuge des streng fungierten Satzes, Stimme gegen Stimme, leuchteten wie weiße Kämme auf einer blauen Unendlichkeit, und nun war der letzte Ton verhallt wie der Schritt eines Riesen in einer dunklen Höhle.

Einar war leise gegangen, war wiedergekommen, und jetzt sah er die Constanza und Dagmar mit großen Augen an. Die Constanza stand immer noch unbeweglich am Klavier, ihr Maiglöckchensträußchen in der zitternden gesenkten Hand, Dagmar hatte Tränen in den blauen Augen. Dagmar weinte so leicht.

»Weiter«, sagte die Constanza. Jetzt erwachte Franzi und wußte, daß der erste Satz zu Ende war.

Sie begann die »Arietta«, diese unendlich einfache süße Melodie, deren Thema vielleicht das klarste ist, was Beethoven geschrieben hatte. Aber sie blieb nicht klar, nicht einfach, nicht süß. Sie ging in die Tiefe, mit unerhörter Leidenschaft gruben sich die Töne aus dem Bodenlosen. Es war, als hätte der alte, taube, häßliche, von aller Welt verlassene Beethoven dies letzte Adagio sich selbst, sich allein geschrieben, um sich die Melodie zuzuschreien, diese unergründliche Melodie, die da ihre Augen aufriß, versteinernd wie die Meduse. Man konnte jetzt die Töne nicht mehr verstehen, es war kein Verstand, kein Aufbau, kein Sinn in ihnen, aber sie schrien, sie griffen mit eisernen Händen an die aufgewühlte Seele und erschütterten bis in die tiefsten Abgründe des menschlichen Seins.

Und ob der Schluß Jubel der Cherubim war oder der Gesang der verlorenen Geister in der Hölle – es gab keine andere Sprache auf der Welt als die der Musik, die *das* sagen konnte, es gab keinen anderen als Beethoven, der diese Sprache verstand.

»Gut, gut«, sagte die Constanza nach einer kleinen Stille. »Kommen Sie doch mit uns.« Sie hüllte sich in den feinen, weißen, spanischen Schal, der mit unzähligen Fransen an ihrer königlichen Gestalt herabfloß. Draußen erwartete sie das Auto, das vibrierte wie ein lebendiges Wesen.

»Wann reisen Sie?« fragte die Constanza.

»Um elf fünfunddreißig Nordwestbahn, gnädige Frau«, sagte Franzi.

Einar zog seine Uhr, eine goldene Kavalieruhr, die er an einem roten Lederkettchen trug.

»Wir haben nur noch eine Dreiviertelstunde Zeit«, sagte er bedauernd, obwohl es eigentlich nichts zu bedauern gab; aber er war der höflichste Mensch unter der Sonne.

Die Constanza nestelte ihr kleines Maiglöckchensträußchen an dem Schal fest und dachte nach.

»Um Himmels willen«, fing sie plötzlich an, »wo haben wir unsere Blumen?«

»Ich bitte um Verzeihung«, sagte Einar, »ich habe sie aus dem Künstlerzimmer ins Majestic bringen lassen, es waren ihrer so viele. Ich habe sie in einen Wagen geladen. Nun werden die Leute im Hotel den Wagenschlag aufreißen und die Constanza unter den Blumen suchen.«

»Ja, ja«, sagte die Constanza besänftigt, »unser Einar ist brav, er denkt an alles.« Sie gab ihm die Hand, die er andächtig küßte.

»Wie gut sie doch ist«, dachte Einar. »Ich fühle, sie hat nie einen Menschen so geliebt wie mich.« Im Gefühl seines Glückes wandte er sich an Franziska:

»Wir müssen Ihnen ganz besonders danken, denn Sie haben uns nach unserem Konzert noch ein eigenes Konzert vorgespielt.«

»Ach, sei ruhig, Einar«, sagte die Constanza, »erstens war es kein Konzert, sondern eine Sonate, und das ist derselbe Unterschied wie zwischen einem schönen Mann im schwarzen Frack und einem wirklichen Musikanten, und zweitens laß das Mädchen überhaupt in Ruhe, sie kann etwas, und gerade diese Sonate spielt ihr sobald keiner nach. Keiner! sage ich ausdrücklich, auch Rosenthal nicht.«

Franziska lächelte ganz fein, und es war dunkel, aber die Constanza bemerkte es doch.

»Bilden Sie sich nur ja nichts ein«, sagte sie, »der Rosenthal *will* eben nicht Beethoven spielen, das ist alles. Die Leute, die das heute noch spielen können, die wollen es nicht spielen. Na, ja, eigentlich haben sie recht, sie können es im Grunde doch nicht. Der letzte, der es konnte, war der Rubinstein. (Sie sagte R-u-b-i-n-st-a-i-n.) Und warum kann das heute keiner mehr? Weil alle in den Konservatorien systematisch verdorben werden. Wer war denn Ihr Lehrer, Fräulein?«

»Heinrich Torvenius.«

»Torvenius? Das ist doch ein Lehrer für lateinische Sprache, nicht? Das ist auch etwas Rechtes. Aber gerade deshalb. Man kann auch bei einem Lateinlehrer was lernen. Ja, seht euch nur das Mädel an«, sagte sie zu Dagmar und Einar, die gegenübersaßen, »die kommt noch aus einer Gegend, wo es keine Kultur gibt und kein Konservatorium. Die ist noch unverdorben. Woher hätte sie denn auch sonst die Courage? Und das ist gut so, und«, zu Franzi gewendet, »sehen Sie, liebes Fräulein, ich, die Leonore Constanza, ich war zuerst Violinistin, und ich bin wegen vollständiger Unfähigkeit, Faulheit und absolut mangelnder Begabung für die Musik aus dem Konservatorium entlassen worden. Entlassen – na, seien wir ehrlich, herausgeworfen haben sie mich – und das war mein Glück, denn sonst hätte ich die Violinklasse mehr schlecht als recht absolviert und könnte jetzt irgendwo tief in Slawonien eine Damenkapelle dirigieren …Ja, die Konservatorien, die sind vom Übel; die haben was auf dem Gewissen. Ja, sie sind eine leibhaftige Pest! Hab' ich nicht recht, Einar?«

Einar hatte die goldene Medaille des Pariser Konservatoriums und war ernstlich böse. »Liebe Ellenor«, sagte er mit der unhöflichsten Stimme, deren er fähig war, »ich kann mich nicht erinnern, daß du einmal unrecht gehabt hättest.« Das Automobil hielt vor dem Hotel Majestic.

»Sie kommen doch mit uns?« sagte die Constanza.

»Nein, ich danke«, flüsterte Franzi, die sich ihres dürftigen Kleides schämte.

»Und also! kommen Sie«, kommandierte die Constanza böse. »Nun läßt sie sich auch noch bitten«, dachte sie wütend. »Was denken sich eigentlich die jungen Leute? Sind Sie deshalb so stolz, weil sie noch nicht zwanzig Jahre alt sind? Was bilden sie sich eigentlich ein?« Zum Glück erinnerte sie sich ihrer eigenen Jugend, sie erinnerte sich der Tage nach ihrer gewaltsamen Entlassung aus dem Konservatorium. Sie war in den Straßen umhergeirrt, unfähig zu arbeiten, unfähig sich Ruhe zu gönnen, von dem einzigen Gedanken, der einzigen Frage getrieben, ob der Professor am Konservatorium recht habe oder nicht. Sie hätte am liebsten jeden Passanten auf der Straße, ja, sogar jedem Sicherheitswachmann vorgespielt, bloß um zu wissen, ob sie tatsächlich »bloß schlampert« oder schlampert und noch dazu hoffnungslos unbegabt war.

Einar zog beim Souper diskret die Uhr.

»Ja, es ist Zeit«, sagte die Constanza und verabschiedete sich. »Wir kommen ja in einem Augenblick wieder zurück.« Sie fuhren zur Bahn. Einar besorgte Franzi das Billett.

Die Constanza ging mit Franzi auf dem Bahnsteig hin und her. Die Schienenstränge glänzten im Licht der Bogenlampen, es roch nach Staub, nach Wartesälen, armen Leuten und Bier, nach Rauch, nach dem feuchten Holz der Schwellen. Elegante, langgliedrige Waggons standen verlassen da. Weiße Täfelchen: Prag-Verona-Mailand, Prag-Vlissingen-London.

» *Verona*, wie das klingt«, sagte Franzi.

»Ach was«, sagte die Constanza, die des Reisens herzlich müde war, »das sind nur Dummheiten. Arbeiten, sich nicht wegwerfen, das ist die Hauptsache. Sich und seine Siebensachen zusammenhalten. Vor allem aber arbeiten. Sie müssen jetzt erst anfangen zu arbeiten. Das wissen Sie doch? Genau so, als wenn Sie bis jetzt nie ein Klavier gesehen hätten, an jedem Tag von Grund aus beginnen. Um Himmels willen!« Sie trat erschreckt einen Schritt zurück. »Lassen Sie sich doch um Himmels willen nicht daran genug sein, daß ich Sie nicht herausgeworfen habe, sonst täte mir das ernstlich leid. Nein, im Ernst, das ist ja das schönste, was es gibt: arbeiten! Und leben? Man kann überall leben, überall glücklich sein, mit jedem, den Sie wollen.«

Einar kam und brachte das Billett. Dann verbeugte er sich, küßte der Constanza die Hand und ging wieder zu Dagmar zurück, die abseits wartete. Man konnte sich nichts Eleganteres und Anmutigeres denken als diese zwei blonden Menschen, dieses schöne Paar gleichartiger Menschen.

»Ja«, sagte die Constanza, indem sie Einar nachsah, »auch mit Herrn Johannsen kann man recht sehr glücklich sein, vorausgesetzt, daß man selbst etwas ist. Liebes Kind! nur unter der Bedingung, daß man selbst etwas kann, ob es nun die Wanderer-Phantasie ist oder Opus III von Beethoven; sich nicht vergeuden, sich nicht halbieren, sich ja nicht die Zeit einteilen zwischen der Kunst und dem Leben. Ich weiß schon, weshalb ich Ihnen das sage. Lieb sind Sie ja eigentlich nicht. Sie werden doch nie eine sympathische Mittelmäßigkeit sein. Was bleibt Ihnen denn da übrig? Alles der Kunst, und wenn was übrigbleibt – wenn es jemand nimmt, dann ist es gut, und wenn nicht – also. Wir sind alle miteinander beim besten Willen nur halbe Menschen – glauben Sie nur ja nicht, daß die Kunst mit einem gevierteilten Menschen auch noch zufrieden ist. O nein, weit gefehlt! Das reicht dann gerade für die Damenkapelle, und dafür sind Sie mir zu schade. Sie haben noch keinen Impresario, nicht wahr? In Ihrem Alter hatte ich auch noch keinen. So unverdorbene Menschen gibt es heute nicht mehr. Aber schreiben Sie Ihren Namen auf, ich werde meinem Impresario einen Wink geben. Er heißt Theodor Diemitz, ist jetzt in Amerika, wie immer, wenn man ihn brauchen könnte. Übrigens ist er ein ebenso ekelhafter wie ehrlicher Mensch. Seltener Charakter! Der wird wohl etwas für Sie tun. Sie werden ihm folgen. Ob er Ihnen ein Konzert in Sibirien oder in Danzig arrangiert, das ist ganz gleich. Sie müssen sich ihm anvertrauen. Man kann überall anfangen. Nur anfangen, das ist es. Schade, daß ich es nicht mehr kann. Aber ich bin ein bißchen zu alt. Wenigstens habe ich es vorhin bei Ihrer Sonate so gefühlt.«

Franziska wollte etwas entgegnen, aber die Constanza winkte ab.

Irgendwo in einem Winkel des großen Bahnhofes entstand plötzlich Tumult. Menschen liefen in dunklen Knäueln zusammen, man sah den lichten Nacken eines Mannes, der sich über die Schienenstränge neigte, ein Wachmann eilte herbei, seinen Säbel in der Hand, um nicht über ihn zu fallen. Aus der Ferne kam drohend das tiefe Signal einer Lokomotive.

Frau Constanza staunte, Franziska, tief in Gedanken, bemerkte nichts, Dagmar erschrak, sie schrie auf. Ihre Sängerinnenstimme dröhnte wie Metall durch die Halle. Aber schon kamen die Menschen zurück, der Wachmann ging an der Spitze und stützte einen Bahnarbeiter, der seinen linken Fuß nachzog. Alles war in Ordnung, die Menschen verliefen sich. Ruhig glitt der Zug in den Bahnhof. Dagmar war immer noch sehr blaß und zitterte. Sie hielt ein weißes Tuch vor den Mund. »Und nun?! Weshalb hast du geschrien?« sagte die Constanza. »Das wird deiner Stimme gut tun. Geh jetzt augenblicklich heim und lege einen Dunstumschlag aus Kamillen um den Hals. Oder bleib hier, mir ist es gleich.«

Sie wandte sich an Franziska. »Was soll denn noch aus Dagmar werden? Sie ist ja doch viel zu hübsch für ihre schwache Stimme. Schwach und eine Altstimme. Traurig aber wahr. Nein, ich kann das gar nicht verstehen. Sie muß doch wissen, daß ihr Organ schrecklich empfindlich ist. Dem Bahnarbeiter ist gar nichts geschehen. Wenn aber die gute Dagmar von dem Schreien im Nebel in der staubigen Luft hier heiser wird und auf drei Monate ihre Stimme verliert, da habe ich noch die Sorgen für sie. Und ich habe doch eigentlich Sorgen genug.«

Ein junger, blasser, ziemlich eleganter Mann ging an ihr vorbei und sah sie lange an. Seine großen, grauen, etwas zu mädchenhaft geschnittenen Augen fielen Franziska auf. Constanza war immer noch wütend. »Und der da? Was will denn das Bürschchen von uns? Noch bin ich nicht im Panoptikum. Was denken sich eigentlich die jungen Leute, wenn sie einen so anstarren? Oder gilt das vielleicht gar Ihnen?«

»Ich kenne keinen Menschen in Prag«, sagte Franziska. Aber in diesem Augenblick erinnerte sie sich, daß sie dieses Gesicht doch kannte. Es war Erwin.

Sie fand es sonderbar, Erwin hier zu begegnen. Aber im Grunde war gar nichts sonderbar, an solch einem Tag war alles möglich.

»Wollen Sie mir noch etwas sagen, mein Kind?« sagte die Constanza. »Ich denke, es ist jetzt Zeit. Wir sehen uns ja gelegentlich wieder. Die Welt ist klein...«; sie lächelte. »Überall trifft man Bekannte ... ich habe übrigens nichts dagegen, wenn Sie mir schreiben, und zwar nach Neapel. Man kennt dort meinen Namen, besonders am Konservatorium. Und also: leben Sie wohl! Von Herrn Einar und von Dagmar müssen Sie sich nicht eigens verabschieden. Nun, ist alles in Ordnung? Wo ist denn der junge Mann, der Sie vorhin so angeschmachtet hat? Es würde mir leid tun, wenn ich Sie gestört hätte. Ach nein, es ist ja nur Scherz. Ich weiß ganz genau, daß Sie vorhin nicht gelogen haben. Ich kenne ganz genau Ihre Vergangenheit. Aus Ihrem Spiel hört unsereins so manches heraus. Ja, um darauf zurückzukommen, Ihr Spiel war mir eine sympathische Überraschung, es war mir in der Tat sehr interessant. Nein —« (mit einer letzten Überwindung) »es war schön und hat mich ganz ordentlich mitgenommen. Aber das ist nur der Anfang, nicht wahr? Dann adieu, und Gott mit Ihnen!«

Der Zug setzte sich langsam in Bewegung. Die Constanza stand auf dem leeren, staubigen Perron und winkte mit Dagmars weißem Tuch.

Erwin war nicht zu sehen.

Nun tat sich die düstere Halle auf – dunkle Nachtluft wehte, ein Lastzug stand da, nein, er bewegte sich, langsam rollend blieb ein Wagen nach dem anderen zurück. Zwei Wagen waren hochgetürmt, mit grober Segelleinwand bespannt, und an dem grauen Stoff, der in der Feuchte des Abends schimmerte, brach sich das Licht. Nun donnerte der Zug über eine Brücke. Unter grauem Eisengestänge dunkelte der Fluß, flache Eisstücke schwammen mit, leuchteten in mattem Weiß wie Seerosen. Hurtig lief eine goldene Lichterreihe die Uferböschung entlang, krümmte sich, verschwand im Dunkel – in der Ferne blieb die Stadt, blieb ein rötlicher Schimmer am Horizont.

Die Ampel an der Decke des Abteils leuchtete ihr leeres Licht. Franziska zog den grünseidenen Schirm über das sanft erwärmte Glas. Die Landschaft schimmerte mit milder Kraft in die grüne Dämmerung hinein. In frühlingshafter Unruhe stieg der Mond von den leeren Schollenfeldern empor, Landstraßen, von Pappeln umsäumt, schritten ernst neben dem Bahndamm dahin, dicke Schlagbäume mit honigfarbenen Laternen hatten ihre schützenden Hände über die Wege gelegt. Leiterwagen mit Pferdegespannen hielten ruhig vor ihnen an; die Pferde hatten ihre großen Köpfe mit den feuchten Mähnen auf die Brust gesenkt und hoben sie kaum vor dem heranbrausenden Zug empor.

Alles hatte Seele, alles atmete lebendig und müde, müde war jetzt alle Welt, müde von Schmerz, müde von Glück, müde von weiten Wegen, müde von der Arbeit und der Alltäglichkeit. Unterirdisch gedämpft klang der Rhythmus der Lokomotive, sagte »Ruhe, Ruhe«, immer wieder; sprach leise in die aufsteigende Dämmerung und verstummte dann im beginnenden Schlaf. Plötzlich aber klang in die weiche Nacht ein pochender Takt. »Es ist die Constanza«, dachte Franziska in freudigem Erschrecken, »die Constanza beginnt noch einmal die Schubert-Phantasie.« Sie sah auf und sah das Abteil voller Licht. Hart neben ihr warf sich dröhnend ein Zug vorüber. Wie Schmetterlingsflügel flatterten die hellen Fenster. Plötzlich erfaßte die Nacht den fremden Zug, nahm ihn wieder auf, ganz leise rollte das Dröhnen in die Ferne. Franziskas Herz ging seinen Gang wie immer. Nicht wie immer. Es zitterte immer noch in dem glücklichen Erschrecken, mit dem die Wanderer-Phantasie der Constanza sie aus dem Schlaf geweckt hatte. Und doch war es nicht die Constanza, über die sie sich freute. Wie ein neugeborenes Kind, dem nur der allererste Atemzug schwer wird, lebte ihr Glück für sich, atmete auf und blieb.

Sie wußte, am nächsten Tage würde diese leuchtend stille Stunde weit vergangen sein. Ihre kleine Faust, ihre kleine, harte, unerbittlich harte Vernunft würde diese Stunde nicht mehr erfassen. Grundlos war ihr Glück, unbegreiflich die Seligkeit der Kreatur, jubelnd trug sie dieser Augenblick empor.

Als Mensch sehnte sie sich jetzt nach Menschen. Sie vergaß den Abend, die Begegnung mit der Constanza, ihre Zukunft, vergaß ihr immer hungriges, ewig vorwärts hastendes Herz; zum ersten Male fühlte sie es süß, einfach zu leben, unter Menschen, lebendigen, sprechenden, glücklichen, leidenden Menschen Brust an Brust zu leben.

Fühlte es süß, zu leben, zu atmen, ganz still zu bleiben, an etwas hingegeben zu sein, an fremder Hand fremden Wegen zu folgen.

Über eine letzte Höhe stieg der Zug. Da lag die kleine Stadt im Gebirge. Dunkel, tiefgrau schmiegte sie sich an den bewaldeten Hügel. Alle Menschen schliefen, sie allein trug ihr schwärmerisch beglücktes Herz der Heimat näher, ein überschwengliches Gefühl des Daseins war in ihr, Erinnerung, Hoffnung, trüber Nachmittag im Regen, Minnas wie rauher Stoff so warme Güte, der enttäuschte Abend … ihre eigenen Hände, die nach all dem Spiel, die nach der grenzenlosen Herrlichkeit Beethovens müde im Licht der vier Klavierkerzen dalagen, und dann: der letzte Augenblick, das Jetzt, die Erinnerung an Erwins dunkles, schönes, überschattetes Gesicht in der Kirche, von goldenen Altarlichtern warm bestrahlt, von lebendigem Schmerz lebendig erschüttert, umgrenzt von Menschen, von einer endlosen Reihe lebender Menschen, dieses Jetzt, die letzte selige Sekunde, so unerwartet, so ganz ohne Grund und Ziel – wie der Abglanz von lichten Schmetterlingsflügeln überschwebte es ihre Seele und beglückte sie.

Rücksichtslos bis zur Härte gegen sich selbst, hatte Franziska bis jetzt kein menschliches Gefühl gekannt. Ein eiserner Wille hatte sie vorwärts gestoßen, kannte nur Gelingen, Mißlingen, Kraft oder Müßiggang. Nun verlor sie sich an eine Hoffnung, sie, die Männliche, gab sich einem Gefühl hin.

An diesem Tage, dem ersten, den sie mit Willen unter Menschen verbrachte, begriff sie die Vielfältigkeit, den Reichtum, den Rausch des Lebens. Mit der ganzen erobernden Kraft eines unverbrauchten Willens verachtete sie das Erreichte, sah in ihrem schwer erkämpften Erfolg, in Constanzas Lob, nur den Beginn eines neuen Lebens, eines schöneren, echteren, eines guten.

Nun erst konnte sie Enttäuschungen erleben: denn nun erst sehnte sie sich. Sie ersehnte eine unabsehbare Welt, so reich an Sternen, wie es die Wirklichkeit nicht war. Aber es war ja schön, Unwirkliches zu lieben, an Unerreichbares glühend zu glauben und sich von der Warte ihrer neunzehn Jahre ein weites Reich zu erobern.

Das war ein Augenblick, der letzte Augenblick ihrer zweiten Jugend.

Der letzte Tag hatte sie kaum aus seinen strengen Händen entlassen, und jetzt, in Henriettes altem Wetterkragen, die am Bahnhof frierend wartete, in Henriettes müden Augen, in der von Sorgen bestaubten Stirn der alternden Lehrerin, erwartete sie daheim die Wirklichkeit.

Zweiter Teil

1

Mit siebzehn Jahren hatte Erwin seinen Vater plötzlich verloren. Der etwa fünfundvierzig Jahre alte Mann hatte sich, während der Sohn in seiner Mechanikerwerkstatt arbeitete, mit einem katastrophal wirkenden Gift getötet.

Er ließ seinen Sohn zurück als einen am Leben verzweifelnden Menschen, der mit seinen siebzehn Jahren ebenso fertig war wie der Vater mit seinen fünfundvierzig. Aber der Sohn überlebte den ersten schrecklichen Tag, und damit überlebte er gleichsam sich selbst. Etwas in ihm raffte sich auf, sprach, suchte Speise und Trank, unterschrieb Formulare und Protokolle, hielt die Kleider in Ordnung, packte die Koffer, rechnete und kassierte Restgehalt und kleine Schulden ein und dachte mit stummer Entschlossenheit an eine Abreise aus der kleinen Stadt, die ihm noch wie eine Todesdrohung erschien. – Nach zwei Monaten hatte er die Stadt verlassen. Er kam nach Berlin. In der ungeheuren Bewegung des Berlins von 1910 hoffte Erwin zu vergessen. Er vergaß nicht, aber das fürchterliche Erlebnis wurde ihm nach und nach Vergangenheit, es blieb stehen, jeder Tag aber erneute sich. Erwin hörte auf, darüber nachzugrübeln, ob ein kindisches Wort von ihm am Abend vorher der Anlaß zu seines Vaters Tod gewesen sei. Er begriff die Notwendigkeit, allein zu sein. Nur im Traum war es ihm, als müsse er nach seiner Heimatstadt zurückkehren, um dort seinen Vater wiederzufinden, eine schwarze Aktentasche in der Hand, in der sich die Formulare für die Versicherungsverträge befanden, und jenes bittende, etwas hilflose Lächeln um die blassen Lippen, das ihn noch im Tode nicht verlassen hatte.

Erwin arbeitete in der Fabrik, in der Apparate für drahtlose Telegraphie erzeugt wurden. Wenn er an seinem blechbeschlagenen Tische stand, dessen rechte Ecke er mit einem Blatt weißen Papiers bespannt hatte, um darauf zu zeichnen, wenn er sich über diesen Tisch beugte, war er ruhig, und manchmal sagte er sich, daß sein Leben erträglich sei. Er war von zufriedenem Menschen umgeben. Die meisten Arbeiter hatten Frau und Kinder; eine kleine Wohnung im Norden oder Osten der Stadt wartete nach neun Arbeitsstunden auf sie, erschien ihnen stets rein, wurde still in Ordnung gebracht, war kühl im Sommer, warm im Winter. Das Bett hatte nur den einen Fehler, daß es zu gut und zu weich war und am Morgen das Verlassen so schwer machte. Für Krankheiten, für Betriebsunfälle war vorgesorgt, und wenn die Kinder wieder ihrerseits ins Verdienen kamen, durften sich die Eltern eine kleine Parzelle in einer Laubenkolonie leisten, wo sie Gemüse, anspruchslose Blumen und Obstbäume pflanzen und sich aus Kistendeckeln gemütliche Hütten zimmern konnten. Die dünnen Wände waren mit interessanten Bildern geschmückt, welche die Kinder oder Enkel aus den illustrierten Zeitungen ausgeschnitten hatten, wenn es draußen regnete.

Erwin hatte eine tiefere Bildung als die meisten seiner Kollegen. Sein Vater hatte ihn vier Klassen der Mittelschule absolvieren lassen, dann fand das Studium ein plötzliches Ende. Das war der tiefste Kummer, den er dem Sohne bereitet hatte. Erwin, der sonst keinen beneidete, beneidete die Gymnasiasten um ihre Schulbücher, die sie, in schwarze Wachsleinwand eingepackt, unter dem Arm trugen, er beneidete sie darum, daß sie auf den unbequemen, niedrigen Schulbänken sitzen konnten, daß jede ihrer schriftlichen Arbeiten gelesen und von gebildeten Menschen in schwarzen Gehröcken und mit goldener Brille zu Hause gründlich geprüft wurde, während er selbst einem schmierigen Mechaniker gehorchen mußte, dessen Gesicht und Jackett von Ruß und Öl starrten, der kaum lesen konnte und dessen Kenntnisse nur soweit gingen, als es der Mechanismus der altmodischen Fahrräder und klapprigen, ausgedienten Automobile verlangte, die ihm zur Reparatur übergeben wurden. – In Berlin wurde der Kreis der technischen Welt weiter, und Erwins Interesse, das kein anderes Gebiet kannte, steigerte sich mit jedem Tag. Sport trieb er nicht, Theater langweilte ihn, Romane waren ihm zu schwer, Gesellschaft hatte er nicht, Liebe kannte er nicht. Nach Feierabend las er populäre Werke über Physik, machte

Fortbildungskurse durch, fuhr abends in einen Vortragssaal, der, neugebaut, mit nach Kalk riechenden Wänden, bis in die letzte Ecke von dem harten Licht der grellen Bogenlampen erfüllt war, während vorn, ganz klein, vor einer gigantischen schwarzen Tafel ein dicker, untersetzter Dozent mit dünner Stimme einen Vortrag über die Hertzschen Wellen hielt. – Wenn Erwin dann spät heimkehrte durch das halbe Dunkel weiter, öder Straßen, die trotz der vielen Menschen lautlos und gedrückt waren, sah er lebendige Zahlen und meßbare Größen vor sich, kupferne Drähte zogen sich dahin, um Isolatoren aus Porzellan gespannt, Kontakte schlossen sich. Metallsand sinterte zusammen, Selen leuchtete auf im elektrischen Kraftfeld, der Nebenkreis in den Bogenlampen sandte Strahlen aus von unbekannter Art, eine unsichtbare Welle ging von den kleinen, schweren Akkumulatoren aus, strömte in gemessenen Rhythmen mächtig ins Weite, irgendwohin, irgendeiner schwesterlichen Welle entgegen, in ein anderes Land – bis in einen fremden Erdteil –, ja, bis zu einem Stern, der oben in der Luft hoch über den Dächern schwebte und sonst unerreichbar war wie die Toten oder die noch Ungeborenen.

Oft war Erwin einer Erfindung nahe. Aber am nächsten Tage brachte sie der Dozent mit seiner dünnen Stimme als etwas Uraltes, längst Anerkanntes vor, und Erwin war stolz und traurig zugleich.

Wenn er auf dem Heimweg seine Ideen in ein kleines Notizbuch eintrug, hielten ihn die älteren Menschen für einen Ratenagenten, die jüngeren für einen Journalisten oder für einen Detektiv, der sich Adressen notierte.

Erwins einziges Ziel war eine Erfindung, aber nicht eine, die ihn berühmt machte, sondern eine, die viel Geld brachte – er wollte antiquarische Schulbücher kaufen, Reißzeuge, Lineale, Lexika und alles andere, das die humanistische Schule verlangte, und wollte zu Ende studieren. Wenn er sich nach etwas sehnte, war es immer noch die Schule, nach der er sich zurücksehnte. Selbst jetzt sehnte er sich nach dem dreizehnjährigen Erwin zurück, der noch einen Knabenanzug trug, er hätte um alles in der Welt noch einmal an seiner Stelle sein mögen, um im Scheine gelber, zischender Auerlampen auf einer niedrigen Schulbank zu sitzen und vor dem alten Professor zu zittern, der die Schulhefte verteilte.

Erwin hatte erfahren, daß alle während der Arbeitsstunden gefundenen Verbesserungen der Gesellschaft für drahtlose Telegraphie gehörten: nun zeichnete er nicht mehr in den Arbeitsstunden, sondern baute sich daheim in seinem Zimmer in einem Gartenhause der Chausseestraße ein kleines Modell des Sendeapparats für drahtlose Telegraphie auf, wie es den letzten Erfahrungen entsprach. Als er daranging, auch den Empfänger nachzukonstruieren, kam er auf eine eigenartige Anordnung, etwas, das ihm selbstverständlich erschien und doch ein kleiner Schritt hinaus war über die letzten Errungenschaften, etwas, das einfach war und deshalb gut, das neu war und deshalb in seinen Augen schön.

Das machte ihn glücklich. Er begann sich Menschen anzuschließen. Nun hatten plötzlich alle Menschen etwas Wunderbares, Überraschendes für ihn, und das erste Mädchen, das er kennenlernte, wurde ein großes Erlebnis – mehr als das, eine wirkliche Leidenschaft.

Aber nur große Menschen sind einer großen Liebe gewachsen. Die kleine Hedy war es nicht. Sie liebte Erwin; der erste Rausch, die erste Glut hob beide über sich empor. Aber in dieser Höhe konnte sich Hedy nicht halten. Die Überschwenglichkeit seines Gefühls bedrückte sie, reizte sie zum Lachen. Erwins Überlegenheit erschien ihr unberechtigt, und sie quälte ihn, um ihm zu beweisen, daß sie die Stärkere sei, wenn sie ihn auch liebte, noch liebte. Aber sie war unbefriedigt, hungerte, gierte nach einem überwältigenden Glück; weshalb sollte er zufrieden sein? Sie widersprach ihm, stellte seine Liebe so lange auf die Probe, bis er eines Tages, auf das Äußerste gereizt, das Mädchen beinahe mit Fäusten geschlagen hätte. Er beherrschte sich, bat um Entschuldigung für etwas, das nicht geschehen war. Sie verstand ihn nicht, verachtete ihn, weil sie fühlte, daß sie Schläge verdient, aber nicht erhalten habe, und an ihrem kalten Lächeln mußte er sehen, daß auch er sie nicht mehr verstand.

Sie wollte nicht nachgeben, drohte, halb kindlich, halb brutal, ihn zu verlassen, und er, im unbewußten, knabenhaft unklaren Gefühl einer unwandelbaren Neigung, hielt es für sein Recht, ihr mit dem Abschied für immer zu drohen. Sie schwieg und ging. Er begriff es nicht, aber er ließ es dabei. Die Gelegenheit traf sich gut. Er konnte, während seine Neuerung im Entwurf zur Begutachtung auf dem Schreibtisch des Chefingenieurs lag, eine Expedition nach Südamerika mitmachen; eine drahtlose Leitung über die Anden war geplant.

Er erkrankte in Buenos Aires, sechs Monate danach, zwei Tage vor der geplanten Heimkehr. Die Malaria war nur halb geheilt, als er nach Berlin zurückkehrte. Als er Hedy wiedersah, durch die Krankheit, durch das unverdiente Unglück doppelt empfindlich gemacht, wurde er von einer Fremden empfangen.

Der erste Abend war mehr als eine Enttäuschung; für ihn war es eine Begegnung mit dem Leben, über die er nicht mehr hinwegkam. Er fühlte, daß er unterlag, fühlte, daß er sie hassen, verachten, mit den Füßen stoßen sollte, und doch klammerte er sich an sie, seine ganze Kraft legte er in eine sinnlose Liebe, in eine trostlos leidenschaftliche Eroberung dessen, das sich nicht erobern läßt. Nie hatte er sie so geliebt wie an diesem ersten, einsamen Abend in seinem Hotelzimmer. Er lag stundenlang wach und konnte nur einschlafen, weil er sich selbst, wie einem Kind, für morgen alles versprach.

Aber auch am nächsten Tag wußte er sich nicht zu fassen, wieder klammerte er sich an Worte, an briefliche Versprechungen, an Erinnerungen aus der ersten, unbewußt süßen Zeit, hörte ihr »Nein« ungläubig an – und als sie ihm durch eine kleine Bewegung ihrer bescheiden behandschuhten Hand bewies, daß es ihr Ernst sei, verließ er sie wortlos. Es war spätabends, und er hoffte in der Müdigkeit des Augenblicks, daß am nächsten Tage alles vorbei sein und daß er ein neues Leben ohne Hedy beginnen könne.

Hedy war damals in einem Bureau in der Nähe des Nollendorfplatzes als Stenotypistin angestellt. Sie kam täglich zu gleicher Stunde in ihr Bureau, verließ es täglich um dieselbe Stunde. Einer unter den abertausend Menschen, die sich in der Art ihrer Haltung, in ihrem Geschmack, in ihrer bescheiden-gierigen Sucht nach Vergnügungen, in ihrer Kleidung, in ihren graziösen, aber im Grunde unbeseelten Zügen ganz ähnlich sind. So fühlte es Erwin, als er am Mittag des nächsten Tages auf Hedy wartete. War es nicht gleich, ob eine Hedy oder eins von den tausend anderen Mädchen im blauen Kleid, mit schwarzem Hütchen auf dem kleinen, dunkeläugigen Kopf?

Breite Straßen, in deren Asphalt sich matte Bogenlampen spiegelten, stießen hier zusammen, und wer von der Ferne näher kam, ahnte eine mächtige Kuppel, einen aus Glas und Eisen hoch aufgebauten Dom, schimmernd in dem weißen Licht wie der Schirm einer ungeheuren Lampe. In der Nähe aber war es nur eine Art gigantischer Rotunde, die auf dünnen Eisenträgern stand, ein matt erleuchteter Korridor, von dunklem Wellblech gedeckt, das wie vom Regen zerfressen schien, und durch den die Hochbahnzüge dröhnten, gelb und rot lackiert, glänzend, seelenlos wie neugekauftes Spielzeug für Kinder.

Das einzig Festliche waren die Blumenhändler, die auf weidengeflochtenen Körben ganze Blumenbeete, Veilchen, Maiglöckchen und die ersten knospenhaft schüchternen Rosen umhertrugen. Der Duft war mild, überraschend und heimatlich zugleich.

Vor der Hochbahnhalle standen zwei Paläste: dorische wuchtige Säulen, wie auf Jahrtausende hin aus uralter griechischer Erde gegraben, bewachten ein zyklopisches Portal. Aber in kleinen elektrischen Lämpchen schlängelte sich der Name einer banalen Operette über das schwere Gesims; man glaubte Gassenhauer zu hören, auf einem Grammophon gespielt, Vergnügen und Lustbarkeit, die dem Vorübergehenden aufgedrängt wurden; Erwin, der nach der langen Seereise, nach einem Monat Einsamkeit auf hoher See, sich nach Farben, nach Musik und nach Hedy sehnte, erschien dies alles lockend und abstoßend zugleich. – An dem anderen Palast blinkten grelle, grünspan- und zinnoberfarbene Glasmalereien, sie schienen aus den keuschen Fenstern einer gotischen Kirche ausgebrochen zu sein, um hier Plakate von zugkräftigen Kinostücken zu umrahmen. Es war noch kühl. Schlanke Damen trugen Hermelinpelze mit Veilchensträußchen und breite Sealskinmuffs, die wie dunkles Wasser glänzten und aus denen die blanken, umherschweifenden Augen eines zottelhaarigen Hündchens hervorsahen. Alles ging, alles bewegte sich, die Hochbahnzüge rollten über die Eisengerüste dahin, die elektrische Straßenbahn sauste, die eiserne Rute, die den Strom zuführte, glitt auf Sekunden von dem Leitungsdraht ab, und ein wilder blauer Funke warf sich brutal zischend, erschreckend wie ein Blitz über den Platz. Die Lichtreklame an den dorischen Säulen wanderte grell und zudringlich über den schweren grauen Stein, erlosch, begann wieder zu marschieren, um wie ein Polizist Wache zu halten oder wie ein Freudenmädchen immer wieder mit lockendem Lächeln denselben Weg zu gehen. Von überall her sah man Leute herankommen. Die Räder der Automobile schleuderten auf dem ewig feuchten Pflaster, die Zweiräder glitzerten unsicher vorbei, Männer mit großen Bündeln neugedruckter Zeitungsblätter drängten sich durch; aber es blieb doch alles verhallend, öde, nur dem Verkehr angepaßt. Das einzige, das wirkliche, das lebendige waren die Blumen, die vielen Veilchensträuße, die in schwarze Efeublätter eingehüllt waren, die weißen Maiglöckchen, die unaufhörlich zitterten, und die Rosen, die an eisernen Drahtspiralen schwankten wie an einem Aste und deren Duft wie der warme Atem eines Menschen berührte, den man liebt.

Seelenlos war ihm die Stadt, seelenlos der Platz, leer und ohne Erinnerung dies Haus, in dem niemand wohnte, niemand geboren wurde und starb, durch das nur die Schritte unzähliger Menschen gedankenlos in Eile hindurchgingen. Er hatte keine Arbeit. Unerträglich war diese Luft, unerträglich der grelle Glanz der Lichter, unerträglich die ganze Stadt ohne Arbeit. Und er sah selbst den Erwin der früheren Jahre abends eilig die Stufen zur Hochbahnstation Warschauer Brücke emporklettern, immer noch das Gefühl der langen Arbeit des langen Tages in den müden Gliedern, sah sich still in dem großen, weißen Saal sitzen, in dem der Dozent seine Vorlesungen abhielt, sah sich glücklich durch stille Straßen heimkehren, sein kleines Notizbuch in der Hand; er beneidete sich selbst, er, der Mensch von 1911 beneidete den Menschen von 1910, wollte an seiner Stelle sein, an seiner Stelle Hedy erwarten; und er fühlte, Hedy war das einzige, das ihn, den müden, vom Leben halb erdrückten, mit jenem Erwin verband, der einst das Leben nach seiner Art eroberte und sich seine Wünsche erzwungen hatte.

Da sah er Hedys lichtes Kleid von weitem entgegenkommen. Sie lächelte, und in ihrem Gang war Übermut. Aber sie erschrak, als sie ihn vor sich sah, nur zögernd gab sie ihm die Hand; ihre Stimme war wohl sanft, aber doch so, als wenn sie zu einem kranken Kind spräche und so fern wie noch nie.

»Schade«, sagte sie, »wenn ich gewußt hätte, daß du heute wiederkommst...«

»Du hast heute keine Zeit?«

»Ich kann doch nicht jeden Abend so spät heimkommen. Verstehst du das nicht? Wir haben Besuch, meine zwei kleinen Neffen kommen heute zu mir, sieh nur, ich habe ihnen Bonbons mitgebracht.«

»Was hätte dir das vor einem Jahr bedeutet?«

»Vor einem Jahr!« Und sie warf den Kopf zurück und sah ihn lange an, als müßte sie mühsam die Ähnlichkeit mit ihrem Geliebten von einst herausfinden.

»Du lügst«, sagte er, »du hast etwas anderes vor.«

»Ich kann tun, was ich will. Oder willst du mir's verbieten? Du darfst mich heimbegleiten, damit ... nein, ich will doch nicht, daß du mich quälst. Du spionierst mir nach ... Ich will nicht, hörst du? Laß mich endlich in Frieden. Nein, bitte! Du lauerst mir Tag für Tag auf, quälst mich mit deinen ewigen Fragen. Einmal muß es doch zu Ende sein.«

»Hedy!«

»Nein, sieh mich nicht so an.«

»Hedy!«

»Ich habe Angst vor dir. Verlange es nicht. Ich kann nicht mehr deine Geliebte sein. Ich liebe dich nicht mehr genug.«

»Bleibe doch nur diesen Abend noch bei mir. Morgen gehe ich wieder an die Arbeit. Alles ist morgen wieder gut. Nur heute nicht, heute kann ich dieses einsame Zimmer nicht ertragen.«

»Ach, es gibt soviel Mädchen, die dir gerne Gesellschaft leisten. Soll ich dir eines finden?«

»Hedy!«

»Ja, ich gebe dich frei.«

»Hedy, ich verstehe dich nicht.«

»Was ist da viel zu verstehen?«

»Gut, Hedy. Aber diesen Abend können wir noch beisammen sein. Bitte, sei heute abend mein Gast. Ich habe Geld genug. Wir gehen ins Theater, ins Kino – sag' nur, was dir mehr Vergnügen macht.«

»Ins Theater?« fragte sie, »oder ins Kino? Es gibt heute ein neues Programm.«

»Ja, Hedy«, sagte er und nahm ihren Arm. »Ich wußte ja doch, du läßt mich nicht allein.«

»Nein«, sagte sie und machte sich los, »es ist besser, wir sagen uns gleich adieu.«

»Warum?«

»Nun quälst du mich schon wieder mit deinen Fragen.« Sie stampfte mit dem Fuß auf, ihr Gesichtchen war blaß, und jetzt, mit dem verzerrten Mund, sah es gemein aus.

»Nein«, sagte sie mit plötzlich veränderter Stimme (es war die Stimme, mit der sie am Telephon und zu den Kunden sprach, wenn sie den Chef vertrat): »Adieu, laß dich nicht aufhalten. Adieu!«

»Und ...«

»Und ...?«

Sie standen nahe beieinander, und er fühlte mit Entsetzen, wie ihr Haß zu ihm hinüberzuckte.

»Und doch habe ich dich gehabt!«

»Ja, und ...?« sagte sie ganz kalt.

Er schwieg.

Sie reichte ihm ihre kleine Hand. Ihr starrer Blick war Wut, Liebe und Haß zugleich.

Er nahm ihre Hand nicht. Langsam wendete er sich zur Treppe, stieß an eilfertige Leute an, stand plötzlich neben dem Gleis der Bahn. Leichte kindliche Schritte eilten hinter ihm her. Er wandte sich um: Es war ein niedlicher, fünfjähriger Junge in weißem Sweater und blauer Matrosenkappe, der seiner ebenfalls niedlich und weiß gekleideten Gouvernante über die Treppe vorangelaufen war und der die roten Fahrkarten in der winzigen Hand schwenkte.

Vor Erwin glitzerten die zwei Schienen. Neben ihnen zog sich noch eine dritte Schiene hin und unter dieser ein Kabel, aus hundert Drähten zusammengeflochten, mattschimmernd. Es schien sich zu winden, um dem angstvollen Blick näher zu kommen, wollte sich wie eine Schlange starr aufrichten. Es war das Stromkabel, das unzählige Volt führte, das die schweren Waggons mit Eilzuggeschwindigkeit über die Schienen schleuderte, das sie in kellerartige Versenkungen hineintrieb und sie wieder herausriß, empor, über irrsinnige Steigungen. Von seiner Müdigkeit fühlte sich Erwin hingezogen; er hätte sich hier hinlegen mögen, mit tastenden Fingern das eiserne Kabel berühren, leise, ganz leise sterben, zusammenfallen, lautlos, mit verbissenen Lippen, wie vom Blitz getroffen, und er sah sich hier liegen im bestaubten Alltagsgewand, die Finger nach innen in die Hand gekrampft, so wie er seinen Vater einst vor sich gesehen hatte, als ihn das tödliche Strychnin zusammengedrückt hatte, nicht anders als wie eine brutale Faust eine Uhrfeder zusammendrückt.

Es fehlte ihm die Luft, ihm graute vor sich selbst, und er stürzte die Treppe hinab. Noch war keine Minute seit dem Abschied vergangen; ein Zug brauste über ihm in den Bahnhof, alles zitterte leise. Und er glaubte Hedys lichtes Kleid irgendwo noch leuchten zu sehen zwischen den Bäumen, die sich im ersten Hauch des Frühlings umlaubten...

4

Am nächsten Morgen verließ Erwin Berlin, am nächsten Abend traf er Franziska in Prag.

Nun sahen sie einander in der kleinen Stadt. Die Stadt war so winzig, daß die Menschen einander begegnen mußten. Franzi kaufte in einer Papierhandlung ihr Notenpapier, Erwin besorgte sich dort die Schulbücher für das Gymnasium. Er hatte sich entschlossen, seinem alten Wunsch zu folgen und mit seinem ersparten Geld weiterzustudieren, das Gymnasium fortzusetzen. Es war ihm, als könne er nun sein Leben an einem Punkte fortführen, wo es noch ungebrochen und voller Hoffnungen war.

Erwin und Franziska gingen gemeinsam heim. Sie erzählte von der Constanza, er von seiner Arbeit in Berlin in der Fabrik für drahtlose Telegraphie. Beim letzten Wort, beim Schritt über die Schwelle, verabredeten sie für den Abend ein Wiedersehen. Erwin nahm sich vor, kein Wort von Hedy zu erzählen. Er dachte es sich leicht, als neuer Mensch ein neues Leben zu beginnen. Wie ein gelesener Roman lag die Erinnerung an die weite Seereise hinter ihm, und so dachte er sich mit jedem Tag weiter von der Erinnerung an Hedy zu entfernen, sie versinken zu sehen im Nebel der Zeit. Aber das war nur ein Wunsch. Mit dem ersten Wort brach wieder die lebendige Sehnsucht nach ihr, das immer noch lebendige Grauen vor dem katastrophalen Ende seines Vaters hervor.

Es war eher sinkende Dämmerung als emporsteigende Nacht, als Franzi und Erwin die Kapelle oben im Kiefernwalde erreichten. Der Abend war durchsichtig, mild und still, über die tiefblauen Wälder leuchteten, noch mit Schnee bedeckt, die Kuppen des Riesengebirges hin. Von weitem hörten sie die Stimmen der Glasarbeiter und Holzfäller, die feierabends von der Fabrik in Hüttenwalde herüberkamen, hörten sie lachen in schaukelndem Rhythmus, mit halber Stimme singen, bis sie dann plötzlich im Dunkel des Waldes hart an ihnen vorbeischritten.

Auf der Höhe des Hügels stand eine kleine, baufällige Kapelle; hier kreuzten sich die Wege nach Johannisbad und Hüttenwalde. Franziska und Erwin standen zögernd still. Jetzt sahen sie von den grauschimmernden Stufen des Gotteshauses sich eine alte Frau schwerfällig erheben, die Falten des baumwollenen Rockes zurechtstreichen und mit abgewandtem Gesicht an ihnen vorübergehen. Nun flackerte ein roter Schein aus dem Innern der Kapelle hervor: ein winziges rotes Öllämpchen, das die Form eines Herzens hatte, schwankte langsam vor einem uralten Muttergottesbild hin und her, als sei es bewegt von den Bitten und Gebeten der alten Frau, die an den Stufen gelegen hatte. Hinter einem halb verrosteten Eisengitter hing das Bild der schmerzensreichen Mutter Gottes wie hinter wahren Kerkergittern. Bloß der Strahlenkranz um das schmale Haupt war zu sehen und das goldene Schwert tief in ihrer Brust.

»Unbegreiflich war mir meines Vaters Tod«, sagte Erwin, »ich habe nachgedacht Tag und Nacht; ich habe nie geweint, habe mich nie gegrämt, sondern wie ein Knabe einer Schulaufgabe nachgegrübelt. Er hat niemand mehr gehabt als mich. Aber? Sterben hätte er nicht müssen. – Ein paar Tage vorher sind wir abends über die Chaussee gegangen. Es kommen doch selten Automobile in unsere Gegend; wir haben den Wagen von weitem kommen hören, und der Scheinwerfer blendete stark zwischen den Bäumen. Er aber geht knapp vor dem Automobil hinüber auf die andere Straßenseite. Der Kotflügel hat ihm seinen Havelock zerrissen, es war ein Wunder, daß nicht mehr geschehen ist. Er liegt da, zu Boden geschleudert, sieht mich an. Ich war zu Tode erschrocken, habe ihn leichenblaß angesehen – er aber, der Vater, sieht mich ganz ruhig und friedlich an: ›Was liegt daran‹, sagt er. – Und als er dann drei Tage nachher still, mit dem Giftfläschchen in der Hand, dalag, da bin ich nicht mehr erschrocken. Damals hätte ich fragen sollen, damals an der Straßenkreuzung hätte ich vielleicht noch begriffen, was sich eben begreifen läßt. Ich konnte nicht weiter. Ich arbeitete nicht mehr in der Werkstatt, ich bin tagelang, nächtelang in der leeren Wohnung umhergeschlendert, und einmal habe ich mich dabei getroffen wie ich das Fläschchen mit dem Gift unter dem Bett gesucht habe. Aber die Herren vom Gericht hatten es mit sich genommen. Dann habe ich die Wohnung zugesperrt, bin wie im Traum von daheim fort und nach Berlin. Denn ich wollte um jeden Preis leben.«

»Wie gut doch unsere Mutter war, gut im Leben, gut im Sterben«, dachte Franzi. Jetzt fand sie alle Menschen gut und wohlwollend. Tröstlich war das Angesicht der Lebenden und der Toten, Minnas warme Lippen, der Mutter letztes zärtliches Wort, Henriettes frühzeitig gealterte, unbeschützte, bestaubte Stirn, selbst Torvenius, der halbvergessene, der für sie längst gestorben war und der doch irgendwo weiterlebte, begleitet von der Erinnerung an Orla, den er liebte. Jetzt fühlte sie die Nähe der Menschen nicht mehr beengend wie sonst, sondern es strahlte aus jedem eine milde gütige Kraft, ein »Es kann sein« des Glücks, aus allen, den unscheinbarsten, und zu allermeist von ihm, der neben ihr ging, sie sehnte sich danach, immer im Schatten seiner Schritte zu gehen, durch einen nachtstillen Wald, der keinen Anfang und kein Ende hatte, über die frühlingsweiche Erde verschlungener Wege, seine dunkle Stimme zu hören, die so warm, so menschlich war in ihrem tiefen Klang.

»Sie haben zuviel erlebt in dieser kurzen Zeit«, sagte sie.

»Zuviel und nicht genug. Ich möchte Ihnen alles sagen und weiß nur nicht, wo beginnen.« Er sah sie an und erzählte dann alles.

5

Franziskas erster Gedanke war: Arbeiten, arbeiten, arbeiten. Hedys Geschichte erschien ihr in ihrer Sentimentalität nackt und schamlos, und sie schämte sich für Erwin. »Durfte er mir das erzählen, gerade mir?« Sie setzte sich ans Klavier und begann zu spielen. Ohne Pause, ohne eine Minute Ruhe türmte sie eine Sonate, eine Fuge, ein Konzert aufeinander. Müde wandte sie Seite für Seite in den Notenheften, verlor immer mehr das feine Gefühl in den Spitzen der Finger, das sie sonst unfehlbar, selbst bei den schwersten Stücken, leitete. Sie ging zu Bett und wünschte, ersehnte nichts als den Schlaf, der sonst ohne Bitten, oft unerwünscht früh gekommen war. Nun aber legte sich ihr etwas wie Sorge auf das Herz, sie sah Erwin neben sich bei der rotleuchtenden Muttergotteskapelle stehen und hörte ihn seine Geschichte erzählen. Jetzt klang diese Geschichte nicht mehr sentimental, sondern verzweifelt, rief nach Mitleid. Aber sie wehrte sich dagegen, stieß alles von sich. Sie haßte ihn in diesem Augenblick, wie wenn er ihr die Hälfte seiner Sorgen, seiner unbezahlbaren Schuld aufgebürdet hätte, ohne sie zu fragen. Sie dachte: Ich will nicht! Ich will in meinem Leben keinen Zwang, aber auch keine romantischen Ideen. Ich brauche niemand. Ich will, daß man mich in Frieden läßt. Ist es denn sowenig, wozu ich mich zwinge? Diese endlosen Stunden am Klavier, diese erbärmlich bezahlten Lektionen, von denen ich mein armseliges Leben friste. – Wenn ich ihn liebte, würde ich ihn auch dann lieben, wenn … ich würde ihn *doch* lieben, allen zu Trotz, auch ihm selbst zu Trotz. Könnte ich das nicht? Kann ich das nicht? Nein, ich liebe ihn nicht. Er ist dreiundzwanzig Jahre alt, was hat er erlebt? Kann er denn nicht vergessen? Was bin ich? Was kann eine Hedy sein? Wenn sie gut ist, dann ist sie ein namenloses, armseliges Ding, eine niedliche Kleinigkeit.

Ist das meine einzige Freude? Einer Franziska einzige Freude? … Alles drängte sie mit aller Gewalt von ihm fort. Ich will fort, sagte sie. Wohin? Wohin immer – überall hin, wo ich vier Wände um mich habe und ein Dach über meinem Kopf, ein schräges Dach wie bei Minna. Ich will mit ihr zusammen wohnen, auch wenn es mir davor graut, daß mir jemand im Schlaf in den Nacken atmet. Irgendein Winkel wird für mich frei sein, ein altes Bett, vielleicht draußen in der Bodenkammer, dort, wo niemand sonst schläft. Sie erinnerte sich des Todestages ihrer Mutter. Damals hatte sie nicht mehr verlangt: Entweder mein Klavier und meine Kunst oder einen Winkel unter dem Herd. Nun zog sie doch den Winkel vor; sie zog es vor, dahin zu flüchten, irgendwo namenlos dahinzuleben wie alle Alltagsmenschen. Minnas Opfer war ganz umsonst gebracht, aber alles war ihr das eine wert: in einer anderen Stadt zu leben als Erwin und sich von ihm frei zu machen. – Ich will ihn nicht lieben, kann ihn nicht lieben, auch ich hasse ihn, es ekelt mich vor ihm. Ein schwacher, leerer Mensch. Kann ich mich denn nie davon befreien? Was ist er mir? Ich kenne ihn kaum, ich liebe ihn nicht, und doch treibt er mich fort?

Es war nicht bloß der heutige Abend, diese sentimentale Erzählung, die an ihr hing und sie nicht freiließ. Alles lag tief in ihrem ganz unbefriedigten Dasein, das von heute auf morgen verzweifelte ohne Grund und aufjubelte ohne Grund, weil es ganz auf sich selbst gestellt war und auf nichts hören wollte als auf die eigene Stimme.

Ich will es nicht, ich will keinen anderen Menschen neben mir, ich will keinem gut sein, ich will keinen küssen, ich will keine Geständnisse anhören, keine bösen Familienszenen, keine romantischen Liebesgeschichten … ich will nicht. Ich will mit niemand gehen, allein sein, allein bleiben für alle Zeit. – Nun war Franziska zufrieden, sie war ruhig, sie glaubte es zu sein. Aber sie hörte das Knistern von Henriettes Feder, welche die Schulaufgaben korrigierte. Das hätte sie an einem anderen Tag nicht gehört. Sie sah das Licht aus dem anderen Zimmer herüberschimmern, das hätten ihre Augen sonst nicht gesehen.

Nun stand Henriette leise auf, durch den Spalt der Tür drängte sich plötzlich ein schmaler Streifen Licht und blendete. Eine kleine Lampe, dachte Franzi, aber sie blendet doch, wenn einer ganz im Finstern ist.

Und sie sah die Lampe in ihrem Abteil auf der Heimreise von Prag, sah die Constanza ihr vom Bahnsteig zuwinken, sah Erwins tiefen Blick an ihr vorübergleiten.

Im selben Augenblick kam der Schlaf, legte seine schweren Schwingen über ihre Augen, die nun nicht mehr über das plötzliche und doch seit vielen Stunden erwartete, das heiß ersehnte und doch nur mit Mühe allen Verstandeskräften abgerungene Gefühl ihrer Liebe staunen konnten. Franziska konnte nicht mehr staunen, sich nicht mehr freuen, oder doch nur im Traum, der ihr von weitem entgegenrollte und dessen Faden ihr ohne Aufhören wieder entglitt, so sehr sie sich auch mühte, ihn festzuhalten als den ersten Traum einer innerlich befreiten, vertrauend an andere hingegebenen Seele.

Als Franzi am nächsten Tage erwachte, tat es ihr leid, daß Erwin nicht bei ihr war; denn nun fühlte sie sich ihm so nahe, so innig vertraut, daß sie dachte, er müsse es fühlen. Sie glaubte nicht an Hedy. Wie alle jungen Menschen war sie so von sich erfüllt, daß das Schicksal dieses fremden Mädchens nur von weitem hineinleuchtete wie eine armselige Kerze am hellichten Tag. Und was sie nicht begriff, existierte nicht für sie. –

Als sie abends neben Erwin einherging, einen menschenleeren Weg entlang, durch die vom Frühlingsgrün eben nur angehauchten Felder, die noch ihre Falten und Runzeln hatten wie ganz kleine Kinder, da fühlte sie sich sicher, beglückt bis in die letzten Fasern ihrer Seele, beseligt durch ein Glück für unabsehbare Zeiten; denn wenn die Jugend erobert, dann erobert sie für das ewige Reich, das einzige, das sie kennt.

Leise begann es zu regnen. Allmählich verhängte sich der helle Tag, und die Kieselsteine am Weg begannen zu schimmern. Franziska blieb neben Erwin stehen und fragte:

»Wird es nicht jetzt zu kühl für Sie?«

Er verstand sie nicht.

»Ich gehe so gern durch den Regen«, sagte sie, »mir tut er wohl. Ihnen aber schadet er vielleicht, weil Sie noch nicht ganz gesund sind. Kann denn Malaria ein zweites Mal wiederkommen?« Er sah sie an. »Haben Sie Angst davor? Malaria ist nicht ansteckend.«

Ihr Blick antwortete: Alles möchte ich mit dir teilen, und keine Krankheit wäre mir zu schwer.

Dieser Blick zog Erwin stärker als alle Worte zu ihr, er beugte sich zu ihr herab und küßte sie.

Sie fühlte ein schmerzliches, ungewohntes Zucken in der Brust, aber sie wehrte sich nicht gegen seinen Kuß. Sie ließ die Arme hängen, fühlte sehr sanft die Berührung seiner Lippen, wie sie in den Kinderjahren die Regentropfen auf ihrem bloßen Kopfe gefühlt hatte; es war ein Gefühl, als solle sie sich jetzt ganz verlieren, niedersinken und sich mit geschlossenen Augen von einer guten, großen Zärtlichkeit forttragen lassen.

Erwin sah sie blaß werden.

»Franziska?«

Sie lächelte unter Tränen zu ihm auf. »Das sind doch nur Regentropfen«, dachte sie, »ich müßte mich schämen, wenn ich weinen würde. Ich habe nie geweint.«

Pappeln rauschten im Wind, jetzt schon weit hinter ihnen. Schweigend gingen sie durch die dunklen Felder. Erwin hatte seine Schulbücher in der Hand. Er freute sich an ihnen, mochte sie nie aus der Hand geben, er freute sich, die Bücher noch einmal durchzugehen, ruhige Jahre mit ihnen zu verleben, lange – irgendwo einen Faden zu finden, an dem er weiter konnte, danach hatte er sich gesehnt. Erwin fühlte, wie Franzi seine Hand berührte. Er dachte, daß sie ihm den Arm geben wollte. Aber das war es nicht. Sie wollte ihm die Bücher abnehmen, sie selbst tragen, wenigstens ein Stück ihres Weges, und er mußte ihr den Willen tun. Nun hatte er die Hände frei, konnte Franzis Hals umfassen, der wunderbar kühl war, konnte ihr blasses, herbes und doch so feines Gesicht vorsichtig in seine Hände nehmen und, den Blick ganz nahe an Franzis großen blauen Augen, ihren Mund küssen, der ihm entgegenstrebte und doch weich und willenlos war. Dann horchten sie still, regungslos auf das Schweigen dieser ersten Frühlingsnacht, das Rauschen des Regens, das langsam von den Feldern herüberwandelte wie das Trippeln vieler Kinderfüße auf dem Gras. Von Erwins Hut fielen die ersten Tropfen auf Franzis noch immer regungslos lächelndes Gesicht und lösten die zwei Menschen behutsam voneinander.

Schweigend gingen sie den Weg zurück. Der Wind wehte; die Menschen der kleinen Stadt liefen ängstlich mit vorgebeugtem Körper und schützend emporgehaltenem Regenschirm vorbei.

»Wann kommst du wieder, Franziska?«

»Wann du willst.«

Sie ging langsam die halbdunkle Treppe hinauf, atmete tief den Duft des Regens und der feuchten Frühlingserde ein, der noch in ihren Kleidern lag; vor ihrer Tür besann sie sich, zögerte, und mit dem Gesicht eines Menschen, der eine Kirche verläßt, trat sie über die Schwelle.

Franziska lebte sich in ihre Liebe hinein, wie ein Mensch sich in ein fremdes Land hineinlebt. Alles erschien ihr neu, sie entdeckte eine Welt, wo sie früher nur einen Farbenfleck auf der Landkarte gesehen hatte. Sie wußte nicht, wieso es kam. Sie war überströmt von Glück, als sie Erwin am nächsten Abend wiedersah.

»Sieh, das ist für dich«, sagte sie und reichte ihm mit der Ungeduld eines Kindes ein kleines blaues Heft hin.

»Was soll ich damit?« fragte er und wog es in der Hand. »Ein Notenheft?«

»Aber du nimmst es doch an? Ich hätte dir so gern etwas mitgebracht, aber unter all meinen Sachen war nichts anderes, das ich dir hätte geben können.«

Unter einer Gaslaterne tat sie den Umschlag auseinander und zeigte ihm das Titelblatt: Erster Beginn des Klavierspiels in den leichtesten Übungen, verfaßt und der lernbegierigen Jugend zugewidmet von Kantor Sebastian Traube in Zwickau. Darunter stand mit verblichener Tinte: Franziska. Begonnen 17. Juli 1906.

»Das war mein erstes Notenheft«, sagte sie leise wie zur Entschuldigung. »Es hat mich bittere Tränen gekostet, bis ich auf Seite 24 war. Es ist ein Andenken an eine Franziska, die nicht mehr ist.«

Als er sie zum Dank küssen wollte, sagte sie:

»Nein, nicht jetzt, sonst denke ich … sonst bringe ich dir nie mehr etwas.«

»Wie soll ich dir danken«, sagte er endlich, »ich verdiene deine Güte nicht.«

»Ach, verdienen – wer spricht davon? Ich verkaufe es dir ja nicht. Aber nun komme, sonst denken die Leute, daß wir uns streiten.«

Sie liebte ihn mit der ganzen Begeisterung, mit dem ganzen Elan eines unverbrauchten Menschen. Ihr Gefühl, das sie bis dahin beherrscht hatte, brach jetzt aus unbekannter Tiefe empor, gewitterhaft, und sie erschrak manchmal vor sich selbst.

Erwin fühlte das. Er hütete sich. Ganz leise zog er sich zurück. Sie fühlte: Alles! und sollte ich eine Stunde seines Glücks, den Schimmer eines Lächelns auf seinem allzu ernsten Mund mit allem bezahlen, was ich mir bis jetzt zusammengeschuftet habe die ganzen Jahre hindurch. Dies kleine Heft gehörte zu ihrem Leben, es war der erste Beginn ihrer Kunst. Sie konnte nicht verstehen, daß man alte Briefe von Schülerinnen oder gepreßte Blumen von längst vergangenen Schulausflügen aufbewahren konnte wie Henriette, oder silber- und goldgeränderte Heiligenbilder im Gebetbuch neben Banknoten sammeln wie Minna. Aber sie wurde nicht müde, immer wieder das vergilbte Heft von Kantor Traube durchzusehen und sich daran zu freuen. Sie hatte nie einem Menschen etwas geschenkt. Als Vater und Mutter noch lebten, spielte sie ihnen zum Geburtstag ein Stück vor. Das war Geschenk genug. Jetzt aber kam die Sehnsucht zu schenken, mit Gewalt über sie, sie verbrauchte die Hälfte von Minnas Geld (die zwei Prager Banknoten hatte sie nach ihrer Rückkehr redlich mit Henriette geteilt), und als es zu Ende war, übernahm sie noch eine Unterrichtsstunde, bloß um mit dem Geld Erwin eine Freude bereiten zu können.

Aber Geld! Was lag an Geld? Die Zeit war ihr das Wertvollste, das Unbezahlbarste. Und doch hatte sie Zeit. Sie war für ihn da, wann immer er wollte.

Damit aber war sie an der äußersten Grenze ihrer Kraft. Denn ihr Studium durfte gerade jetzt nicht unter dem Mangel an Zeit leiden. Alles sah sie jetzt mit neuen Augen an, mit mächtigen Armen umfaßte ihre weitgewordene Seele die Kunst, mit jedem Tage konnte sie tiefer das Menschliche der Musik erleben. Die Mühe und Not der technischen Schwierigkeiten lag beinahe ganz hinter ihr; und ruhigen Auges, des seligen Endes gewiß, konnte sie nun den weitgeschwungenen Bogen einer Sonate oder eines Konzerts vom Anfang bis zu Ende durchmessen. Zu keiner anderen Zeit hätte sie die ewige Störung durch das klägliche, dürftig kalte oder stotternde Spiel ihrer Schülerinnen ertragen können; nun hörte sie es kaum mehr, so sehr waren ihre Gedanken bei der firnenglänzenden Herrlichkeit ihrer Kunst, so sehr war ihr Herz Tag und Nacht an Erwins Brust.

Die Constanza hatte recht. Die Kunst vertrug keine Teilung. Aber Menschen wie Franziska haben Quellen neuer Kraft, die für sie erst dann zu fließen beginnen, wenn andere Menschen am Ende ihrer Möglichkeiten sind. – Aber das eine ließ sich nicht hindern: Franziska wurde bleich, und ihre allzu leuchtenden Augen machten Erwin Sorge.

»Ich bin blaß?« fragte sie. »Mußt mich gar nicht ansehen, dann machst du dir auch keine Sorgen mehr um mich. Ich kann ohne meine Arbeit nicht sein. Warte nur ab: das erste Konzert, der erste Erfolg – dann will ich mich ausruhen –, dann will ich keine Lektionen mehr geben mein ganzes Leben hindurch, wenn man mir auch zwei Kronen für eine Lektion gibt – und will auch selbst nimmermehr spielen.«

»Wie lange?« fragte Erwin.

»Drei Tage«, sagte sie. »Ist das genug?«

Solange sie neben ihm ging, war sie ruhig, und ihr Glück war so stark, daß sie dachte, die Leute müßten es ihr ansehen. Aber zu Hause begann sie die Einsamkeit zu quälen, und sie konnte nicht begreifen, daß sie nicht immer mit Erwin zusammen sein konnte. Das warf sie ihrer Schwester vor, die kein Wort mehr sagen konnte, ohne daß Franziska ihr gereizt und erbittert antwortete.

»Du wirst ganz nach unserer Mutter«, sagte Henriette zu ihr.

Das einzige Geschenk, das Franzi von Erwin annahm, waren kleine Veilchensträußchen, die er von einer mageren, bloßfüßigen Bettlerin kaufte. Die hielt sie zu Hause in der tiefsten Lade ihrer Kommode unter der Wäsche verborgen. Henriette, die ihrerseits alles mit Franzi teilte, lieh sich eines Tages in Franzis Abwesenheit ein Taschentuch aus und räumte dabei, ohne sich etwas zu denken, die Veilchensträuße auf die Platte der Kommode. Franzi kam heim, sah die Blumen, einige halb, die anderen ganz verwelkt, einige gelb und raschelnd trocken, die anderen noch blau und mit zarten Fältchen bedeckt wie alte Damen, alle aber sahen abscheulich aus wie ausgegrabene Skelette. Franzi konnte anfangs gar nicht glauben, daß das wirklich ihre Blumen seien, dann aber wurde sie blaß, starrte die Schwester wortlos an und unterdrückte ihre Wut. Während Henriette am Tisch saß und das selbstbereitete Essen vorlegte, blieb Franzi bei ihrer Kommode und räumte die Blumen sorgfältig zurück. Von dem Essen rührte sie keinen Bissen an. Das war etwas, was Henriette mehr kränkte als alle Vorwürfe. Aber die Schwester hatte sich schon an die Launen Franzis gewöhnt und nahm sie nicht ernst. Sie erzählte ganz gleichgültig, daß Minna sie für die Osterfeiertage nach Prag eingeladen habe. Franzi zuckte die Achseln, ohne zu antworten, und ging gleich nachher fort, bloß um allein zu sein.

Die Stunde, die sie nun müßig verbrachte, mußte zwar abends am Klavier oder nachts mit dem Abschreiben von Noten wieder eingeholt werden, aber das war ihr ganz gleich, ja, sie legte sich gern Mühe und Opfer auf, wenn sie nur mit Erwin verknüpft waren. Und das war ihr eigen: so gewaltsam, fast brutal sie früher gegen sich, gegen die Schwester und alle Menschen gehandelt hatte, so zart war sie jetzt gegen Erwin. Sie fühlte nach den ersten Tagen, daß sie ihm ihre Liebe nicht unverhüllt zeigen durfte, daß er wie ein Halbgenesener noch Angst vor jedem grellen Licht hatte. Sie zwang sich zur sanften Heiterkeit, wenn sie jubeln wollte, und zu einem müden Lächeln, wenn ihr verzweifelt zumute war. Denn auch das kam vor. Das hochaufrauschende Glück der ersten Tage blieb sich nicht gleich.

Bald hatte Erwin zum zweiten Male Hedys Namen genannt (welch ein verkrüppelter Name, dachte Franziska), hatte von ihr erzählt, ohne zu fühlen, daß Franzi diesen Namen nicht mehr hören wollte, daß er ihr weh tat; sie selbst wollte mit Namen gerufen sein, oft war sie abends so müde. – Gerade jetzt sehnte sie sich so tief aus dem engen Kreis ihres Daseins hinaus in ein Leben, in dem nichts mehr an die Vergangenheit erinnerte, kein fremder Name, kein fremdes Glück und Leid.

»Sprich nicht mehr von ihr, Erwin.«

»Wie du willst«, sagte er.

»Nein, versteh mich recht, es ist nicht meinetwegen, aber für *dich* ist es nicht gut. Weißt du das nicht? Glaube mir, laß diese alte Sache begraben sein; versprichst du mir's?«

Erwin versprach es, aber er konnte Franziska nicht folgen. Gerade in dieser Überschwenglichkeit des ersten Gefühls, das auch ganz alltägliche Naturen über sich selbst erhebt, konnte er ihr nicht folgen. Er wehrte sich gegen sie, still und unbewußt, aber mit der ganzen Energie seines Wesens. Er wollte Ruhe. Er wollte keine Abenteuer mehr. Der Zufall hatte ihm Franzi nahegebracht, der Wunsch, sich sein Leid vom gequälten Herzen zu sprechen. Es war ein glücklicher Zufall, daß sie in derselben Stadt wohnten, aber was ihn zu ihr geführt hatte, hätte ihn zu jedem anderen Menschen führen können. Franziskas großes, glühendes Gefühl bedrückte ihn, machte ihn müde, zeigte ihm, wie schwach er war.

Er dachte, nur in seinem Beruf habe er Glück gehabt. Hedy empfand er als schweres Unglück. Er wollte überhaupt nicht daran denken, wollte an nichts denken als an seine Zukunft, an Latein und Arithmetik, an den Beruf, den er sich gewählt hatte, und an das Glück, das er sich einst mit blinder Energie schmieden wollte. War nicht alles an ihm, in ihm »Einst«? Aber noch glaubte er an seine Energie. Mit dieser Energie wollte er sich einen Weg durch die widerstrebende Gegenwart bahnen wie mit einer eisernen Stange, er glaubte, er könne sich sein Glück und seine Zukunft erzwingen, mit eigener Hand, er allein, aber auch nur für sich allein – als sei Zukunft, Glück und das ganze Leben etwas Wirkliches und nicht vielmehr bloß ein leerer Name für Begegnungen mit Menschen, freudvolle und leidvolle, und solche ohne Farbe.

Daß Franziska etwas Ungewöhnliches war und daß der Gewinn eines solchen Menschen mehr wert war als das Abiturientenexamen, die Doktorprüfung und selbst sein Patent (das vielgeliebte, das ihn an Hedy und an den Erwin von einst erinnerte), das konnte er nicht begreifen. Er hatte sich nun einmal in die Gestalt eines vom Leben betrogenen Menschen hineinphantasiert, und jetzt, nachdem die Tatsachen längst darüber hinweggegangen waren, konnte er nicht von dieser Idee lassen. Was an ihm gesund und stark war, das setzte er ungeteilt an das Studium und war wirklich glücklich, als ihm ein Professor sagte, daß er wohl noch in diesem Jahre die Prüfung bestehen könne, wenn er auch weiterhin so fleißig war wie bis jetzt, und daß dann im nächsten Jahre das Abiturientenexamen ihm sicher war. In der Enge seiner Aufgabe konnte er sogar mehr leisten als verlangt wurde, und hier allein hatte er das Gefühl von Kraft und Sicherheit.

Franziska ging neben ihm. Sie konnte nicht mehr ohne ihn sein, ohne ihn atmen. Er nahm diese Tatsache hin, aber das war auch alles. Sie durfte ihm nicht mehr als eine Schwester sein – und ein Traum in der Morgendämmerung, der ihm zeigte, daß sie ihm doch mehr als Schwester war, machte ihn unglücklich und glücklich zugleich.

Er war am Abend vorher zum ersten Male mit ihr wieder den Weg durch die Pappelallee gegangen. Nach einigen sonnigen, aber noch kühlen Tagen war es wieder warm und regnerisch geworden, und über die Wiesen wehte eine süße Luft. Franziska, die sonst immer aufrecht und frei neben Erwin herging, lehnte sich schwer an seinen Arm. Es war eine sonderbare Liebkosung, wenn ihr der erwachende Wind den rauhen Stoff seines Mantels ins Gesicht wehte.

Als sie bei der ersten Pappel standen, machte sich Franziska von Erwins Arm frei. Der Wind riß an ihren Haaren. Ein Kamm löste sich. Schildpattkämme und Nadeln waren der einzige Luxus, den Franzi sich jetzt gönnte. Erwin mußte lange suchen, bis er den goldgelben Kamm zwischen den Gräsern fand. Franzi lehnte sich schlank an eine Pappel und sah ihm zu, ihre beiden Hände hielten die schwere Haarkrone zusammen und schienen sie zu liebkosen. Diese weißen Hände in der Dunkelheit hatten Erwin seltsam ergriffen; er wußte nicht warum. Auch Franzi wußte nicht, weshalb sie auf dem Heimweg seinen Arm nicht nehmen wollte und weshalb sie so müde war.

Diese beiden Hände sah Erwin im Traum wieder. Sie schimmerten feucht und weiß, hielten mit zitternden Fingern das schwere Haar zurück; und doch glitten die Flechten unaufhaltsam durch die Finger hindurch, fielen auf Erwins bloße Brust, stiegen in warmen Wellen bis zu den Lippen empor, die nicht mehr atmen konnten, und bis zu seinen Augen, die sich gegen seinen Willen schlössen. Von allen Seiten umhüllte ihn Franzis Haar, lähmte ihn und erfüllte ihn zugleich mit einer unbeschreiblich süßen Empfindung. – Das Gefühl ihrer Nähe, ihrer zitternden Hingabe, wuchs aus verdämmernder Ferne immer stärker, ging auf wie ein Licht, zögerte dann und verschwand plötzlich, wie von seinem Atem fortgeweht.

Beim Erwachen quälte er sich mit dem Gedanken, daß er sich selbst untreu geworden sei, aber abends, als er mit Franzi den Weg durch die Bergheide ging, den sie das erstemal genommen hatten, den Weg durch den Kiefernwald, an dem Muttergottesbild vorbei, da fragte er sie inmitten von gleichgültigen Worten:

»Könnte es nicht doch ganz anders zwischen uns sein? Letzte Nacht ... träumte ich von dir.« Und leise: »Warum? Warum kommst du nur im Traum zu mir?«

»Warum?« fragte sie hart. »Wäre es dann anders? Wenn du mich lieb hättest wie ich dich, könntest du dann noch fragen?« Sie tat sich Gewalt an und lächelte. Aber ihr Herz blieb doch schwer; sie konnte den weichen, warmen Abendwind von gestern nicht vergessen, der sie so nahe an Erwins Brust getrieben hatte; wie konnte es sein, daß er das nicht gefühlt hatte!

Ihre Liebe fragte nicht nach Gegenliebe und Belohnung, aber im Grunde blieb sie allein, grauenhaft allein; einst tat das »Allein« wohl, nun tat es weh. Erwins Worte streiften sie nur von fern. Sie wühlten nur Leidenschaft in ihr auf, dann verließen sie sie, ließen sie plötzlich einsam, gierig nach Glück, zerfressen von Sehnsucht nach etwas, dessen Namen sie nicht kannte.

8

Am nächsten Morgen reiste Henriette nach Prag. Nun mußte Franzi zwei oder drei Tage allein in der Wohnung bleiben, denn Henriette hatte keinen bestimmten Tag für ihre Rückkehr festgesetzt. Aber weshalb wirkte diese heißersehnte Einsamkeit so quälend, weshalb wurde Franzi in solch einer sonderbaren Unruhe durch die leeren, wartenden Zimmer getrieben? Gegen fünf Uhr abends wurde sie müde. Erst um sechs Uhr wollte sie Erwin auf dem Weg nach der Bergheide treffen. Sie öffnete weit die Fenster; lehnte sich in den Stuhl, breitete die Hände unter den Kopf und schlief ein, so tief, wie sie nachts nie schlief. Es pochte; sie erwachte in freudigem Schrecken. »Erwin!« Aber nur der Telegraphenbote stand vor der Tür. Ein kleines, zusammengefaltetes Blatt hielt sie enttäuscht in den Händen; dann las sie, noch im Licht der kleinen Treppenlampe: »Probespiel vor Dimietz auf Kontrakt. Constanza, Hotel Majestic.«

Sie legte das Telegramm wieder sorgfältig zusammen, kam in das dunkle Zimmer zurück. Ruhelos lief sie aus dem einen Zimmer ins andere, stieß sich plötzlich an der scharfen Kante des alten Stuhls, in dem sie vorher geschlafen hatte, das Knie wund; der plötzliche Schmerz, atemraubend und brutal, schrie: Erwache! Besinne dich!

Sie legte das Telegramm unter den Fuß des Klavierleuchters, damit es nicht fortgeweht würde, und begann ihre Kleider für die Reise nach Prag einzupacken, raffte ihr Eigentum aus den letzten Winkeln der Kommode zusammen, wollte nichts zurücklassen. Jetzt begriff sie, daß in dieser Stunde ein neues Leben beginne. Nie mehr würde sie vor der Tür des Kaufmannes Osterkorn stehen, die Glocke ziehen und endlos warten, bis schließlich die kleine Elise aus dem Garten geholt war; dann mußte man ihr erst noch die von Erde beschmutzten Hände waschen, denn sonst beklagte sich die Frau bitter bei Franziska.

Da stieß Franzi auf Erwins vergilbte Veilchensträuße, die unter der Wäsche verborgen lagen. Sie achtete nicht auf das wunde Knie, sprang auf, ließ das Köfferchen stehen, wie es war. Wie hatte sie Erwin vergessen können? Im Vorübergehen nahm sie das Telegramm mit. Sie eilte über die trotz des Frühlings menschenleeren Straßen zu dem Hause, in dem Erwin wohnte, stieg so schnell die Treppe hinauf, daß ihr Herz schmerzhaft zu pochen begann.

Erwin saß bei seinen Büchern und las. Seine große silberne Uhr lag auf dem Tisch und tickte laut …Alles, Erwins hohe schöne Stirn, seine braunen, etwas schweren Hände, die aufgeschlagenen, leicht emporgerollten Seiten seiner Bücher und das weiße Zifferblatt der Uhr wärmten sich in dem sanften Schein einer großen Studierlampe, die von einem grünen Schirm bedeckt war.

Franziska hielt ihm das zerknitterte Telegramm hin, aber in seinen sonst so kühlen grauen Augen flammte solch eine Glut auf, daß Franzi wortlos die Hand mit dem Telegramm sinken ließ. – »Heute lächelt er zum erstenmal«, dachte sie. »Wie soll ich ihm sagen, daß wir Abschied nehmen sollen? Auf lange, vielleicht für immer?«

»Du bist also doch zu mir gekommen, Franzi?« fragte er.

»Noch kann ich gehen, ich muß fort«, dachte Franzi. »Ich muß ihm stumm Lebewohl sagen. Wir werden nie diese Stunde vergessen. Vergessen? Weißt du jetzt, daß er dich liebt? Sagen es dir seine Augen? Ich gehe, dort ist die Tür, an der Schwelle will ich ihn küssen, meinen Arm zum letztenmal um seinen Hals legen. Wozu Worte? Er wird wissen, daß es für immer ist.«

Sie ging, aber ihr Herz klopfte nicht freudig, sondern in Angst, wie damals in der ersten Stunde dieses Frühlings unter der nachtumhauchten Pappel. Sie ging. Das dünne Blatt Papier lag in ihrer Hand, schwer wie Blei.

Er kam ihr nicht nach. Sein Blick erlosch; er wandte sich ab.

Sie wollte bitten, erklären, sprechen, fliehen, eine unnennbare Angst trieb sie zu ihm, wieder zurück zu ihm, in den Schatten seiner schweren Schulter. Die Angst zitterte in ihren Gliedern fort, die fremde Wärme einer fremden Brust war bedrückend, atembrausend und drohte. Sie sah auf, sie riß sich von ihm los. Sie sah die Lampe verlöscht, graue Wolken stiegen aus dem Zylinder hervor und schwebten gleich Gewitterwolken niedrig durch das finstere Zimmer.

Sie ging von ihm fort, wanderte ohne Ziel, ohne Gedanken in dem unbekannten Raum umher, hörte ihre Schritte und konnte nicht begreifen, daß sie es war.

Erwin kam ihr nach, hielt ihren Arm. Er sah ihr ins Gesicht: »Du liebst mich nicht?«

Franziska schwieg. Schweigend erwiderte sie seinen verlangenden Blick, schweigend zog sie ihre Hände zurück und fröstelte.

»Nein, ich liebe dich nicht.«

»Ist es denn meine Schuld?« dachte sie. »Die Constanza wartet auf mich. Auf diesen Tag habe ich Jahr um Jahr gewartet, das war es, was ich wollte. – Dort, dort muß ich hin.« Seine Lippen suchten im Dunkeln die ihren, und plötzlich war ihr die Zukunftswelt entfremdet; die willenlose Schwere ihrer Glieder, das Atmen ihrer beklommenen Brust, alles sagte: Bleibe bei ihm!

Erwins Blick wanderte über ihre Augen, sie wurden plötzlich so unendlich müde. Erwins Blick wanderte über ihr Gesicht und über ihren bloßen Hals. Da hing eine dünne Silberkette mit einem granatenbesetzten Kreuz, das einzige Geschenk von Minna, der einzige Schmuck, den Franzi trug. Sie fühlte, wie Erwins Blick herabglitt, ins Wesenlose verschwand. Nun wußte sie: jetzt endlich kann ich gehen. Nun bin ich frei. Hätte er mich noch eine Sekunde länger mit seinen Augen gehalten, dann wäre ich verloren gewesen. Hieß ihn glücklich machen, sich verlieren? War nicht alles sein? Gehörte nicht alles ihm? Sie nestelte das Schmuckstück los. Nie hätte sie sich sonst davon getrennt, auch im Schlafe nicht. Nun hielt sie es ihm hin, und ganz leise:

»Ich liebe dich nicht?«

Er nahm das Kreuz und betrachtete es aus der Nähe. Sie fühlte, wie er von ihr fortging. Der Mensch der skeptischen Vernunft, der Wirklichkeit, der Wochentage erwachte in ihm. Franziska begriff: Jetzt gehen – ihn auf immer verlieren. Sie sah ihn lange an, und dann mit einem Aufatmen, tief wie ein Schrei, warf sie sich an seine Brust, fühlte, fühlte: mit dieser Umarmung war sie sein, mit dieser Umarmung gehörte er ihr.

Sie erwachte. Sie staunte. Zart grün-weiß schimmerte der Schirm der Lampe. Die silberne Uhr tickte, draußen stand eine stille Nacht. Auf dem dunklen Holz des Fußbodens lag ihr leichtes Kleid, das von dem Stuhl herabgeglitten war. Sie wollte es aufheben, streckte die Hand aus; da fühlte sie erschreckt die Nacktheit ihrer Arme und verbarg sie fröstelnd unter einer schweren Decke.

»Wo bin ich?« dachte sie. »Was war vorher? Was kommt nachher?«

Müde waren ihre Augen, stumpf ihre Gedanken, ihre Welt entgöttert. Zum ersten Male verzweifelte sie an sich. Es war still. Erwin sagte kein Wort, atmete tief.

Stille, nur stille bleiben, wie sie war, sich nicht rühren. – Aber eine lautlose, dunkle Sekunde nach der anderen rann vorüber wie eine Welle über den Strand, und jede ließ sie trauriger zurück.

Sie sah die Franzi von gestern vor sich und beneidete sie. »Ich müßte jetzt glücklich sein, wenn ich ihn liebte.«

Ihr Knie schmerzte. Sie hatte es sich vorhin wund gestoßen, als sie das Telegramm bekam, und jetzt sah sie sich im Lehnstuhl schlafen, im Schlaf noch auf Erwin warten, sich nach ihm sehen, im Schlaf ihren Mund dem seinen entgegentragen. Ihren Mund und alles, was sie zu geben hatte.

Sie besann sich, raffte sich auf, hatte sich wieder. Ein Abschiedskuß war es, ein letztes Sich-gehören vor einer langen Zeit des Fernseins. Ein Augenblick des wolkengetragenen Vergessens vor einer Zeit der irdisch nüchternen Arbeit, eine Stunde Romantik vor einem ganzen Dasein moderner Lebensgesinnung.

Sie beugte sich aus dem Bett. Erst legte sie Erwin die linke Hand über die Augen. Schauernd trat sie auf den kalten Fußboden und suchten in der Tasche ihres Kleides nach der Depesche.

Erwin hatte Franzis Hand sanft fortgeschoben und sah ihr in das tief errötende Gesicht. War das noch Franziskas Gesicht? Hatte er früher nie diesen herben und doch so leidenschaftlichen Mund gesehen? Nie diese wunderbar strahlenden Augen von metallischem Blau, die ihn so innig an sich zogen, daß er nichts sah als sie allein und daß des Mädchens Blöße wesenlos wurde, eine weiße Wolke, zart und halb durchsichtig vor einer starken Sonne?

Franzi hielt das schmale Stück Papier in der Hand.

»Ach, laß das doch! Komm zu mir, Franzi! Nun lasse ich dich nie mehr fort.«

»Nie mehr?«

»Bist du nicht mein? Weißt du es nicht?«

Sie zitterte, schwieg, lächelte. Still rollte sie das Papier zusammen und zündete es an, hielt die winzige Fackel vor seine Augen, die goldig schimmerten. Aber er zuckte zurück.

»Habe doch keine Angst vor mir«, sagte Franziska, »ich wollte nur deine Augen sehen.«

Das Licht erlosch. Er zog sie an ihren schlanken Armen zu sich empor. Der letzte Schimmer des verglimmenden Papiers fiel über ihr erblassendes Gesicht, das so strahlend rein, so tief unschuldig, so überirdisch schön war. Schön wie nie früher und nie später in ihrem Leben.

Einst, in der mattschimmernden Bahnhofshalle in Prag, hatte sie in Erwins Blick, von fern her, im nächsten Augenblick entschwindend, die Süße des Lebens, die Seligkeit der Kreatur gefühlt, das Herrliche, bloß zu leben, zu atmen, still zu bleiben, an irgend etwas Fremdes hin-gegeben zu sein, an fremder Hand fremden Wegen zu folgen.

Stärker hatte sie es an dem Vorfrühlingsabend im Walde gelebt, in dessen grünes Dunkel das rote Licht des Madonnenbildes hereinsickerte. Alles war gut, selbst der lautlos bescheidene Tod der Mutter, ihrer Schwester von Schulsorgen bestaubte Stirn, dieser Gang an Erwins Arm durch nachtstille Wälder, die nicht Anfang noch Ende hatten, die Zärtlichkeit der frühlingsweichen Erde, der schöne, warme Klang seiner tiefen Stimme.

Bei ihm bleiben hieß nicht mehr verzichten. Sich ihm hingeben hieß nicht, sich selbst ver-lieren: ihre grenzenlose Liebe machte in dieser Stunde aus Erwin einen Gott und mußte einen

Gott aus ihm machen, weil er von jetzt an höher stand als ihre Kunst, als der Beifall aller Menschen in der Ferne, als Ruhm, Reichtum und alles durch eigene Kraft erworbene Gut. Sie blieb. Sie ließ die Constanza warten. Sie fiel ab von den Idealen ihrer Jugend. Sie gehörte sich selbst nicht mehr.

»Ich werde *dir* Beethoven vorspielen«, sagte sie zum Abschied. »Komm morgen abend zu mir.« –

Daheim stand noch, weißschimmernd in der Dunkelheit, das Häufchen Kleider und Wäsche, das Franziska für die Reise nach Prag hatte einpacken wollen. Sie reiste nie mehr fort. Sie blieb. Langsam legte sie nun Stück für Stück wieder in die Kommode zurück, nur das weiße Kleid, in dem sie der Constanza und Dimietz hatte vorspielen wollen, behielt sie länger in der Hand. Der leichte, billige Batist wog schwerer als der dichteste Samt. Sie konnte es nicht über sich bringen, das Gewand wieder in die Dunkelheit zurückzutun. ›Ich werde es morgen für ihn anziehen, wenn er zu mir kommt‹, dachte sie. ›Nun muß ich schlafen. Aber kann ich schlafen? Kann ich in solch einer Nacht schlafen?‹ Sie ging wieder die kühle Treppe hinab, durch nachtdunkle Straßen den Weg zur Heide; Tauben gurrten, aneinandergepreßt, unter niedrigen Giebeln, eine Drossel schlug in der Ferne. Aus einer Backstube schimmerte Licht. Zwei junge Burschen gingen umher und trugen schwere, mehlbestaubte Brotlaibe auf den nackten Armen. Sie sangen; allmählich verklang der Gesang, der warme Schimmer verblich, und die Welt wurde stiller als zuvor. Ganz leicht glänzten die Straßen. Franzi ging an Bäumen vorbei, die fremd und stark dufteten, und schwer streiften sie mit ihren feuchten, zart belaubten Zweigen ihr Haar.

Von weitem glimmte das Licht des roten Lämpchens. Es schien sich, vom Morgenwind bewegt, vor dem dunklen Heiligenbild zu beugen. Franziska schlug im Vorübergehen ein Kreuz über Stirn, Mund und Brust. Als die Hand am Halse die Silberkette vermißte, dachte Franzi zuerst, sie hätte sie verloren, dann aber erinnerte sie sich, daß sie sie Erwin geschenkt hatte. Das Gefühl, einem Menschen mit ganzer Seele, bis in die letzten Fasern ihres Lebens zu gehören, flammte auf, überwältigte sie, trug sie fort.

Franziska betete nie. Sie glaubte nicht an Gott. Aber diese Stunde warf sie vor die Stufen des Heiligenbildes nieder. Sie wußte nichts von ihren Tränen. Wie ein Kind, in Schmerzen zitternd und dann wieder in wortlosem Jubel, schüttete sie ihr Herz vor der Mutter Gottes aus. Sie legte alle ihre Hoffnungen auf Ruhm, Erfolg, Reichtum und das Glück der Welt hier nieder wie einen zu Ende gelesenen Brief. Dafür aber sah sie in dem ersten tief beglückenden Frieden ihrer Seele tausend Tage, tausend Nächte wie die letzten, aufdämmern im beginnenden Morgenrot.

Dritter Teil

1

Nach traumlos tiefem Schlaf erwachte Franziska. Strahlend, noch immer gegenwärtig, lag ihr Glück hinter dem Dunkel dieser Nacht. Sie war müde, aber sie bereute nicht. Als sie ihr weißes Sonntagskleid Erwin zu Ehren anzog, als sie Erwin zuliebe die *D*-Moll-Sonate von Beethoven auf das Klavier legte, empfand sie, wie nahe sie der Franziska der letzten Nacht verwandt war.

Zum erstenmal seit vielen Jahren ließ sie an diesem Tage die Tasten des Klaviers unberührt. Ihr erster Klang sollte Erwin gelten, ihrem einzigen Besitz: denn sie fühlte, die gestrige Nacht war mehr als ein Versprechen, es war ein Gelübde, und legte ihr ganzes Dasein in Erwins Hände.

Ihre Müdigkeit war so groß, daß Stunden des Schlafes und des halbwachen Hindämmerns einander so leicht und ohne Erschütterung folgten wie Licht und Schatten auf einer Wiese, über welche Wolken hinwegziehen. Als aber der Abend kam, wurde Franziska ängstlich, wehrte sich stärker gegen den Schlaf, um Erwins Pochen an der Tür nicht zu überhören.

Nun flog der Schall eilender Schritte zu ihr empor, ungemessenes Glück versprach ihr jäh aufbrausendes Gefühl. Sie lief zur Tür und sah gerade noch die aufgeschlagenen, mit grauer, schon verblichener Tinte beschriebenen Notenblätter auf dem Pult, gedachte mit befreitem Lächeln der langen Stunden, die sie vor einem Jahre dem Abschreiben der Sonate gewidmet hatte, öffnete die Tür zu freudigem Willkommen und sah das erstaunte Gesicht des Telegraphenboten von gestern vor sich. Wortlos nahm sie das gefaltete Formular entgegen und ging in ihr Zimmer zurück. »In diesem Telegramm muß etwas Böses stehen«, dachte sie. »Muß?« Sie ließ die Depesche liegen, wollte sie erst in Erwins Gegenwart öffnen. Es wurde dunkel. Sie zwang sich zur Ruhe, wartete, trat nochmals auf den Treppenflur hinaus, lauschte auf Erwins Schritt, alles blieb lautlos still. Und sie öffnete das kleine Blatt.

»Kann nicht kommen. Muß dringend verreisen. Baldiges Wiedersehen. Erwin.«

Nichts rührte sich, alles blieb lautlos still. Sie legte das Papier wieder zusammen, ging in ihr Zimmer zurück, öffnete die Kommode. Verbarg das Telegramm unter den vertrockneten Veilchen. »Es ist ja doch von Erwin«, dachte sie. Eine Weile blieb sie auf den Knien vor der geöffneten Lade. Das Knie, von gestern abend noch wund, begann zu schmerzen. Langsam stand sie auf, unterdrückte mit großer Mühe die aufsteigenden Tränen, schloß das Klavier, wollte in plötzlicher Wut das Notenheft zerfetzen – riß es an sich, fühlte ihr Herz rasend dagegen pochen. Sie atmete auf, tief, glättete dann behutsam die schon zerknitterten Seiten. Dann warf sie sich in der tiefsten Erbitterung ihrer jungen Seele über die vertrockneten Veilchen, zertrat, zerstampfte sie mit den Füßen auf dem Boden. Mit den Absätzen ihrer Schuhe zerfetzte sie das Telegramm.

»Es ist doch alles umsonst«, dachte sie, »er müßte dabei sein und es sehen. Warum ist er nicht hier? Könnte ich ihn nur zwingen. Nein, nicht ihn, mich!«

Sie schleuderte das Batistkleid von sich, als wäre es etwas Schmieriges, Ekelhaftes, stopfte es in den kleinen Koffer, der noch von gestern dastand, legte dann ruhiger die Wäsche und ganz zu oberst mit zarter Hand einige Notenhefte darüber und wollte zur Bahn. »Aber ich habe nicht Geld genug«, dachte sie, stellte den Koffer in die Ecke, verließ das Zimmer und versperrte die Tür. »Wozu? er kommt ja doch nicht mehr.«

Sie dachte an Geld: Daß es doch noch etwas wie Geld gibt! Nicht bloß Erwin allein. Das tat ihr wohl. Auf dem Wege zu dem Kaufmann Osterkorn begegnete ihr Frau Reichner, die Totenwäscherin, und grüßte mit einem lauernd freundlichen Lächeln. Franziska stieg die Treppe hinauf und läutete. Nichts meldete sich. »Es muß doch jemand zu Hause sein«, dachte sie, »denn die Reichner kam ja eben von hier.« Sie ging in den Laden hinab, sah Herrn Osterkorn schon auf sie warten. Ein hämisches Grinsen verzerrte seinen Mund. »Und doch muß es sein«, dachte sie. »Es ist ja nur Geld.« Sie bat ihn, mit ihr in sein Kontor zu gehen. Dort erzählte sie, daß sie ganz unerwartet eine große Ausgabe habe; er möge das Geld für die Lektionen des kommenden Monats im voraus bezahlen. Das habe er ja früher mehr als einmal getan. Aber er schüttelte den Kopf, und sein argwöhnischer Blick tastete lauernd an ihrem Gesicht und an ihrer Gestalt herum.

»Bedaure«, sagte er schließlich mit heuchlerischer Milde, »das kann ich leider nicht, denn im kommenden Monat wird unsere Elise keine Stunden nehmen. Vielleicht später. Sie entschuldigen mich doch? Ich bedaure tatsächlich, aber die Kunden warten.«

Franziska ging. Die Empörung hob sie anfangs über den schmählichen Augenblick hinweg. »Die Reichner hat ihnen erzählt, daß ich bei Erwin war. Nun wollen sie meine Klavierlektionen nicht mehr. Meine Arbeit ist das Zehnfache wert; sechzig Heller sind ihnen zuviel.« Mit erneuter Gewalt erwachte die Erinnerung an Erwin. Alles fand sie begreiflich, Elises elendes, nervenmarterndes Spiel, Frau Reichners unverhüllte, mit reiner Lust am Bösen betriebene Spionage, selbst Kaufmann Osterkorns Pharisäertum. Alles begriff sie, nur eins nicht: Erwins Flucht. Wo er sich nun umhertrieb, das war ganz gleich. Daß er nicht bei ihr war, im ersten Augenblick, da sie ihn brauchte, erschien ihr nicht nur lieblos, sondern auch feig, unmännlich, charakterlos. Das verzieh sie ihm nie.

Sie blieb vor einem schrecklichen Ereignis nicht stehen. Sie setzte mit fester Hand ihr »Gut« oder »Böse« darunter und fand darin wenigstens für die ersten Stunden kümmerlichen Trost. – Trotzdem blieben die nächste Nacht und der nächste Tag fürchterlich. Immer hatte sie den Schritt Erwins auf der Treppe im gequälten Ohr. Endlich fühlte sie den Schlaf kommen, auf zarten Füßen, wie über eine Wiese, da legte sich ihre Wange auf das warm gewordene Kissen wie an Erwins Brust. Ihr graute, sie machte Licht und sah die Leinwand feucht von ihren Tränen.

Am nächsten Tage erwartete sie mit Ungeduld Henriettes Kommen. Sie ging im Zimmer umher, sie wich dem Klavier aus. Sie fand so schwer den Mut, sich an den Flügel zu setzen. Endlich hatte sie ihre Schwäche überwunden, endlich das erste Stück, eine Ballade von Chopin, begonnen. Aber sie spielte schlecht. Sie schämte sich. Sie hatte nie so schlecht gespielt wie an diesem Tag. Aber sie erzwang das Gelingen. Stunden auf Stunden gingen darüber hin. Mit den letzten, endlich, endlich machtvoll klingenden Akkorden fühlte sie sich beruhigt; zum erstenmal seit vierundzwanzig Stunden trat sie über die Schwelle und ging den Weg zur Bahn. Morgen war der erste Wochentag, heute abend muß Henriette kommen. Noch im Schatten des Hauses ging Erwin schnell an ihr vorüber, erkannte sie erst jetzt und kam ihr nach.

»Franziska!«

Sie ging unbekümmert weiter.

»Franziska«, sagte er, nun an ihrer Seite. »Verzeih mir doch! Entschuldige mich! Glaube mir, ich mußte fort.«

Sie schwieg.

»Du schweigst? Warum siehst du mich nicht an?« Sein Schritt wurde müde.

»Geh, bitte, laß mich allein«, sagte sie. – Aber dieses Nein machte sie nicht so glücklich, als sie erwartet hatte. Als sie Henriette beim Ausgang des Bahnhofes begegnete, warf sie sich wortlos und ohne Tränen, aber mit der ganzen Kraft eines vollständig verzweifelten Menschen an ihre Brust.

Erwin wartete immer noch vor dem Haustor.

Franziska kam Arm in Arm mit Henriette zurück. Henriettes Blick streifte ihn mit Unfreundlichkeit und Mißbilligung. Nun ging er fort. Er hatte zwei Nächte nicht geschlafen. Die eine Franziskas, die andere Hedys wegen. Denn wohin hätte er reisen sollen, wenn nicht zu ihr? Und nun kam die dritte Nacht mit ungewohnter Stille und wollte sich ihm dennoch nicht fügen. In dieser Nacht schlief Franziska. Sie hörte durch die offene Tür Henriettes Atemzüge, empfand sie sanft wie eine beruhigende Liebkosung.

Am nächsten Morgen sagte Franziska zu ihrer Schwester: »Ich brauche Geld.«

»Nein, jetzt? Wozu Geld? Es geht nicht, es ist unmöglich.« »Es muß doch noch Geld in der Sparkasse liegen.«

»Was fällt dir ein«, sagte Henriette, »weißt du nicht, daß es längst alle ist?«

»Das Geld gehört mir ebenso wie dir.«

»Ja, aber ich habe es doch zu verwalten. Ich bin vor dem Vormundschaftsgericht verantwortlich.«

»Sieh doch, Henriette, wenn es überhaupt einen Zweck hat … wenn diese paar Kreuzer überhaupt etwas helfen können, so wäre es jetzt … glaube mir … Es ist wirklich notwendig … unbedingt.«

»Ach, du hast doch Noten genug«, sagte Henriette, »du schenkst sie sogar fort!«

Henriette wollte das Kapital nicht angreifen. Die Zinsen waren ohnedies so lächerlich geringfügig, daß sie nicht einmal für die notwendigsten Ausgaben reichten. Henriette hatte einen alten Wunsch, eine automatische Kaffeemaschine, aus der sie ihre Freundinnen, die alten Lehrerinnen, bewirten konnte. Aber es ging nun einmal nicht. Die zwei Reisen nach Prag, Franziskas und die ihrige, hatten allzuviel gekostet.

»Hättest du es doch früher gesagt«, meinte sie.

Franzi wollte von dem Telegramm erzählen, fand aber nicht den Mut anzufangen. Sie war es nicht gewohnt, sich zu schämen.

Aber es blieb doch nichts anderes übrig. Während Henriette in der Schule war, suchte Franzi alle möglichen Hilfsquellen hervor, aber das Sparkassenbuch war doch die einzige Rettung. Es mußte sein. Sie konnte nicht neben Erwin leben und die Luft derselben Stadt atmen, die mit ihrer Liebe vergiftet war. Jetzt noch zu bleiben erschien ihr nicht nur erbärmlich und feig, sondern unnatürlich wie Blutschande. Die Straßen, das Zimmer hier, der Bildstock am Berg, der Weg durch die Pappeln im Frühlingswind, alles schien ihr befleckt durch die Erinnerung. Ihre Heimat verlassen bedeutete soviel, als mutig mit allem brechen, was sie hier erlebt hatte.

Sie nahm das Sparkassenbuch aus dem Schrank und erwartete die Schwester an der Schule. Es war noch nicht elf Uhr, alles lag noch still da; endlich schlug die Schulglocke. Kleine Mädchen mit roten und blauen Schleifen an den kurzen Zöpfen stürzten unter lautem Plappern und Lachen aus den dumpfen Zimmern, graue Griffel, an langen Bändchen befestigt, klapperten gegen die harten ledernen Schultaschen, die Schülerinnen kreischten über die Treppenstufen herab, indem sie einander mit den Ellenbogen anstießen. Es wurde ruhiger, aber Henriette kam nicht. Franzi dachte: »Wenn Henriette nun noch eine Stunde zu geben hat? Dann wird inzwischen das Sparkassenamt geschlossen, oder wenn sie bei ihrem Nein bleibt, bei ihrem lächerlichen, unmöglichen Nein, dessen Schwere sie gar nicht verstehen kann … Wie sollte sie es denn auch?« … Sie errötete. Da sah sie Henriette im Gespräch mit Fräulein Oberleitner die Treppe herabkommen und zwang sich zu einem Lächeln, das Henriette gar nicht einmal bemerkte, so schwach war es. Das Gespräch mit dem alten vertrockneten Fräulein, einer Handarbeitslehrerein, zog sich in die Länge, schließlich ging Fräulein Oberleitner fort. Ihr kleiner Kopf nickte unaufhörlich wie der einer erzürnten Henne.

Henriette stand neben Franzi und sah ihr ernst in die Augen. Franzi fühlte, als sie wider Willen stärker zu lächeln begann, daß ihr Lächeln schmeichlerisch und schuldbewußt wurde, so sehr sie auch dagegen ankämpfte.

Sie begann zu zittern, von Ekel gewürgt.

»Was hast du da?« fragte endlich Henriette und nahm ihr das Sparkassenbuch aus der Hand. »Na ja, es ist recht, du sollst deinen Willen haben.« Sie gingen stumm zum Gebäude der Städtischen Sparkasse.

An den Kleidern der älteren Schwester haftete noch der Geruch nach Schule, nach Kreide, nach feuchten Schwämmen, eingetrockneter Tinte, nach gespitzten Bleistiften, nach armen Kindern, derselbe Geruch, den der Vater stets heimgebracht hatte.

Franzi sah zu der Schwester empor: sah ihr schlichtes Haar, das sich bereits lichtete, die stets müde, von kleinen Sorgen bestaubte Stirn: sah ihrer Schwester Leben in der gleichen Bahn laufen wie das des verstorbenen Vaters, begonnen und beschlossen in demselben zweistöckigen grauen Hause, umgeben von denselben, stets neu herbeiwandernden Kindern, die alle das Haus nur ein wenig älter verließen und einer wechselvollen Zukunft entgegenstrebten, während die

Schwester erst dann los und ledig wurde, wenn sie ganz alt und völlig abgenutzt war wie eine allzuoft beschriebene Schultafel, auf der die Kreide nicht mehr haftet.

Dann erst kam die Ruhe, das freudlose Stillsitzen an der Sonne, sofern es Sonne gab, das Warten auf den Tod, so wie sie früher auf das Ende einer Schulstunde gewartet hatte. Wie unglücklich ist sie doch im Grund! dachte Franziska. Wie glücklich wäre ich selbst, wenn ich *ihn* nicht kennengelernt hätte.

»Wieviel brauchst du eigentlich?« sagte endlich Henriette vor dem Eingang in das Sparkassengebäude.

»Einhundertsechzig Kronen«, antwortete Franzi. »Soviel beträgt doch mein Teil.« Sie wußte, sie käme nie wieder zurück.

»Gut«, sagte Henriette, »du kannst draußen auf mich warten.« Sie ließ sie allein.

»Draußen! Ja, sie schämt sich meiner«, dachte Franzi. »Mir ist es übrigens gleich, vielleicht verdiene *ich* es nicht anders. Erwin ist vielleicht auch nur deshalb fort von mir, weil er sich meiner geschämt hat.« Aber das war noch nicht die letzte Demütigung dieses Tages. Zu Hause holte Henriette noch die fünfzehn Kronen hervor, die ihr Franzi als die Hälfte von Minnas Geschenk gegeben hatte.

»Da hast du dein Geld zurück«, sagte sie, »es war ja auch eigentlich nur für dich bestimmt. Damals hat dich Minna noch...« Sie unterbrach sich und sah Franzi an.

»Ein Wort noch, und ich werfe dir alles vor die Füße«, sagte Franziska. Henriette zuckte die Achseln und wollte in die Küche gehen.

»Du wirst doch noch unser Mittagessen abwarten, Franzi?«

» *Unser* Mittagessen?« gab Franzi mit Wut in der Stimme zurück. Aber sie beherrschte sich, strich die zerknitterten Banknoten zurecht, und dachte: »Geld ist Geld. Wenn mich die Not auch nur einen Tag früher in dieses Zimmer zurückbrächte, dann wäre es eine größere Schande.«

Sie nickte der Schwester zum Abschied zu, und ohne ihr die Hand zu geben, verließ sie das Zimmer und das Haus.

Franziska erfuhr am Bahnhof, daß sie noch zwei Stunden auf den nächsten Zug nach Prag warten müsse. Sie ging neben den Gleisen hin und her, sah von ferne, in dem leichten Nebel eines Mittags im Frühling, die rote, zwiebelförmige Kuppel der Kirche, die mit blauem Schiefer gedeckten Dächer, alles, auch die steinernen Häuser, vom Frühling erfüllt.

Noch vor zwei Tagen hätte Franziska unbekümmert die Stadt verlassen. Nun aber glaubte sie sich vertrieben, schmählich verstoßen, gegen ihren Willen zur Abreise gezwungen. Trotzig, im Gefühl des erlittenen Unrechts, kehrte sie nochmals in die Stadt zurück, um irgendwo zu Mittag zu essen, da der Zug erst gegen Abend Prag erreichte. Vor dem Eingang des Gasthauses »Zum hölzernen Roland« traf sie Erwin.

»Guten Tag, Franziska«, sagte er und streckte ihr die Hand hin. »Wir sind doch wieder versöhnt?« Und als er Franzis Gesicht sich verdüstern sah: »Wie elend du aussiehst – was fehlt dir? was machst du hier?«

»Willst du mich nicht ruhig gehen lassen? Gestattest du mir, zu Mittag zu essen?« sagte sie erbittert und wollte ihn in der letzten Stunde vor der Abreise sein Unrecht fühlen lassen.

»Hier? Nicht zu Hause?« fragte er.

»Bei mir zu Hause oder bei dir?« Sie gab ihm die Frage zurück, und als er nicht verstand, sagte sie: »Ich reise mit dem nächsten Zug nach Prag.«

Er schwieg bestürzt und sah sie an.

»Verstehst du das nicht?« sagte sie. »Weißt du nicht, daß sie nicht länger hierbleiben kann? Morgen werden die Leute mit Fingern auf mich weisen. Das ist noch das Geringste, denn ... Aber so ist es ganz recht. Ich habe mir das erbärmliche Geld für die Reise von meiner Schwester zusammenbetteln müssen. Wenn ich es auch hätte stehlen müssen, ich hätte es auch getan.«

»Warum hast du mir nichts gesagt? Ich hätte dir gern ausgeholfen.«

» *Du*?« Eine Welt von Verachtung und Erbitterung lag in dem Wort, das sonst einen anderen Klang gehabt hatte. Damit wandte sie sich dem Gasthofgarten zu, wo einige Leute vor rotgedeckten Tischen unter Bäumen saßen, die erst schüchtern belaubt waren.

Erwin faßte Franziska an der Hand und wollte sie zurückhalten.

»Bleibe doch, wir müssen miteinander sprechen.«

Sie schüttelte seine Hand ab, aber sie ging doch trotz des starken Hungers nicht zu den gedeckten Tischen. Sie blieb, um noch mehr Qualen in dieser Stunde anzuhäufen, als mache sie sich dadurch für spätere Zeiten frei.

»Es kann nicht sein«, sagte er.

»Nicht?« Sie zuckte mit den Achseln. »Du hast mir dein Wort gegeben, Franzi. Laß doch deinen Trotz. Bitte, bleibe fünf Minuten hier, ich will dir alles erzählen. Hast du denn mein Telegramm nicht erhalten?«

»Willst du mich zwingen?« sagte sie mit einem bösen Lächeln. »Gut, du kannst es versuchen. Ich gebe dir nicht nur fünf Minuten, eine ganze Stunde hast du Zeit.«

»Ich erkenne dich nicht wieder«, sagte er.

»Und?« sagte sie mit Verachtung und Wut.

Er konnte gar nicht glauben, daß dies dieselbe Franzi war, die vor zwei Tagen in seinen Armen gelegen hatte. Waren diese blassen, zusammengekrümmten Lippen, die jetzt im Zorn zitterten, dieselben Lippen, die einmal vor Glück gebebt hatten?

»Wir sind frei«, sagte Franzi, die seine Gedanken erriet. »Wir haben nichts mehr voneinander zu verlangen. Oder doch?« Und in dem Bewußtsein, Unmögliches zu verlangen:

»Wenn ... wenn du mich noch willst, dann wirf doch deine dummen Bücher in irgendeine Ecke. Komm mit mir.«

Er erschrak, er zögerte, er widerstrebte. Sie sagte mit Entschiedenheit: » *Ich* muß fort. Begreifst du es nicht? Allein oder mit dir.«

Er schwieg.

»Wir werden doch nie mehr miteinander glücklich sein,« sagte sie dann mit wärmerer Stimme, »deshalb ist es besser, glaube mir, wir lassen es dabei. Nein, ich will nichts mehr essen. Begleite mich zur Bahn. Es ist für lange Zeit oder für immer, daß wir uns adieu sagen.«

»Weshalb läßt du mich kein Wort reden? Ich mußte des Patentes wegen nach Berlin; ich mußte die Stellung kündigen. Als ich zurückkam, glaubte ich, du wärst noch dieselbe Hedy...«

Er unterbrach sich und schwieg.

»Weshalb lügst du denn? Hedy! Hast auch du den Namen gehört oder war es nur meine wilde Phantasie? Willst du unbedingt, daß ich *bereuen* soll, dich kennengelernt zu haben?«

»Das tust du ohnehin«, sagte er. »Es tut dir leid, daß...«

»Glaubst du? Du irrst dich. Leider. Ich reise nicht dir zum Trotz. Bevor ich vorgestern zu dir kam, hatte ich ein Telegramm. Ein Konzertagent wollte mich spielen hören ... Nein, ich brauche dir das nicht zu erklären. Es war die Zukunft. Ich wollte dir die Depesche zeigen, wollte mich mit dir freuen. Ich bildete mir ein, du würdest dich darüber freuen, daß mein elendes Dasein in diesem gottverdammten Nest ein Ende hatte. Nach all dem Jammer und der Pfennigschinderei sah ich endlich etwas Ordentliches vor mir. Erinnerst du dich? Vor deinen Augen habe ich das Telegramm verbrannt. Nein, du erinnerst dich natürlich nicht. Ich habe dir nichts gesagt. Vielleicht hast du das Telegramm für irgendeinen Papierfetzen gehalten. Ich will nicht deinen Dank. Mir liegt durchaus nichts an deinem Dank. Ich glaube, wenn ich es dir erklärt hätte, hättest du es vielleicht doch verstanden, daß ich mich *deinet*wegen auf ewige Zeiten hier in der kleinen Stadt vergrabe. Unnötige Angst. Du und danken! Dein ›Danke‹ war ja auch ein Telegramm. Du kannst ruhig sein, die Post ist pünktlich und zuverlässig. Die Depesche kam auf die Minute an. Das soll ich vergessen? Glaubst du, das vergißt ein Mensch? Da überschätzest du mich. Ich bin nicht deine Hedy, die vergißt, was sie...«

Sie gingen den Bahnhofsweg, der von einer niedrigen Hecke begleitet war, hinter welcher die Schienenstränge in der Frühlingssonne glänzten.

»Gut«, sagte er und schleuderte sein Paket Schulbücher über die Hecke auf die Schienen. »Ich glaube jetzt selbst, wir sind einander wert. Nach der ersten kleinen Enttäuschung, nach dem ersten versäumten Wiedersehen wirfst du mir alles mit Verachtung vor die Füße. Willst dich aus dem Staube machen, ohne mir auch nur ein Wort zu sagen. – Ja, du hast ganz recht. Ich wollte die Hedy sehen, nicht ›meine‹ Hedy, ich wollte wissen, ob mein Herz noch an ihr hängt.« »Ich hoffe, nun weißt du es«, sagte sie.

»Du tust mir nicht leid, nein, auch Hedy nicht. Warte hier auf mich. Ich muß noch nach Hause und mir Geld holten. Vergiß nicht, diesmal komme ich zurück.«

»Bleib' doch«, sagte Franzi mit weicherer Stimme. »Ich habe Reisegeld genug für uns beide.«

»Nein, ich nehme von heute an nichts mehr von dir...«

»Gut, ich zwinge dich nicht«, sagte sie kalt, »beeile dich, ich warte, in zwanzig Minuten geht unser Zug.«

»Zeit genug; noch etwas wollte ich dir sagen. Mir ist es nicht um das Geld zu tun, das könnte ich mir ja auch nach Prag nachschicken lassen. Ich will dir dein altes Notenheft zurückgeben. Nur deshalb gehe ich nochmals den Weg zurück. Verstehst du, warum? Du hast es mir vor vier Wochen geschenkt. Vielleicht hing dein Herz daran. Bitte, unterbrich mich nicht! Ich bin sogar fest überzeugt, daß du daran hingst! Ja, aber ob es mir, dem Beschenkten, Freude gemacht hat, das war dir ganz gleich. Was liegt mir daran? Was kann mir das sein? Ein Rembrandt für einen Blinden. Was soll ich damit? Ich habe mich geschämt, weil ich nicht Klavier spielen kann. So war es mit allem. Dir macht eben das Schenken Mühe. Es ist eine Arbeit für dich, aber von Herzen kommt es dir nicht. Ebenso wie dir sicherlich deine Musik nicht von Herzen kommt...«

»Kein Wort mehr! Du kannst mich als Frau verachten, meinetwegen kannst du dich meiner sogar schämen, möglicherweise hast du Grund dazu, ich weiß es nicht, in Liebesgeschichten fehlt mir die Erfahrung – aber meine Musik, davon laß die Hände, bitte! Davon sprich kein Wort, oder du wirst es bereuen. Du kennst mich nicht. Nein, sprich nicht! Ich will keine Entschuldigung. Du sprichst zuviel. Wenn wir auch nur einen Tag in Frieden leben sollen, muß es von Grund aus anders werden.« Und eiskalt: »Wenn dich irgendeine Stimme heißt, mir das

Notenheft wiederzugeben, dann tue es. Ich warte. Der übernächste Zug geht nach Mitternacht. Es wird nicht die erste Nacht sein, die...« Tränen unterdrückten ihre Stimme, sie wandte sich ab und winkte ihm mit der Hand fortzugehen.

3

Sie kamen um sechs Uhr abends in Prag an. Diemitz war im Hotel Majestic nicht mehr anzutreffen. Franziska hinterließ ihm ein Billett, in welchem sie ihn um eine Unterredung für den nächsten Tag bat. Dann ging sie mit Erwin Arm in Arm in den weichen, beinahe parfümierten, durchsichtig klaren Frühlingsabend.

Nach der Unruhe der letzten Tage kam jetzt eine sanfte Müdigkeit über sie, wie sie ein Kind empfindet, das sich nach langer Reise zum erstenmal wieder auf den altgewohnten heimischen Kissen zur Ruhe legen darf, und weiß, kein Fremder darf es aufwecken, kein ungewohnter Lärm wird die Stille seines Schlafes stören.

Sie kamen an den Altstädter Ring. Franziska merkte, daß sie Hunger hatte. Ein kleines Restaurant war in der Nähe. Gelbe, nachlässig gefaltete Vorhänge waren vor die großen Fensterscheiben gezogen. Als Franzi sie wegstreifte, sah sie das große Zifferblatt am Altstädter Rathaus vor sich, das in goldenen Lettern, in zerschnittenen Kreisen, von barocken Figuren durchschnitten in einem gotischen, steingrauen, hohen Gehäuse verworren blinkte. Ein fremder Glockenschlag, tief und warm wie eine menschliche Stimme, klang herüber in den Restaurationsraum. In der Mitte des weiten Platzes sprang ein Brunnen: Zwei taubengraue Delphine aus glattem Stein hielten sich eng umschlungen. Beide warfen aus weiten Nüstern steile Wasserstrahlen in die Höhe, die im Scheine der Bogenlampen wie silberne Hörner glänzten. Franzi hielt den Atem an, und nun glaubte sie, das verhaltene Brausen des Wassers zu hören. Ein Kellner kam, streifte den gelben, schmutzigen Lüsterstoff des Vorhanges über das Fenster, verhing das Bild des alten Platzes, das von edelgeschwungenen Arkaden umgrenzt, von einem tiefblauen, sehr versunkenen Himmel überstrahlt, Franziska an die Märchenphantasien ihrer Kindheit erinnerte.

Franziska und Erwin aßen schweigend. In einer kleinen Karaffe stand Melniker Wein vor ihnen und glänzte machtvoll purpurn im Glas. Der Tropfen, der zurückblieb, schimmerte leicht rosa wie ein dem Grunde des Bechers angeschmiegtes Rosenblatt.

Erwin, den das Schweigen drückte, zog den Vorhang zurück; seine dunkle, starke Hand, erst vom Gelenk aufwärts weiß und zart, schlichtete mit behutsamer Gebärde die Falten des gelben Stoffes. Etwas Längstvergangenes wurde in Franziska wach. Sie errötete und sah an ihm vorüber auf den verlassenen Platz. Die Nacht hatte alles in sich aufgenommen, hatte das Zifferblatt der Uhr, die gewölbten Arkaden, die Delphine, so eng verschlungen, selbst das silbern strahlende Wasser ausgelöscht. Das zarte Dunkel glich dem Dunkel in Erwins Zimmer, der grün schimmernde Frühlingshimmel leuchtete wie im Widerschein von Erwins kleiner Studierlampe, die nun verlassen in dem einsamen Zimmer stand und nie mehr von Erwins Büchern auf ihr von Glück und Schmerz geblendetes Gesicht hinüberleuchten sollte.

»Wenn ich nur glauben könnte, Erwin, daß einer von uns diesen bösen Tag vergißt, dann würde ich *dich* bitten: Vergiß! Verzeihe mir.«

»Ich – dir?«

»Wir haben beide schuld. Ich war heute schlecht zu dir. Ich habe dich verachtet, ohne zu wissen warum. Vorgestern war ich schlecht, ich habe dich geliebt, ohne zu wissen warum. Hab' ich dich geliebt? Nein, nicht sprechen ... Bitte, nicht! Beides willst du mir nicht verzeihen. Ich verstehe sehr gut, weshalb du mein altes Notenheft nicht mehr willst.«

»Nein, Franziska, so war es nicht gemeint.«

»Wie denn sonst? Es wird jetzt alles so verwickelt, und davor graut es mir. Ich habe Angst, eine gute, starke Herzensliebe wird es nie mehr zwischen uns beiden geben. Nur das Einfache ist stark. Und schön ist auch nur das Einfache. In meiner Musik ist es so, und im Leben sollte es anders sein? Nein, du bist nur gezwungen mit mir gegangen, und heute hast du mir gezeigt, wie schwer es dir fällt, wenn ich ... wenn ich die ganze Zeit bei dir bleiben soll. Nein, sprich nicht, ich weiß doch ganz gut, wie dir zumute ist. Und deshalb, Erwin, lassen wir es genug sein mit diesem Abend.«

Sie schwieg. Aber seine Augen leuchteten und hingen an ihrem Mund.

»Nein«, sagte Franzi, »sieh mich nicht so an, bitte, ich habe dich sehr lieb gehabt, und deshalb war alles schön, und jetzt, aber jetzt, gerade weil ich vor zwei Tagen mit dir so ganz zusammen war, deshalb wollen wir lieber jetzt ein Ende machen als in einem halben Jahr.«

Er schwieg.

»Und nun, Erwin, erzähl' doch von ihr. Sprich ganz ruhig, denke, ich wäre ein Freund, dem du von Hedy erzählst. Nein, erst gib mir mein silbernes Kettchen zurück; Minna hat es mir vor zehn Jahren geschenkt. Sie würde mich danach fragen, wenn ich ohne das Kettchen käme. Ich muß jetzt zu ihr gehen. Nicht wahr, so ist es doch am besten? Nein, behalte es, alle fremden Leute mögen sagen und fragen, was sie wollen, mir ist es ganz gleich. Nur eins: wirf es fort in eine Ecke, oder auf die Schienen wie deine Bücher, aber gib es nicht ihr. Dann sollst du auch ihr nicht von mir erzählen, Erwin. Du sprichst gern. Wie ein Kind schüttest du dein Herz vor jedem Menschen aus. Fremd oder bekannt, gut oder schlecht, du mußt sprechen. Du hast ihr doch wohl auch von mir erzählt? – Sage doch, Erwin, hast ihr *alles* erzählt?«

»Ich habe kein Wort mit ihr gesprochen.«

»Nein, die Wahrheit, Erwin! Sieh, wie ein Kind schwindelst du manchmal. Das bist du nicht gewöhnt, und man sieht es dir an. Du bist doch nicht des Patentes wegen nach Berlin gefahren?«

»Nein, Franzi, ich wollte wissen, wen ich liebe, dich oder Hedy. Das war alles.«

»Jetzt, Erwin, ist alles gut. Ich erinnere mich, du hast es mir schon einmal gesagt. Ich glaube dir. Und du bist ja auch in der kürzesten Zeit wieder zurückgekommen. Wie ein Schuljunge, der zwar nicht in der Schule war, sondern im Walde bei den Erdbeeren, der aber pünktlich heimkommt, genau zum Glockenschlag. Aber wie wäre es gewesen, wenn du – wenn ihr gemerkt hättet, daß ihr euch noch liebt? Wärst du dann auch zurückgekommen, um es mir zu sagen?«

»Nein, Franziska«, sagte er bedrückt. »Laß mich doch endlich reden! Ich glaube, wir haben einer den anderen doch noch lieb, trotz allem. Aber deine Liebe und Güte, Franziska, das kam zu schnell. Ich wußte nicht mehr recht, wo ich war. Ich wußte nicht, ist dort drüben alles zu Ende, weil … Und wenn es so gewesen wäre, wie du gesagt hast, dann wäre ich nicht zurückgekommen, nicht einmal zu dir. Mir liegt am Leben nichts.«

»Kannst du ihr nicht verzeihen?«

»Vielleicht vergessen. Ich habe mich ihrer geschämt und meiner auch. – Nein, es ist vorbei, es kommt nie mehr wieder. Es wäre mir schrecklich gewesen, wenn ich dich nicht mehr daheim getroffen hätte. Glaube mir! Aber unerträglich für einen Menschen wie mich, im tiefsten Grunde unerträglich wäre es gewesen, wieder neben ihr zu gehen und sie zu küssen.«

»Und doch hast du sie sehen wollen. Deine Worte helfen mir nicht darüber hinweg, und wenn du mich heute noch so glücklich machst, die Franzi von vorgestern nacht verzeiht dir nicht. – Komm, laß uns gehen.«

Sie stand auf und wandte sich zur Tür. Von der Straße sah sie durch die Spiegelscheiben noch einmal in das verlassene Zimmer zurück.

Unter einer launenhaft flackernden Gasflamme lehnte der Kellner in seinem schmutzigen schwarzen Frack und blinzelte mit den müden Augen. Das Lokal war fast leer. Auf dem weißen Tischtuch standen die zwei Weingläser, und auf ihrem Grund glitzerte noch ein letztes Rot wie ein vergessenes Rosenblatt oder wie ein Tropfen Blut. Erwin und Franzi gingen unentschlossen über den menschenleeren Platz hin.

Der Brunnen mit den Delphinen rauschte ihnen aus der Dunkelheit entgegen. Als sie aber näher kamen, sank die Wassersäule langsam, ein paar Wellen schlugen an die steinerne Brüstung, dann wurde das Wasser ruhig. Von fern schlug eine Glocke neun Uhr. Franzi tauchte die rechte Hand ins Wasser. Es schien ihr lau, es drängte die Hand empor wie ein Polster, das eine Hand niederdrücken will. Spaziergänger kamen vorbei, der Rauch einer Zigarre wehte ihr ins Gesicht. Sie hätte immer hierbleiben mögen und wußte doch nicht, was sie hier hielt: Müdigkeit oder Erwin, die letzten Augenblicke von Erwins Nähe. Sie nahm seine Hand und tauchte sie ins Wasser. »Sieh doch, wie warm es ist«, sagte sie.

»Komm, Franzi«, sagte er, »wir müssen gehen.«

»Nein, Erwin, wir ... Nein, du weißt doch – Genug Abenteuer. Vorgestern, gestern, heute ... Wenn du willst, können wir heute nacht noch unter dem gleichen Dach schlafen, ich möchte Minna nicht gern wecken. Sie plagt sich ohnedies den ganzen Tag. Aber ... du vergißt doch nicht ...«

»Nein«, er wollte ihr die Hand geben, »ich halte mein Wort.«

Franzi dachte: Welches Wort? War nicht jedes Wort ein gebrochenes Versprechen?

In der Nähe des Platzes mit dem Delphinenbrunnen lag ein uralter Gasthof. Er schien schmutzig, und eine gelbe Laterne blakte verdächtig. Erwin zögerte.

»Ich bin schrecklich müde«, sagte Franzi, »mir ist es ganz gleich, wohin du mich führst.«

Sie bekamen ein großes Zimmer mit drei Fenstern. Der Fußboden war mit gebleichten Schieferfliesen gedeckt, die uralten Mauern hatten fast Meterdicke, der Raum war behaglich und still.

Erwin löschte die Kerze, die der Kellner neben einen Meldebogen auf die schwarze, schwer geschnitzte Kommode gestellt hatte. Seine Finger waren noch feucht von dem Wasser des Brunnens. Der Docht krümmte sich, knisterte lange, und Franzi sah, wie vor zwei Tagen, vor unendlich langer Zeit, ein Wölkchen von dem erloschenen Licht emporsteigen, zart und wehend wie eine weiße Feder.

Erwin stand am Fenster. Sein Schatten fiel schwer über den hellen Boden. Die frisch überzogenen Betten waren feucht. Franziska fröstelte und hielt sich mit beiden Händen an der Decke fest. Von überallher duftete es nach Hafer und Kamillenblüte.

Franziska wagte nicht, Erwin gute Nacht zu wünschen. Sie hatte Angst, der Klang ihrer Stimme könnte ihm verraten, was sie sich selbst nicht zu verraten wagte. Unbewegt sah sie auf den Fußboden hin, auf den dunklen, schwerfälligen Schatten, den Erwins Gestalt warf. Plötzlich schien es ihr, als ob er sich umgewandt habe und sie mit ungeheuren Augen anstarre. Sie sah, wie er näher kam, aber er blieb doch fern.

In diesem angstvollen Warten überraschte sie der Schlaf.

4

Am nächsten Morgen war Diemitz um zehn Uhr noch nicht zu sprechen. Franziska fühlte die kühl forschenden Blicke der Hotelkellner wie eine persönliche Belästigung. Sie trat auf die Straße hinaus, wo sie im Wege war. – Endlich verlor sie die Geduld, trat wieder ins Vestibül und blitzte den Zimmerkellner mit einem so zornigen Blick an, daß er, ohne auch nur ein Wort zu entgegnen, sie bei Diemitz anmeldete. Franziska traf ihn mit Frau Constanza im Gespräch. Frau Constanza trug ein Kleid aus perlgrauem gerippten Samt mit fürstlich langer Schleppe. Um ihren aufrechten Hals schmiegte sich ein Kragen aus venezianischen Spitzen. Als sie den Kopf neigte, als sie Franziska ihre große, weiße Hand reichte, schien es, als stände sie immer, auch zu Hause oder in einem Hotelzimmer, im Licht von großen vielflammigen Kronleuchtern.

Diemitz war klein und sehr dick; an dem glatten und sehr gepflegten Gesicht fiel nichts auf als das allzu große Ohr, ein an sich sehr ebenmäßiges, edles Ohr, das dem Statuenkopf Goethes Ehre gemacht hätte, das aber an Diemitzens kleinem Gesicht geradezu lächerlich wirkte. Diemitz war sehr elegant gekleidet, aus seiner bordeauxroten Krawatte leuchtete eine prachtvolle Brillantnadel, die zwei Buchstaben, *F* und *D*, ineinander verschlungen darstellte.

»Dies ist unsere kleine Freundin«, stellte Frau Constanza vor.

»Sehr beglückt«, antwortete Diemitz mit einer tiefen Verbeugung.

Jetzt schwiegen alle.

»Es bleibt also dabei«, sagte endlich Frau Constanza und räumte ein paar Papiere zusammen.

»Gewiß, meine Gnädigste«, antwortete Diemitz, und als Frau Constanza sich zum Fenster wandte, sagte er mit ganz anderer, gleichsam in einen Hausrock und nicht mehr in einen eleganten Cutaway gekleideten Stimme:

»Und nun zu Ihnen, mein liebes Fräulein.« Und indem er mit seiner feinen, nur durch einen plumpen Solitär entstellten Hand auf ein Klavier wies, das im Hintergrund des Zimmers unter Vorhängen wie in einem Alkoven stand: »Wollen Sie nun die Gewogenheit haben, etwas zu spielen?« Frau Constanza hatte sich in die allzu lange Schleppe ihres grauen Samtkleides verwickelt. Sie drehte sich hin und her und sagte zu der Schleppe: »Na, willst du dich wohl ruhig halten, dummes Ding?« Endlich stand sie wieder befreit da. Die Schleppe rauschte vorüber ... und die Constanza lächelte im Kreise herum, als erwarte sie Beifall für ihre Schönheit.

»Fangen Sie nur ruhig an«, sagte sie über den breiten, bücherbeladenen Tisch hinüber, »lassen Sie sich ja nicht stören.«

Franziska begann. Sie spielte die Abegg-Variationen von Schumann. Das Thema, hochfahrend, mit Trompetentönen klingend, gelang.

»Oh, ausgezeichnet«, sagte Diemitz, ging zum Tisch und holte sich eine Zigarre.

Die Constanza saß am Fenster, hielt ihre schönen, etwas leeren Hände in die Sonne und schien die anderen weder zu sehen noch zu hören.

Bei der zweiten Variation beging Franzi einen Fehler. Diemitz zuckte mit seinen großen Ohren, die Constanza, vollständig gleichmütig, legte nur eine Hand über die andere. Ohne Pause ging Franzi zur dritten Variation über. Mitten im Stück verlor sie den Faden, atmete auf, mußte von neuem beginnen.

Die Abegg-Variationen, Schumanns erstes signiertes Werk, wurden selten gespielt. Wenn Diemitz sie nicht bereits kannte, hatte er den Fehler vielleicht nicht bemerkt. Aber er wandte sich zu Frau Constanza mit einer Stimme, als spräche er über das Wetter: »Oh, das ist noch nichts.«

Die vierte Variation, eine Mischung von echtem Schumann und Kalkbrenner, wollte durchaus nicht gelingen. Kalkbrenner war herauszuhören, Schumann nicht. Franziska hatte noch nie so elend gespielt wie heute, selbst damals nicht, als sie, am Tage nach Erwins Abreise, die Schönheit der Ballade von Chopin unter den müden Fingern verkrümelt hatte.

»Ja, meine lieben kleinen Herrgötter, was soll denn das sein?« sagte Diemitz, warf die Zigarre in den Aschenbecher und ging, die Hände in den Hosentaschen, zum Fenster. »Sie können doch nicht verlangen, daß *ich* Ihnen vorspiele.« Auch die Constanza erhob sich und trat zu Franziska hin. Die fünfte Variation geriet gerade noch so, daß sie nicht mehr enttäuschte. Aber die sechste und letzte verunglückte vollkommen beim ersten bravourösen Anlauf. Franzi legte die Hände auf die Tasten und sah Diemitz an. Dieser schüttelte den Kopf und sagte trotz der bittenden Blicke, die ihm die Constanza zuwarf, das endgültige Urteil in dem Wort: »Wir werden Ihnen Nachricht geben.«

Franziska versuchte nun gar nicht weiterzuspielen. Sie sah zu der Constanza auf, hing mit den Augen an den Lippen der großen Künstlerin, als könne ein Wort von ihr das eben Vergangene ungeschehen machen.

Die Constanza sagte so mild, als sie nur konnte: »Ich finde übrigens auch, daß sie das letztemal bedeutend besser gespielt haben.«

Diemitz kam wieder herbei, holte die Zigarre hervor, die kaum an der Spitze zu Asche geworden war, zündete sie von neuem an und sagte zu der Constanza:

»Denken Sie nicht auch, daß es schon Zeit ist? Die Exzellenz wartet nicht gern.«

»Wir sind bei Exzellenz Karmansky zum Dejeuner geladen«, sagte die Constanza zu Franziska, die erblaßt war. »Herr Diemitz hat recht, es ist höchste Zeit. Aber, mein Kind – bleiben Sie doch ruhig, seien Sie vernünftig, es ist noch nicht sein letztes Wort.«

Diemitz war mit einer leichten Verbeugung vorausgerannt; er, der so gern Fürsten, Tenöre und Hochstapler in seiner stolzen Haltung, seiner eleganten Kleidung, seinem zurückhaltenden Benehmen und seiner trockenen Art zu reden nachahmte, er war und blieb der unerzogenste, unerziehbarste, von Natur aus formloseste Mensch. Aber die Constanza, welche Menschen im allgemeinen nicht überschätzte, konnte zu dieser Zeit nur zwei in ihrer Nähe ertragen, Herrn Einar Johannsen, der Kavalier mit dem feinen Takt, seiner mit goldener Medaille ausgezeichneten Talentlosigkeit, und Theodor Diemitz, den rücksichtslosen Manager, und sie freute sich, wenn sie beide auf einmal haben konnte.

Sie ging nun hin und her, das Ende der gerafften Schleppe hielt sie in der Hand.

»Adieu, mein Kind«, sagte sie endlich. Und an der Tür, mit einem ernsten Lächeln: »Vor allem Haltung, liebe Franziska! Mehr Haltung! Und auf Wiedersehen!«

Franziska ging hinter ihr die Treppe hinab, die mit einem roten Läufer bedeckt war. Ein Kellner, eine Terrine aus Neusilber in der Hand, blieb mit einer tiefen Verbeugung auf der Treppe stehen, als die Constanza vorüberging; sein Gesicht wurde ehrfurchtsvoll, selbst sein Frack schien reiner geworden zu sein.

Diemitz saß bereits im Fond des elfenbeinfarbenen Automobils, Einar Johannsen öffnete den Schlag, die Constanza stieg ein, setzte sich zurecht, während sie lange, cremefarbene Handschuhe anstreifte, und lächelte Franziska zu. Einar verbeugte sich, Diemitz allein schien nichts zu sehen. Der Wagen wurde angekurbelt, und Franziska blieb allein auf der Straße.

Zwei Wege führten von hier weiter: Der eine zu Minna und von da in die Heimat zurück, der andere zu Erwin. Der eine hieß: Bereuen, nachgeben, dem Schicksal einen Ausgleich auf die Hälfte ihrer Forderungen anbieten, verzichten, aber verzichten im Bewußtsein erlittenen Unrechts. Im allmählich erblassenden Widerschein einer großen Kunst bürgerliche Berufswege weitergehen, mit anderen Worten: Klavierlehrerin werden; und es konnte einmal die Zeit kommen, da sich der Preis der Unterrichtsstunde von sechzig Heller auf zwei Kronen steigern würde. Der andere hieß: Kämpfen, bei dem »Alles oder nichts« verharren, alles unterwerfen, was widerstand, einfach alles erobern: Erwin, die Constanza, Diemitz und vor allem alles Weiche und Sentimentale in sich selbst.

Als Franzi in der Türöffnung des dunklen Zimmers am Altstädter Ring stand, glaubte Erwin, sie käme glücklich heim. Aber Franziska streckte ihm zwei eiskalte Hände entgegen und sagte, indem sie ihren Blick tief und bezwingend in Erwins Augen legte:

»Du, der Tag war schlecht, es ist aus. Ich kann nicht mehr spielen. Wir lieben einander nicht mehr. Ich kann nicht mehr spielen. Nun mach' mit mir, was du willst!«

Sie warf sich ihm an die Brust, küßte seine Lippen so wild, daß er nachher, als er den schmerzenden Mund in die kühlen Kissen legte, glaubte, es müsse eine blutige Spur in der weißen Leinwand zurückbleiben.

Nie hatte er den Duft ihrer Haut, das Zittern ihres Herzens; den erobernden, strahlenden Blick ihrer starken, metallisch blauen Augen so empfunden.

Die Sonne stieg über die Dächer empor, die keusch gefalteten Händen glichen, brach mit Macht in das dunkle Zimmer, blendete Franzis blasses Gesicht. Beide Hände legte Erwin schützend über ihre Augen, fühlte ihre Augenwimpern sich unter der Fläche seiner Hände leise regen.

5

Am Abend dieses Tages gingen Franzi und Erwin den Wenzelplatz hinauf und sprachen über die Zukunft. Erwins kleine Verbesserung am drahtlosen Telegraphen bewährte sich, sie war aber, wie er in Berlin erfahren hatte, noch immer nicht über ein Stadium der Unzuverlässigkeit hinaus, 93 Prozent Wirksamkeit, 7 Prozent Versager.

»Die Sache muß einmal gehen wie das Getriebe einer ganz gewöhnlichen Uhr«, sagte er.

»Wirst du es einmal soweit bringen? Traust du dir das zu?«

»Zeit und Ruhe habe ich ja nun genug«, sagte er mit Bitterkeit.

»Ist dir immer noch um deine Schulbücher leid?«

Erwin schwieg. Nach einer Weile begannen sie wieder über die Geldfrage zu reden.

»Wir werden sparen«, sagte Franzi.

»Oder hungern«, sagte er.

»Was macht das? Ich bin noch nicht zwanzig und du noch nicht dreiundzwanzig.«

»Ich kann ja wieder in einer elektrotechnischen Werkstatt arbeiten.

»O nein«, antwortete Franzi, »das will ich dir nicht zumuten. Nun warte hier einen Augenblick auf mich.«

Sie waren vorhin an einer Buchhandlung vorbeigekommen. Franzi ging den Weg zurück und kam erst nach zehn Minuten mit zwei schweren Paketen wieder.

»Hier hast du deine Bücher wieder«, sagte sie einfach. »Es sind aber noch nicht alle; ein Lexikon, Stowasser heißt es, habe ich nicht mehr mitschleppen können. Das hattest du doch auch daheim, nicht? Du kannst es nun gleich abholen – wenn nicht, dann kann es dir zugeschickt werden. – Sieh mich nicht so an, lieber Erwin, du glaubst wohl, ich habe die Rechnung nicht bezahlt?«

»Ich sehe dir an, daß es ein Geschenk sein soll. Danke. Aber du hättest es nicht tun sollen.«

»Warum nicht, Erwin?«

»Deine paar Kreuzer reichen noch nicht einmal für dich selbst.«

»Für uns beide reichen sie. Und nun keine Vorwürfe mehr. Freue dich doch einmal! Bitte, freue dich doch mir zuliebe. Ich möchte nicht mehr hören, daß ich dir Geschenke bringe, die du nicht brauchen kannst wie mein altes Notenheft.«

Erwin nahm eines der schweren Pakete. Er wußte nicht, daß Franzi ein Drittel ihres Kapitals an die Bücher gewendet hatte.

Ein Dienstmädchen, ein rotes Umschlagetuch um die Schultern, einen leeren Wasserkrug in der Hand, kam schnell heran.

»Jesus, Maria, Joseph! Bist du es wirklich, Franzi?«

Franziska gab ihr die Hand.

»Ja, Minna. Das hättest du wohl nicht gedacht? …Das ist eine Überraschung! Aber sei nicht böse. Ich muß wieder fort. Ich bin nicht allein. Ich komme zu gelegener Zeit wieder. Wolltest du noch etwas sagen?«

»Ja…«, stotterte Minna, »wenn …wenn du hierbleibst, dann trinke nur ja kein Wasser. Es gibt nur einen guten Brunnen in der Stadt. Das gewöhnliche Wasser ist Gift.«

»Ich danke dir! Aber mir geschieht nichts. Nun adieu. Minna, ich komme später einmal zu dir. Ist es dir recht?«

»Adieu, adieu«, stammelte Minna erschreckt, beschämt und erbittert durch dies brutale Abschiedswort.

»Wer war denn das nette kleine Ding?« fragte Erwin.

»Meine Schwester.«

»Deine Schwester? Du hast keine fünf Worte mit ihr gesprochen.«

»Nun, und?«

»Ist sie dir nicht mehr wert?«

»Ach«, antwortete Franziska, »wir haben von heute an für uns zu sorgen, mein Liebling.« – Ich allein habe für uns beide zu sorgen, dachte sie. Gestern war noch der letzte Tag der Freiheit.

Ich hätte abends im Hotel auf Diemitz warten sollen, statt auf dem Altstädter Ring herum-
zuschlenkern, schweren Wein zu trinken und den Springbrunnen mit den zwei Delphinen zu
bewundern. Diese grauenhafte Nacht! Vorher hätte ich besser gespielt als nachher. Aber es ist
gleich. Zurück kann ich nicht mehr. Minna wird mir nie dieses Wiedersehen vergessen; und
Erwin glaubt immer noch, seine alten Schmöker, die jetzt auf den Schienen verfaulen, seien
besser und schöner als die neuen Bücher, die ich ihm gekauft habe. Kann er sie nicht vergessen? Kann er Hedy nicht vergessen? – Wenn sie alle es nicht können, *ich* werde es können. Was
hilft alles Reden? Es muß sein. Morgen spiele ich Diemitz noch mal vor.

6

Diemitz war keineswegs erstaunt, als am nächsten Tag Franziska wiederkam. Ohne viele Worte erfüllte er ihren Wunsch, ein zweites Mal ihr Spiel zu hören. Frau Constanza aber war recht kühl.

»Und also? Haben Sie geübt?« fragte sie.

Franzi schüttelte den Kopf und setzte sich ans Klavier. Es waren wieder Schumanns Abegg-Variationen; aber war das wirklich dieselbe Musik? Mit der überlegenen Kraft eines großen Künstlers stellte Franziska jetzt Licht gegen Schatten, Pathos gegen Sentimentalität, Humor gegen Lyrik und süß schwebenden Gesang gegen klingenden, stampfenden, unwiderstehlich fortreißenden Rhythmus.

Man mußte sie bewundern. Sie faszinierte alle, sogar sich selbst. Jede Variation war im einzelnen vollendet, alle zusammen aber gaben etwas Neues, das weder Diemitz noch die Constanza aus diesem Erstlingswerk je herausgehört hatten: den großen, reifen, weltbeglückten, welterdrückten Schumann, den Geist der *Fis*-Moll-Sonate und der *C*-Dur-Phantasie.

Die Constanza lächelte. Man sah es ihr an, daß sie sich freute. Diemitz bemühte sich mit übermenschlichen Kräften, höflich zu sein. Er brachte aus der Schreibtischlade ein großes Kontraktformular, das bereits ausgefüllt, unterfertigt und vom gestrigen Tage datiert war. Er legte es vor Franzi hin, so wie ein Feldherr die Karte eines eroberten Landes vor einem König ausbreitet.

»Das ist ja das Datum von gestern?« fragte Franziska.

»Ja, Frau Constanza hat es nicht anders gewollt. Mir hat Ihr Spiel gestern durchaus mißfallen, und ich sage Ihnen ganz offen, ich hielt leider gar nichts von Ihnen, weder für jetzt, Null Komma Null, noch für später, aber Frau Constanza blieb dabei, es sei alles unübertrefflich gewesen; wenn Sie nicht gekommen wären, hätte man Ihnen den Kontrakt mit der Post zugeschickt.«

»Ja, ich dachte wirklich, Sie hätten genug von uns«, sagte die Constanza. »Unser Empfang war ja auch danach.«

»Nun aber haben wir Großes mit Ihnen vor«, sagte Diemitz mit Würde.

»Herr Diemitz meint jetzt, daß er später viel Geld mit Ihren Konzerten verdienen wird«, entgegnete die Constanza.

»Oh, Frau Constanza, ich dachte im Gegenteil an ein Konzert mit großem Orchester und an den Musikvereinssaal in Wien. Ein Abend im Musikvereinssaal in Wien kostet tausend, und tausend sind tausend, groß geschrieben.«

»Ich weiß schon, was Sie sagen werden«, unterbrach ihn die Constanza, »aber meine Schuld ist es nicht.«

»Gestatten die Damen«, sagte der höfliche Diemitz, »daß ich mich nunmehr ergebenst zurückziehe?«

»Selbstverständlich«, sagte die Constanza, »vorausgesetzt, daß das Fräulein keine besonderen Wünsche hat.«

»Wünsche außer diesem Kontrakt?« Er wies mit dem Brillantfinger darauf. »Außer dem großen Musikvereinssaal?«

»Herr Diemitz«, sagte Franziska sehr leise. »Halten Sie mich nicht für unbescheiden, aber...«

»Aber, liebe Franziska, wozu so viele Worte? Nur keine Philosophie! Sie brauchen Geld? Wieviel?«

»Ja, gnädige Frau, sechshundert Kronen.«

»Kronen?« wiederholte Diemitz mit der staunenden Stimme eines Menschen, der ein nie gehörtes Wort einer fremden Sprache ausspricht.

»Ja, ich lebe nicht mehr mit meiner Schwester zusammen und weiß nicht...«

»Aber, liebes Kind, um alles in der Welt keine Familiengeschichten! Herr Diemitz ist ja kein Konzertagent wie Herr...«

»Keine Namen!« sagte Diemitz.

»Ach, mit einem Wort, Herr Diemitz ist ein Kavalier«, sagte die Constanza und, zu Diemitz gewendet: »Nun?« Herr Diemitz schloß die Augen, schüttelte langsam den Kopf.

»Und nicht allein ein Kavalier«, sagte die Constanza zu Franzi, »sondern auch mein Freund.«

Diemitz zog ohne ein Wort eine dicke Brieftasche hervor, eine Tasche, wie sie Pferdehändler zu tragen und in deren unzähligen Fächern sie ihre gesamte Korrespondenz aufzubewahren pflegen.

Er nahm sechs Hundertkronenscheine, schrieb mit einem gigantischen Blaustift, der ebenfalls in der Tasche verborgen war, in den Kontrakt mit überlebensgroßen Ziffern: »Sechshundert«, verbeugte sich dann gegen die Constanza, die königlich herablassend lächelte, und ging.

»Ein Kavalier!« brach die Constanza los, kaum, daß sich die Tür geschlossen hatte. »Ein Kavalier! Sie sollten einmal dabei sein, wenn er ißt. Man hört sein Schmatzen meilenweit wie Kanonenschüsse. Und dann ... Sie kennen diese Art Leute nicht, und ich wünsche Ihnen auch nicht, daß ... und dabei ist er noch der beste unter ihnen. Sie wissen doch, daß meine liebe Dagmar heiratet? Er, Diemitz, muß doch einsehen, daß das für uns alle die beste Lösung ist, aber es fällt ihm nicht ein, sie aus dem Kontrakt zu entlassen; er rechnet sich aus, daß ... mir ist es wirklich egal, was er sich ausrechnet und ob sich ihm sein Menschenhandel rentiert oder nicht. Ich reise heute abend nach Neapel zu meinem Mann – après moi le déluge. Ich bin nur froh, daß Ihre Angelegenheit in Ordnung ist. Um Himmels willen, was war nur gestern mit Ihnen?«

»Sorgen.«

»Ach, schon wieder Philosophie!« Die Constanza winkte ab. »Wenn es heute gegangen ist, konnte es gestern auch gehen. Sie persönlich dürfen Launen haben, soviel Sie nur wollen, aber Ihr Klavierspiel nicht. Lieber gar nicht spielen als schlecht. Ein Mißerfolg – und Sie sind ganz in der Hand solcher Menschen wie Diemitz. Sie werden ihm Geld schuldig sein, und er wird Sie auf der Straße nicht grüßen. – Was könnte Dagmar erreichen, wenn ...« mit Achselzucken in der Stimme: »wenn sie nicht Dagmar wäre! Was heißt das überhaupt: Sorgen? Sie dürfen keine anderen Sorgen haben als Ihr Spiel. Habe ich Ihnen das nicht schon einmal gesagt? Und nun hören Sie noch einmal: Wenn Sie in Geldkalamitäten sind, wird man Ihnen helfen. *Voilà!* Aber wenn Sie in den Abegg-Variationen steckenbleiben, dann verleugnet Sie die Eleonore Constanza und läßt sie im Vorzimmer warten. – Und nun, liebes Kind, adieu. Wir sehen uns im Herbst wieder. Ich wünsche, daß Sie mir schreiben. Ich habe Ihnen bei unserem letzten Zusammensein erlaubt, daß Sie mir schriftlich Nachricht geben. ›Ich erlaube‹ das heißt: ich wünsche es! Vielleicht gibt Ihnen das ein bißchen Haltung und behütet Sie vor der Damenkapelle. Das ist ärger als ... na, Sie wissen doch, was ich meine? Nein, meine kleine Franzi, das wissen Sie nicht. Aber ich weiß es. Ich habe drei Monate lang in Wien bei den ›Praterspatzen‹ zweite Violine gespielt, und wenn heute ein Kellner an mir vorbeigeht« – sie begleitete Franzi eben die Treppe hinab – »bin ich nie sicher, ob er nicht damals während meiner Kunstübung den Leuten ihre warmen Würste und ihren Käs gebracht oder mir ein Seidel Bier unter den Stuhl gestellt hat. Adieu, mein Kind! Und auf Wiedersehen in einer besseren Zeit.«

7

Franzi stieg langsam die Treppe des alten Gasthofes empor. Hafer und Kamillenblüte dufteten schwer in allen Winkeln des grauen Gemäuers; sie schienen in den hohen, immer verschlossenen Schränken zu liegen.

Das Zimmer war dunkel. Erwin saß am Fenster und schrieb. Eine Weile sah ihm Franzi zu. Dann glitt ihr Blick über die seidenglänzenden hohen Dächer, auf dunkelgraue, dichtgeballte Häusermassen, zwischen denen, wie Gras zwischen buckligen Pflastersteinen, sich hier und da kleine Gruppen von lichtgrünen Bäumen hervordrängten. Sie öffnete das Fenster. Überraschend schlug ihr der Atem des reinen Regens entgegen und wehte ihr über Gesicht und Hände.

Sie wandte sich nach Erwin um: »Sagst du mir nicht einmal guten Tag, Erwin?«

»Bitte, laß mich noch einen Augenblick rechnen.«

»Rechnen? Wozu?«

»Ja, wir kommen zurecht; wenn wir sparen, können wir von unserem Gelde gerade vier Monate leben.«

»Du machst dir unnütze Arbeit, lieber Erwin, hier ist ja Geld genug.« Sie legte die Scheine vor ihn hin.

»Genug? Wieviel? 600? Damit bist du für längere Zeit vor Brotsorgen geschützt.«

»Ich?« fragte Franzi und wandte sich ab.

»Nein, sieh doch«, sagte er wieder nach einer Weile, »die Geldfrage ist es nicht allein.«

»Nein, gewiß nicht.«

Erwin mit unsicherer Stimme: »Du willst wohl in Prag bleiben?«

»Ich bleibe«, sagte Franzi. »Vor allem bin ich jetzt todmüde und muß schlafen.«

Erwin nahm Mantel und Hut.

»Du willst fort?« fragte Franziska.

»Was soll ich denn hier? Du hast das Fenster aufgerissen. Mir ist kalt.«

»Weshalb sagst du es nicht? Ich kann Feuer machen.« Sie holte eine Menge beschriebenen Notenpapiers und steckte es in den Ofen. Ein heller Schein fiel über ihr schweres, blondes Haar. Doppelt dunkel war das Zimmer. »Sieh«, sagte sie und wandte ihm ihr herbes, blasses Gesicht zu. »Das ist das Stück von Schumann, das mir gestern mißlungen ist. Ich habe es heute nacht abgeschrieben, und nun bleibt es mir auf ewige Zeiten im Gedächtnis. War das nicht gut? Wenn es zum zweiten Male mißlungen wäre...« »Nun?«

»Dann hättest du noch mehr Mühe mit mir gehabt.« Er schwieg.

»Komm doch her, Liebling, und wärme auch du dir die Hände an den Kacheln.«

Als er neben ihr stand, sah sie empor in sein Gesicht. »Wie fremd ich ihm doch bin«, dachte sie.

»Ich weiß, wenn es schlecht ausgegangen wäre, dann hättest du treu zu mir gehalten, aber jetzt?« Sie lächelte. Ihr Lächeln war eine müde Frage. »Willst du mich denn jetzt noch?«

»Ich habe dich sehr gern«, sagte er, gerührt durch dieses hilflose Lächeln. »Es gibt Menschen, die es nicht zeigen können. Das mußt du mir verzeihen.«

Eine Glocke klang von der nahen Kirche. Hohe und tiefe Töne wechselten. Die hohen schienen sich zu senken, um die tiefen mit ihren Händen emporzuziehen, und als es stille wurde, schien es, als hätten sie miteinander in den Lüften gekämpft.

»Ich verlange ja nichts von dir«, sagte sie. »Bleib' du nur bei mir!«

»Aber jetzt«, er zögerte. »Jetzt muß ich aus diesem Zimmer fort. Es ist grauenhaft dumpf hier. Und dann – wir können doch nicht immer hier wohnen, ich denke, es ist am besten, wir nehmen ein oder zwei Zimmer drüben auf der Kleinseite in einem alten Hause.«

»Aber vergiß nur nicht, den Mietleuten von meinem Klavierspiel zu sagen. Sie dürfen sich nachher nicht über mich beklagen. – Wann sehen wir uns wieder?«

»Wann hast du dich ausgeruht?«

»Um vier – nein, um sechs Uhr, denn heute nacht habe ich kein Auge zugetan. Ach, mußt mich nicht trösten ...sag' nur ...sag' mir nur, wo wir uns treffen.«

»Ich erwarte dich an der alten Karlsbrücke.«

»Also – es bleibt dabei. Und nun geh!«

Sie schlief ein. Die Gedanken verdämmerten. Bogen für Bogen rollte sich die altertümliche Brücke auf, und Franziska ging zwischen zwei unabsehbaren Reihen blankgeküßter Heiliger dahin, rechts an der kühlen Hand ihres toten Vaters, links von Erwins dunkler, warmer Hand geleitet. Der Vater und der Geliebte sprachen miteinander. Sie verstand die Worte nicht. Sie schienen ihr in schwarze Schränke eingeschlossen. Plötzlich kam ein weites Haferfeld, goldfarben, wogte im Wind. Am Rande standen tiefgrüne Bäume, nach Regen duftend. Von feuchten, schweren Blättern floß Schatten über sie und Erwin. Immer noch sah er nach dem Vater zurück, der auf der Moldaubrücke weiter und weiter schritt, bis er verschwand. Auf einmal tickte Erwins Taschenuhr, ein weißes Zifferblatt glänzte, die goldenen Zeiger vergrößerten sich ins Ungemessene, und plötzlich waren es die Zeiger der Uhr am Altstädter Rathaus, die langsam weiterrückten, gegen die Ziffer IV hin. – Das Rauschen des Delphinenbrunnens schwebte von weitem herüber und warf sich dann plötzlich über sie, überschüttete sie mit einer betäubenden Glut, die nach Blumen duftete und zugleich in unzähligen Funken glänzte. Franzi erwachte. Mit Staunen hörte sie den Regen auf Erwins an dem Fensterbrett vergessenes Rechenheft herabfallen, zögernd, leise trippelnd wie auf kleinen Kinderfüßen … Sie wollte aufstehen, um Erwin entgegenzugehen, da traf der Blick ihrer immer noch schlafgetränkten Augen den gewaltigen Kachelofen, wo die letzten Funken über das verkohlte Notenpapier hinglimmten.

Nun wußte sie, daß erst eine Minute ihrer Ruhezeit verstrichen war und gab sich mit einem wonnevollen Gefühl der Überwältigung dem Schlafe, der uferlosen Weite des Schlafes hin. –

Als Franziska am Abend das Haus verließ, regnete es immer noch. Aber allmählich verlor sich in der beginnenden Dämmerung der Regen, nur eine schwere Feuchtigkeit wehte noch durch die Straßen, dämpfte alles Laute, machte alles Helle sanft und mild und legte sich weich über Menschen, Stadt und Fluß. Das gotische Tor der Karlsbrücke schien sehr hoch, als Franziska unter seinem steilen, silbergrauen Bogen hindurchging; das Mühlenwehr rauschte, die Bogenlampen am Franzenskai neben dem böhmischen Nationaltheater strahlten weiß; von weitem glänzte märchenhaft die Kuppel der Niklaskirche, mit grünem Kupfer wie mit Seide überspannt. Am anderen Ufer stieg eine schimmernde Rampe, weiß, mit mächtigen Marmorbalustraden, zum böhmischen Landhaus und zu den Palästen des Hradschin empor, imposant und großartig wie der Aufgang zu einem Königsschloß. Daneben kletterten kleine, schlüpfrige Stiegen mit krummem Rücken in die Tiefe, wandständige Laternen blinkten über feuchten Stufen, aus engen Gäßchen hauchte trotz dem Regen dumpfe Luft. Hohe Paläste standen mit blinden Fenstern einander drohend gegenüber und schienen sich mit ihren vorspringenden Erkern wie mit Ellenbogen anzustoßen. Neben den schweren, schwarzen Karyatiden fürstlicher Portale bescheideten sich kleine, bürgerliche, erbsenbraune Haustore mit abgenutzter Klinke. Es dunkelten die Paläste, die vierstöckigen Häuser aber waren bis zu den Mansarden beleuchtet. Im Erdgeschoß glimmten Weinstuben, verstohlene Fenster waren mit roten Vorhängen verdeckt. Auf anderen Fensterscheiben stand die Aufschrift » *Ranni polévka*«, Morgensuppe, in grauweißen Lettern, die von Küchendunst innen angenagt waren. Man konnte sich bescheidenes Elend denken, ältere, ein wenig abgeschabte Menschen, die zum Frühstück die Suppe der Armut und eingebrockte große Stücke Schwarzbrot mit schlecht verzinnten Blechlöffeln aßen. In einem Lager alter Kleider ging ein bleicher Mann mit einer Bürste umher, ernst wie ein Mesner in der Kirche. Ein blondes Kind stand vor einem schmierigen Zuckerbäckerladen und hielt etwas in der kleinen schmutzigen Faust verborgen. Seinen Augen sah man an, wie es sich nach den Erdbeeren aus Zuckermasse sehnte, die auf kleinen Tellerchen ausgelegt waren. In einem Kaffeehaus lehnten sich zwei Offiziere und ein Zivilist an ein fadenscheiniges, flaschengrünes Billard, stützten sich auf ihre Queues und sahen dem Kellner zu, der ihnen einen meisterhaften Stoß auf dem kreidebestaubten Tuch zeigte.

Franzi stieg die steile Straße höher empor. Die Lichter in den Stuben wurden seltener; viele Frauen standen plaudernd vor den Haustüren. Ihre dicken Gesichter glänzten vor Neugierde und Zufriedenheit. Eine Frau zog einem kleinen Kind den Finger aus dem Mund. Ein fremder

Mann ging vorbei und grüßte zu einem Fenster hinauf; rief etwas Komisches hinauf, wobei er herrliche Zähne zeigte...

Leichter Nebel lag auf der Straße. – Ein weiter Platz zeigte sich, von den Schloten tief unten wehte Rauch herüber. An einem hohen Gebäude leuchtete transparent das Zifferblatt einer großen Uhr wie in einem Bahnhof. Franzi trat näher und hörte erstaunt Männer in böhmischer Sprache singen. Es war das Kellergelaß einer Infanteriekaserne. Wie eine Woge erhob sich der Gesang, klang, verrauschte, begann wieder. Zu ihren Füßen, in dem unterirdischen Saal, verteilte ein Mann aus einem blinkenden Kupferkessel das dampfende Abendessen an die Soldaten, die in langer Reihe dastanden und sangen.

Franzi stieg wieder zu einer Brücke hinab. Langsam erwachte der Wind, langsam verwehte er den Gesang der Soldaten, allmählich verschwand das Zifferblatt der Uhr – die Straße wurde wieder belebter –, unten in dem Kaffeehaus standen immer noch die Offiziere um das Billard, während der Kellner, Unhörbares sprechend und flink die dünnen Lippen bewegend, den Vorhang vor das Fenster zog.

Die Brücke kam. Erwin war noch nicht zu sehen. Franziska wartete. Hier standen sonderbare altersgraue Häuser, die tief unten am Fuß der Brückenpfeiler eingebaut waren, und deren Fenster der Brücke gegenüberlagen. Neben der märchenhaften Schönheit des Brückentores und der grünen Kirchenkuppel hatte sie diese Fenster vorhin nicht bemerkt. Nun aber sah sie in viele Stuben hinein; in solche, die dunkel waren, in andere, in denen eine milchweiße Hängelampe brannte, von einer blinkenden, dreifach gezogenen Messingkette gehalten. Hier saßen Kinder, ganz gebückt, über Schulbüchern und blätterten gedankenvolle Seiten um; ein kleines Mädchen in blauer Schürze hielt sich abseits, strickte eifrig an einem langen Strumpf und lief dann zur Mutter hin, die mit besorgtem Gesicht die geballte Faust in die Ferse des Strumpfes steckte. – Im Hintergrund eines anderen Zimmers, in dem eine verrußte Küchenlampe rötlich brannte, beugte ein dickes Dienstmädchen den üppigen Körper über ein Bügelbrett und sang zu der endlos aufgehäuften Plättwäsche ein endloses, weinerliches Lied. Weiterhin gegen das Wasser zu sah Franziska zwei uralte Frauen hinter ganz klaren Fensterscheiben sitzen, die bewegungslosen Köpfe auf verblichene Hände gestützt, sah große graue Augen auf die Straße hinausstarren wie Blinde ins Licht.

Hier hörten die Häuser auf. Tief unten strömte der Fluß, zitternd spiegelten sich die Bogenlampen im taubengrauen Wasser.

Eine Uhr schlug hart und kurz sechs.

Ein Wagen der elektrischen Straßenbahn rollte vorbei, das goldige Licht der kleinen Lampe berührte das Metallschild, das zu Füßen einer schwarzen, alten Heiligenstatue stand, sanft im Vorübergehen.

Franziska wartete. Die fremde Stadt, Paläste, Kirchen und Brücke, Häuser und Stuben, alles war gedrängt voll von Leben: Menschen sprachen zueinander, gingen Arm in Arm durch die beleuchteten Gassen, saßen am selben Tisch, waren einander nahe, teilten Schmerz und Glück, aßen gemeinsam davon wie von einem Laib Brot. Sie waren von vier Wänden beschützt, zusammengehalten vom gemeinsamen Dach.

Sie war noch immer allein. Tausendfach blühte das Leben aus allen Winkeln dieser Stadt hervor. Sie wußte: Du bist ganz allein. Mit deiner Liebe wirst du ihm nicht nahekommen. Erwin wird nie dein Glück, deine Qual und deinen Frieden, nie deine Arbeit, nie dein Versagen und Gelingen begreifen. Alle anderen hatten ihre Gemeinsamkeit, Beruf und Vergnügen, Tisch und Dach, Liebe, Not; und diese Gemeinsamkeit band erst die einzelnen aneinander, dann an alle anderen, und endlich an den guten Boden dieser guten Erde. Er aber entfernte sich immer wieder von ihr. Sie mußte ihn sich an jedem Tage von neuem erobern. Konnte das dauern? Mußte das bleiben?

Ihr Schmerz, ihr Friede, ihre Seligkeit, blieb das immer ihr eigen? Konnte eine Franziska es nicht geben oder er es nicht nehmen? Und doch jubelte ihm ihr Herz mit schmerzlicher Macht entgegen, als sie von weitem ihn kommen sah.

Sie mußte ihm alles geben, ob er es wollte oder nicht. Liebe, Zeit, Geld, ihre Kunst, Körper, Seele und Zukunft.

Nun da sie ihn vor sich sah, fühlte sie sich reich, stark, unbezwinglich, grenzenlos im Gefühl. Mit dem ungebrochenen Fanatismus ihrer Jugend wollte sie sich ihn erobern und dann die ganze Welt: sie mußte Egoistin sein, tausendmal mehr Egoistin als bis jetzt. Aber nicht mehr für sich allein, nicht mehr nur für dieses ewig hungrige, ewig unersättliche, erbittert gierige »Ich«, sondern für Erwin und sich zugleich, für sich und für den Menschen, an dem sie mit allen Fasern ihrer starken Seele hing.

Arm in Arm mit ihm ging sie in die alte Stadt zurück. Aus klaren Fenstern starrten immer noch unbewegliche weiße Greisengesichter auf die abendlich belebte Straße.

Franziska drückte Erwins Arm. Er sah sie erstaunt an. »Erwin, jetzt erst ist alles wieder gut. Ich liebe dich. Du darfst mich nie mehr warten lassen. Ich ertrage es nicht, nicht einmal eine Stunde. Wir sind nun hier in der großen Stadt ... ganz allein.«

Dieses Wort »ganz allein« spannte sie wie ein Dach über sich und Erwin aus. »Ich habe nichts außer dir. Ich habe keine Mutter, keine Schwester, und will niemand kennen. Du liebst mich doch auch. Wärst du sonst mit mir gekommen? Bleib' bei mir! Ich will alles für dich tun, aber es muß für immer sein. Du mußt mein sein, Erwin, ganz und für immer. Es muß nicht Ehe heißen, aber es muß Ehe sein. Willst du?« »Ja«, sagte er.

Er führte sie zu ihrer neuen Wohnung. Sie befand sich in einem hohen, grauen Palast. Zwei zyklopengliedrige Karyatiden stützten die mächtige Pforte, die für fürstliche Karossen gebaut war; aber jetzt war nur eine kleine Tür in dem gigantischen Portal geöffnet, groß genug für die bescheidenen Menschen, die jetzt noch ein und aus gingen. – Die Vorhalle und das Treppenhaus waren riesig hoch, dunkel. Ein zarter Weihrauchduft kam ihnen entgegen und beugte sich vor ihnen zur Erde.

In einem kleinen Garten rauschte ein alter Baum. Erwin zeigte Franzi die Fenster, hinter denen sie wohnen sollten. Sie waren halb geöffnet, ein weißer Vorhang drängte sich vor, vom Abendwind spielend bewegt, schimmernd wie ein lichter Frauenarm.

Franzi war tiefbewegt. Die alte Kapelle im Walde mit dem blutigroten Herzen der schmerzensreichen Mutter Gottes duftete nach Weihrauch wie dieses Haus, ihre neue Heimat. Der erste Kuß unter frühlingszitternder Pappel, die erste Nacht ihrer Liebe, stark und überwältigend, strahlend unirdisch wie ein Traum, verklang in der Morgenfrühe an den Stufen der Bergkapelle. Aber die letzte leidenschaftliche Umarmung von gestern, verzweifelt und grauenhaft kalt, erstand wieder unerbittlich in der Erinnerung.

Aber zwischen diesen zwei Nächten breitete sich ein neues Leben aus, unabsehbar wie eine Wiese zwischen zwei Flüssen, jetzt erst begrub sie die gestrige Nacht, den gestrigen Tag, die frühere Zeit, die Einsamkeit der ungezählten Stunden, deren letzte an der Moldaubrücke eben erst vergangen war.

Sie sah zu Erwin auf. Er erwiderte ihren Blick.

»Ich hoffe, hier wirst du glücklich sein.«

»Ich?« fragte sie.

»Wir beide«, sagte Erwin und führte sie sanft fort. »Ist unsere Zukunft nicht die gleiche? Ist jetzt nicht endlich Friede zwischen uns?«

8

Die zwei Zimmer, die Erwin gemietet hatte, befanden sich in einem verlassenen fürstlichen Palast. Eine Karmeliterkirche war in der Nähe; überall standen Kirchen: aus dem Tal ragten Türme, und auf den Höhen des Hradschin wuchtete blaugrau der Dom. Die ganze alte Stadt jenseits des Flusses schien aus leeren Kirchen und vereinsamten Adelspalästen zu bestehen. In diesen waren jetzt schläfrige Bureaus untergebracht, und kaiserliche Adler mit weit ausgebreiteten goldenen Schwingen leuchteten vor den Portalen.

Das hohe Haus war ganz unbewohnt, mehr als eine Flucht von Zimmern war leer. Schlanke weiße Türen mit Messingbeschlägen wurden nie geöffnet, und der kleine Hausgarten, in dem ein alter Nußbaum und ein paar Ziersträucher verwilderten, blieb streng verschlossen, ebenso der Keller und der Dachboden, durch dessen Sparren man jahrhundertelang aufbewahrtes Gerumpel, fürstliche Sessel und zerbrochene Wiegen mit geschnitzten Wappen sowie lahme Spinnrocken und durchlöcherte Waschmulden matt schimmern sah, wenn sich die Sonne durch eine Dachluke hindurchtastete. – Die dunkle hölzerne Treppe blieb selbst in der stärksten Sonnenhitze immer etwas feucht und kühl, und so zeigte der alte Palast seine Gastfreundschaft schon beim ersten Schritt über die Schwelle. Unabsehbar groß breitete sich unter ihrem Fenster der Park des Fürsten aus. Ein grünes, hügeliges Gelände, von steinernen Mauern umschlossen; lichte Parkwege zogen sich durch grüne Wiesen, uralte Bäume dunkelten, hohe Villen standen weiß da, in den Fenstern brach sich die Sonne abends stets zu fast gleicher Stunde ... winzige Pavillons, weich umrankt, versteckten sich, und ihre Holzwände, die mit der Zeit goldbraun geworden waren, schimmerten sanft unter dem dichten Grün ... Breite Marmortreppen stiegen empor, eine steinerne Sphinx lag da und wachte. Aber in der Ferne glänzte neben einer ganz verfallenen Hütte und künstlich verwildertem Gebüsch *à la Jean Jacques* ein winziger Wasserfall.

Die Vermieterin der Zimmer, Frau Teresa Smrtka, eine alte Postoffiziantenwitwe, hatte nach einem Legat der verstorbenen Fürstin Lurion ein Recht auf die lebenslängliche Benutzung von drei Gesindezimmern und einer Küche. Dafür war sie verpflichtet, die Wohnung zu bewachen, während einem Obergärtner und zwei Gehilfen die Obhut über die großen Gärten und die kleinen Häuschen darin übertragen war. Frau Smrtka hatte immer gehofft, ihr Sohn, ein Lackierergehilfe, würde mit seiner Frau die Wohnung beziehen. Aber die junge Braut hatte stolz erklärt, sie wolle und könne in keiner Küche kochen, die keine eigene Wasserleitung habe. Die Schwiegermutter hatte sich zwar erboten, das Wasser in hölzernen Kübeln aus dem Brunnen im Hofe heraufzuschaffen, aber der Sohn hatte sich gegen diese Lösung gesträubt und mit einem Blick auf das Mädchen gesagt: Seiner lieben Mutter solch eine Arbeit zuzumuten wäre doch eine unglaubliche Roheit von ihm. Sie solle ihn doch nicht für so gemein halten. Dann waren beide abgezogen, nicht ohne von der alten schwachen Frau einen Wohnungszuschuß für ihren neuen Haushalt erpreßt zu haben, den sie in einem modernen Zinshaus in Zizkow gründen wollten. Die Mutter hatte ihnen mehr als die verlangte Summe bewilligt. Nach einigen Monaten aber sah sie sich gezwungen, ihre Ersparnisse anzugreifen, da sie von dem Rest der ohnedies schmalen Pension nicht leben konnte. Diese Ersparnisse sollte aber einmal der Sohn erben, damit es nicht hieße, sie hätte alles Geld durchgebracht. Nun hatte sie sich entschlossen, die Zimmer zu vermieten. Als erster Mieter war Erwin erschienen, der die Zimmer zwar altmodisch, aber sehr nett fand und sogleich den Mietschilling erlegte.

Die alte Frau war außer sich vor Freude; Franzi sollte den ganzen Tag und die ganze Nacht spielen können. Sie selbst liebte ja die Musik über alles, obwohl sie mit den Jahren ein wenig schwerhörig geworden war. Erwin mußte zu einer Tasse Kaffee bleiben. Aber die Vorbereitungen zu dieser für die alte Frau nun schon ungewohnten Mahlzeit hatten so lange gedauert, daß Erwin zu spät zu Franziska kam, nachdem er sich an dem ebenso heißen als dünnen Kaffee die Zunge verbrannt hatte. – Es war noch aus den Zeiten des Herrn Hubert Smrtka ein Klavier vorhanden, welches der Sohn noch als Lackiererlehrling mit einem schachbrettartigen Muster neu bemalt und gefirnißt hatte. Herr Smrtka, trotz seinem böhmischen Namen ein überzeugter und eifriger

Anhänger der deutschen Partei, war für einen Postbeamten sehr musikalisch gewesen, und das Instrument erwies sich, nachdem es gestimmt worden war, als ausgezeichnet.

Franziska wollte Erwin nicht mit dem Anhören der Fingerübungen quälen, sondern kaufte ein sogenanntes stummes Klavier, das bloß Tasten, aber keine Saiten hatte. Die Arbeit an diesem leblosen Instrument, das doch nicht ganz stumm war, sondern hölzern klapperte, strengte Franziska sehr an, aber sie brachte gern dieses Opfer und freute sich, wenn sie Erwin ruhig über seinen Büchern sah, während sie selbst zum hundertsten Male die Sextengriffe links in chromatischer Folge übte.

Das Suchen der Wohnung war die einzige Mühe, die sie Erwin aufgebürdet hatte; nun aber sorgte sie mehr für ihn als für sich selbst. Sie war es, die die notwendigen Anschaffungen besorgte, die Erwins Koffer aus der Heimatstadt bringen ließ und zum Bahnhof ging, um sie abzuholen. Es war um diese Zeit, Mitte Juni, schon ziemlich heiß, und Franziska blieb nach der Rückkehr vom Bahnhof im kühlen Hausflur stehen, um sich ein wenig auszuruhen. Da hörte sie das Klavier, ihr Klavier, von ungeübten Händen angeschlagen. Erwin konnte es nicht sein, denn er liebte die Musik nicht.

Sie lief zornig und unruhig die feuchte Stiege empor, atemlos kam sie in ihrem Zimmer an. Auf dem Sessel vor dem Klavier saß Minna und konnte ein ausgelassenes Lachen nicht schnell genug unterdrücken. Erwin lehnte an dem Notenschrank, und Franziska sah jetzt auf seinem Gesicht eine sorglose Heiterkeit, die er in ihrer Gegenwart nie zeigte.

Minna war aufgestanden und wollte sich bei Franzi wegen des Klavierspiels entschuldigen.

»Ach, das schadet dem alten Kasten ohnedies nichts«, sagte Erwin geringschätzig. »Spielen Sie nur, sooft Sie wollen, Franzi hat sicher nichts dagegen.«

»Ich habe so selten Zeit«, sagte Minna, erschreckt durch Franziskas harten Blick. »Sei nicht böse, Franzi, daß ich heute gekommen bin, der General —«

»Schon gut«, unterbrach sie Franzi, »ich wäre morgen oder übermorgen ohnedies zu dir gekommen.«

»Ja?« Minna lächelte.

»Meine alte Schuld hat mich gedrückt«, sagte Franzi kalt. Sie ging und brachte zwei Banknoten und legte sie Minna auf die Tasten des Klaviers hin.

»Ach, Franzi«, stotterte Minna, die sich vor Erwin schämte, »das war doch ein Geschenk!«

»Nun, ich schenke es dir jetzt wieder zurück. Deshalb mußt du doch kein böses Gesicht machen. Jetzt geht es mit eben besser als dir. Habe ich nicht das Recht, dir etwas zurückzugeben, was du mir in hungrigen Zeiten geliehen hast? Ich weiß doch ganz gut, daß es dir damals von Herzen kam.«

Erwin war erregt hin und her gegangen. Nun blieb er vor Franzi stehen und starrte sie an. Es war still.

»Keine Szene«, sagte Franzi leise zu ihm; sie wandte sich Minna zu, indem sie sich zu einem Lächeln zwang:

»Setz' dich doch, Minna, und erzähle, wie es dir geht.«

Aber Minna hatte keine Zeit. Sie mußte eine alte Krankenschwester besuchen, die jetzt in der Irrenanstalt Dienst tat. Sie suchte ihre milchfarbenen baumwollenen Handschuhe zusammen, die unter dem Klaviersessel lagen, und verabschiedete sich.

Franzi hatte ihre Schwester nicht sehen wollen. Sie fühlte sich in deren Schuld, war unfähig, diese Schuld an Güte und Aufopferung auch nur zum kleinen Teile abzutragen, deshalb wich sie Minna aus.

Wäre Erwin nicht gewesen, so hätte sie mit ihr zusammengewohnt. Mit ihrer Hilfe hätte Minna Krankenpflegerin werden können. Das war Minnas Ideal, ihr einziger Wunsch. Franzi hatte so sehr Angst, die Schwester könnte sie um Beistand bitten, daß sie sie noch gar nicht aufgesucht hatte. Ja, sie mied sogar die Gegend des Wenzelplatzes, in der Meinung, daß Minna nie aus dem Bereich des Platzes und der umliegenden Straßen herauskäme.

»Du benimmst dich empörend«, sagte Erwin, als Minna gegangen war.

Franziska zuckte die Achseln.

»Wie konntest du ihr nur das Geld vor die Füße werfen! Das hätte ich dir nie zugetraut. Sie glaubt nun, du schämst dich ihrer, weil sie eine Dienstmädchenschürze trägt.«

»Ich schäme mich ihrer durchaus nicht. Ich habe ihr bloß ein Geschenk zurückgegeben. Und wenn das schlecht ist, von wem habe ich das gelernt, wenn nicht von dir? Lieber Erwin, erinnerst du dich nicht mehr des Notenheftes?«

»Du hast *mich* beleidigt, indem du sie beleidigt hast«, sagte Erwin mit leiser Stimme. »Ich habe deine Schwester unten im Haustor auf dich warten sehen, ich habe sie eingeladen. Entschuldige, unterbrich mich nicht. Ich habe ihr gestattet, Klavier zu spielen. Und ich schreibe ihr heute, daß sie jeden freien Tag mit uns verbringen kann, wenn...« »Mit mir, Erwin, wenn du unbedingt willst, aber nicht mit dir!«

Und als Erwin sie erstaunt ansah, sagte sie mit ihrem Lächeln, zärtlich und brutal zugleich:

»Du gehörst mir, mir ganz allein. Weißt du das noch immer nicht?«

Erwin starrte sie böse an.

»Es ist doch deinetwegen«, sagte Franzi. »Ich kann nur einen Menschen lieben, einen einzigen. Verlang' von mir, was du willst, aber verlang' es nur für dich allein. Du kennst mich nicht. Aber ich kenne mich. Nimm eine Axt und schlage das Klavier hier zu Brennholz, ich werde nichts sagen, ich werde dir sogar dabei helfen, wenn es sein muß. Aber ein anderer darf das Klavier nicht einmal mit einem Finger anrühren, oder ... Schlecht oder gut, ich bin so und kann nicht anders sein. Ich lüge nie, das weißt du...« Und mit einem starken Blick: »Ich habe keinen vor dir ›du‹ genannt. Das *Du* ist mein Trauring. Ich habe nie einen Menschen nötig gehabt. Ich habe ... Weißt du ... wie ich es meine? Und jetzt Friede, nicht wahr? Deine Koffer werden morgen früh kommen; der Spediteur ist bezahlt.« Und ohne ein Wort der Antwort abzuwarten, setzte sie sich ans Klavier.

9

Um diese Zeit trat Hedy von neuem in Erwins Leben, als hätte sie es nie verlassen, und als hätte Franziska nie gelebt. Es war ein einfacher Brief von nicht mehr als vier Zeilen, aber weder Franzi noch Erwin vergaßen den Tag, an dem dieser Brief kam. Das war die Kraft, die der großen Statue den kleinen Finger abbrach; sollte das Denkmal bestehen, mußte es umgegossen, neu in höchste Flammenglut gesetzt werden; in neuen Formen hatte es sich dann zu gestalten. Franziska, jung, stark, vom Glück begünstigt, mit eiserner Energie begabt, nie mit sich selbst im Streit, konnte alles. Sie war jeder Art des Lebens gewachsen. Erwin, vom Schicksal zum zweitenmal vor einen Scheideweg gestellt, glaubte zu erobern und verlor die Schlacht; glaubte Franzi zu verraten und gab sich selbst auf.

Ein kleiner Park, nur wenige Schritte von Franzis Wohnung entfernt, lag auf dem Abhang des Hradschins. Schimmernd stand die blaugraue Apsis des Doms am klaren Horizont. Das Holz des Gartenportals war brüchig, mit feinem, grünem Moos bespannt, leicht vermodert. Das Schloß schien den Fremden immer verschlossen, aber es öffnete sich jedem, der es kannte. Dann tat sich eine tiefe Allee auf, leise rauschten im Wind die Kronen der Bäume, die mädchenhaft blühten. Es war still. Das Gras, das auf einem linden Abhang wuchs, wurde gemäht. Über dem ganzen Garten schwebte der keusche Duft. Die Sicheln wurden gedengelt, und ihr Klirren klang wie der Schrei fliegender Vögel. Die Kirschbäume hatten ihre weißen und lichtrosa Blüten verloren, die lagen zu ihren Füßen im Kreis über den Rasen verstreut. Vor dem Garten spielten kleine Mädchen und warfen Steine gegen das Portal; ein Dienstmädchen schob einen knarrenden Kinderwagen vorbei. Der weiße Baldachin des Wagens leuchtete durch das Grün. Zwei alte Frauen kamen näher, gingen vorbei, die eine auf die andere gestützt. Das matte Schwarz ihrer Winterkleider wärmte sich in der sinkenden Sommersonne.

Franziska erwartete Erwin. Sie las eines von seinen Büchern. Es war ihr ganz gleich, welches Buch sie in die Hand bekam. Bücher waren ihr das, was Erwin die Musik war.

Er kam schnell auf sie zu, trat entschlossen an sie heran. Seine Hand hielt einen geschlossenen Brief. Seine Augen waren gesenkt.

»Der Brief ist doch von Minna, nicht wahr?« sagte Franzi. »Warum hast du ihn nicht geöffnet? Du weißt doch, du kannst alle meine Briefe lesen.«

»Nein…« »Erwin?«

»Ja, er ist von Hedy. Hedy schreibt mir. Willst du lesen?«

»Wozu? Hedy schreibt dir, und du hast ihren Brief noch nicht geöffnet?«

»Ich denke, es ist am besten, ihn ungelesen fortzuwerfen.«

»Wie du willst. Aber zerreiß ihn doch vorher. Ich will nicht, daß die Leute das Papier aufheben. Man kennt uns hier. Der Gärtner kennt unsere Hausfrau, und morgen erzählen es alle Leute, daß du Liebesbriefe auf himmelblauem Papier bekommst.«

»Liebesbriefe?«

»Ach, daß du mir immer die Worte aus dem Mund nimmst! Gut, so lies ihn doch! Wozu hast du mich gefragt? Ich wußte doch …du…« Sie runzelte die Stirn und schwieg.

Er öffnete den Brief und las ihn, wurde blaß, schwankte, hielt sich mit der Hand an der Lehne der Bank fest.

»Erwin!«

Er rührte sich nicht.

»Erwin, so gib mir den Brief.« Sie überwand sich und nahm den Brief in die Hand, las.

»Was will sie jetzt von dir? Glaubst du wirklich, sie nimmt sich das Leben? Wozu schreibt sie dir dann? Was will sie damit?« Sie fühlte, wie er zitterte. »Ängstige dich doch nicht ohne Grund. Hast du ihr geschrieben? Ist das eine Antwort auf einen Brief? Woher weiß sie denn unsere Adresse?«

»Was liegt denn an unserer Adresse? Kannst du nicht verstehen, um was es sich handelt?«

»Ach, und wenn sie es tut!« Sie warf den Kopf zurück. Sie schüttelte irgend etwas von sich ab. »Was liegt denn an ihrem Leben? Was liegt mir denn an einem solchen Menschen?«

»Franziska!«

»Ich versteh' dich nicht. Was will sie denn von dir? Was habt ihr miteinander?«

»Nichts.«

»Geschieht es denn dir zuliebe?«

Es war dunkel geworden. Der Gärtner ging vorbei, eine Gießkanne in der Hand. Er verbeugte sich vor Franziska, die Gießkanne klirrte am Kies des Weges. Schwarz wuchtete die ungeheure Kathedrale gegen den leeren Abendhimmel. Aber zwischen den dunklen Zweigen der Kirschbäume erwachte ein winziger Stern, zitternd, licht und zart, einer Kirschblüte gleich.

Die zwei alten Frauen waren fort. Immer noch spielten die Kinder vorn am Portal. Man hörte sie lachen, dann schwiegen sie still, und plötzlich klang ihr jubelndes Kreischen einstimmig wie der Chor in einem Theater.

»Nun müssen wir gehen, Lieber.«

Er stand stumm und unbeweglich im Dunkel. In der Allee klirrte die Gießkanne des Gärtners. Franziska sagte:

»Der Gärtner will das Tor schließen. Was soll dein ernstes Gesicht? Es wird doch nicht so schlimm. Ich übernehme alle Verantwortung. Sei du nur ruhig. Sei wieder gut!« Sie lächelte Erwin an, der ihr mit großen, fremden Augen ins Gesicht starrte.

Sie traten auf die Straße. Die Kinder spielten in einem vertrockneten Straßengraben. Ihre bloßen Füße waren dunkler als Erde. Ein kleines Mädchen wälzte sich lachend im Staub, ein anderes, noch kleineres, saß auf einem Stein und begann zu weinen. Dies Lachen, Schreien und Weinen lief ein großes Stück des Weges hinter ihnen her, abwechselnd wurde eine von diesen Stimmen lauter, endlich verstummte alles.

Erwin sprach noch immer nicht. »Ich dachte«, sagte Franziska, » *die* Sache wäre vorbei.«

»Vorbei«, wiederholte er mit abgewandtem Gesicht, »aber nicht *so* vorbei.«

Franziska setzte sich ans Klavier und spielte. In den Pausen hörte sie Erwin die Seiten seines Lexikons umblättern. Sie dachte: »Der Brief hat ihn erschreckt. Aber das wird vorübergehen, muß vorübergehen. Denn sonst...«

Nach einer Weile kam Erwin, lehnte sich ans Klavier, hörte eine Minute lang ihrem Spiel zu, legte dann seine großen braunen Hände auf die ihrigen, und sagte bittend:

»Liebe Franziska ... heute ... wäre es ein großes Opfer für dich, heute abend nicht zu spielen?«

Franzi machte sich behutsam los, wollte antworten, aber Erwin war schon wieder fort. Sie saß still da. Frau Smrtka kam mit der Lampe, dann mit dem Tischtuch und den Tellern. Franzi rief zum Abendbrot. Er kam, aber er aß nicht.

»Ist das nicht quälend«, dachte Franziska, »beim Essen einem Menschen zuzusehen, der keinen Bissen berührt? Wie oft habe ich das Henriette angetan. Aber bin ich Henriette?«

Sie sah Erwin an. Sein Blick wich ihr aus. Nach einer Weile sagte er:

»Ich möchte wieder in mein Zimmer gehen.«

Sie nickte. Frau Smrtka holte die Teller ab und wunderte sich mit vielen Worten, daß das Abendbrot kaum berührt war. Franziska zuckte die Achseln. Sie rief Erwin. Er kam nicht. Sie ging zu ihm. Er lag auf dem Bett, hatte aber die Augen weit offen und atmete tief.

»Schläfst du? Bist du krank?«

Schweigen.

»Was ist mit dir? Was habe ich dir getan?«

Erwin rührte sich nicht.

In Franziska stieg Zorn auf.

»Sei doch nicht so feige«, schrie sie. »Du bist ja ärger als ein Waschweib. Vorhin, mit dem Brief, da hast du Komödie gespielt und jetzt ... Um was bettelst du denn? Sage es doch!«

Aber Erwin blieb still, schien weder zu sehen noch zu hören.

Franziska wurde ruhiger. Sie nahm ihn an den Händen, richtete ihn auf wie einen Schwerkranken. Sie zwang sich zu einem Lächeln, sagte mit weicher Stimme: »Mut, ein bißchen Courage, Erwin. Sag' mir doch, was dir fehlt.«

Erwin schüttelte ihre Hände ab:

»Ich muß wissen, was mit ihr ist. Ob sie lebt oder ob schon alles vorüber ist.«

»Nun, so schreib' ihr doch.«

»Schreiben?« höhnte er. »Sie wartet auf mich, oder sie liegt auf dem Straßenpflaster und…«

»Und…?«

»Ich werde hier keine ruhige Stunde mehr haben«, sagte er. »Ich muß zu ihr.«

Schritte kamen die Treppe herab. Der Brunnen im Hof rauschte, der Pumpenschwengel kreischte in eisernen Gelenken. Das Wasser fiel in einen hölzernen Trog, dann mit hellem Plätschern auf das Steinpflaster. Eine Drossel schlug im Nachbargarten. Frau Smrtka klapperte wieder die Treppe hinauf. Man hörte sie seufzen, während sie die Wasserkübel niederstellte. Dann ging sie in den Zimmern umher, endlich wurde es ruhig.

»Nun gut«, sagte Franziska, »wir fahren nach Berlin.«

»Wann?«

»Heute nacht.« Sie ging in ihr Zimmer zurück, schloß das Klavier ab, steckte den Schlüssel zu sich. Es tat ihr wohl, etwas zu besitzen, das kein Fremder anrühren durfte. Erwin kam zu ihr, wollte ihr die Hand küssen.

»Willst du, daß wir den Zug versäumen?« sagte sie. »Es ist höchste Zeit. Es ist ein Glück, daß wir nicht noch einige Stunden zu warten haben. Und nun komm, wir müssen unserer Hausfrau Bescheid sagen.«

Und sie weckte die Wirtin auf, die schon im ersten Schlummer lag.

10

In zehn Minuten waren sie auf der Bahn. Franziska gab dem Schaffner zwei Kronen. Das Abteil sollte nicht weiter besetzt werden.

»Der Herr in dem Kupee ist krank«, sagte der Schaffner zu den Reisenden, welche in das Abteil eindringen wollten. »Er hat eine ansteckende Infektion.«

»Schade um das Geld«, dachte Franziska. »Um diese zwei Kronen zu verdienen, hätte ich mehr als drei Klavierstunden geben müssen. Was darf mir jetzt daran liegen? Geld? Zeit? Mich? Er hat alles vergessen.«

Funken sprühten an den Fenstern vorüber, schwärmten gleich Bienen aus sonnengebräuntem Korb, und Franziska sah sich, die Franzi vor zwei Jahren, am Bahngleis stehen, ergriffen, erschüttert, überwältigt.

Erwin schwieg.

Längst entschwunden war die Franziska von vor zwei Jahren, jener Mensch, der von der Feuersäule geträumt hatte, und die biblischen Gestalten, die damals aus dem dunkeltönenden Klavier hervorgeschritten waren, waren ebenso im Staub der Zeit versunken wie der Mensch, der ihre Melodie gespielt hatte.

Erwin schlief. Franziska blieb wach. Wie kann er schlafen! dachte sie. Ich habe noch die ganze Nacht vor mir. Immer Nächte. Erträglich ist der Tag, erträglich. Die Sonne scheint, es lärmt die Welt, Erinnerung und Hoffnung, man kann an ihnen die Hände wärmen. Dreifach schwer aber liegt in der Nacht das Unglück auf der Seele.

Die ganze Nacht dachte sie daran, Erwin nicht einen Schritt allein gehen zu lassen. Sie hörte im Dunkel ihre Zähne knirschen: Es war besser, ihn umzubringen, als ihn Hedy und seinem Verhängnis zurückzugeben. Es wurde licht. Grüne Felder schimmerten. Kleine Seen lagen verlassen da. Magere Birken standen am Ufer, über das Wasser gebeugt, schienen zu frieren. Anders wurde die Welt im Licht, und Franzi sah am Tage einen andern Weg als in der Nacht. So kam sie nach Berlin. Es war 8 Uhr morgens.

Erwin mietete in einer kleinen Pension in der Nähe des Anhalter Bahnhofs ein Zimmer. Das Zimmer war groß, gut möbliert und schien behaglich. Franziska wusch sich die Hände und kämmte ihr Haar, das bei der leisesten Berührung schmerzte. Erwin sah ihr ängstlich zu.

»Nun geh'!« sagte Franziska, »ich warte auf dich.« Kein Wort des Vorwurfs, keine sentimentale Gebärde. Erwin ging.

Die Stunden verstrichen. Es wurde schwül. Schwere Wolken zogen sich über der fremden Stadt zusammen. Der Asphalt war bleigrau, glänzte. Die Räder der Automobile ließen eine schmutzige Spur zurück wie ein Radiergummi auf lichtem Papier. Ein Kohlenwagen rasselte vorbei. Kleine, blanke Mädchen glitten auf Rollschuhen vorüber, mit den Armen schlenkernd, den Kopf steil emporgereckt wie Eisläufer. Der Asphalt dunkelte, ein paar Tropfen fielen, sie glänzten wie geschmolzenes Metall, in der Ferne dröhnte der Donner. Aber die Sonne schien. Ein plötzlicher Wind scheuchte die Papierfetzen und Gemüseabfälle in die Mitte der Straße zusammen. Alles wurde still. Eine tiefe Glocke schlug brausend Mittag, dazwischen klangen die hellen Signale der elektrischen Straßenbahnen; widerwillig kreischten die scharf angezogenen Bremsen.

Franzi schlummerte ein. Als sie erwachte, war es drei Uhr. Erwin war noch nicht da. Die Stunden wälzten sich vorüber wie eine Dampfwalze auf einer frisch geschotterten Straße. Franzi quälte der Hunger. Sie holte Geld. Vier blaue Hundertkronenscheine lagen in ihrem hölzernen Geldkästchen, das mit roter Seide gefüttert war. Das war ihre und Erwins gemeinsame Kasse. Ein paar deutsche Silbermünzen lagen dabei und ein österreichischer Heller, der Glück bringen sollte. Sie hatte ihn früher von Minna erhalten.

Das Geld mußte gewechselt werden, aber bevor sie alles erledigte, konnte Erwin wieder zurückgekommen sein. Sie wartete. Gegen fünf Uhr fühlte sie keinen Hunger mehr, bloß Müdigkeit. Um sieben Uhr wurde sie aus ihrem Halbschlaf geweckt. Neue Mieter, ein Mann und eine Frau, zogen in das Zimmer nebenan ein. Ein beschlagener Koffer wurde dröhnend niedergestellt, Münzen klirrten, Schlüssel klapperten, frische Wäsche rauschte. Halblaute Worte und kicherndes Lachen wechselten ab. Franzi kleidete sich zum Fortgehen an. Ging vor dem Haustor hin und her. Sie hatte einige Münzen deutscher Währung gefunden und kaufte bei einem Grünwarenhändler Kirschen. Sie hätte sie am liebsten auf der Straße gegessen, ihr Hunger war plötzlich wild, schmerzhaft wie ein Messerschnitt. Aber sie beherrschte sich. Sie glaubte Erwin um die Ecke kommen zu sehen, sie hörte seinen Schritt hinter sich. Sie blieb allein. Langsam ging sie die Treppe wieder hinauf. Das Zimmer schien doppelt so groß als vorher. Sie setzte sich an das Fenster, hielt die feuchtgewordene Papiertüte mit den Kirschen in der Hand. Der Hunger war verschwunden. Es ekelte sie vor den Kirschen, vor sich, vor Erwin, vor der ganzen Welt. Es klopfte. Das Hausmädchen trat ein, um das Bett für die Nacht zurechtzumachen. Franzi errötete. – Das Mädchen fragte zweimal, ob sie keine Wünsche habe. »Es ekelt mich vor dem Sprechen«, dachte Franziska. Das Mädchen ging. Es wurde dunkel.

Alles wurde lebhafter. Die Automobile lärmten wild, schossen vorbei, das Ankurbeln war so laut wie Trommelwirbel. Die Signale der elektrischen Bahn gellten mit hoher Stimme, schüchtern klapperten die Hufe der Pferde, die Glocke der nahen Kirche klang tief wie eine Predigerstimme. Franziska schlief ein.

Sie sah Erwin neben sich stehen. »Es kann nicht sein«, dachte sie, »ich bin noch nicht erwacht.« Sein Gesicht war verzerrt, sein mädchenhafter Mund zitterte. »Schläfst du, Franzi?« »Erschrick nicht«, dachte sie, »es ist seine Stimme.« Aber sie erschrak doch. Wie eine Decke über einen Erstickenden legte sich Schauder über sie. Von neuem war sie in den Tiefen des Schlafes begraben. Ich träumte ja doch! Sie wehrte sich gegen den Schlaf. Mit beiden Händen wollte sie eine schwere Decke von sich stoßen. Irgend jemand stand am Fenster, sprach zu einem andern, der unten wartete, und in der hocherhobenen Hand Kirschen in einem feuchten Papier für sechshundert Kronen anbot. Das Geld lag doch unter ihrem Kopfpolster, wie es unter Mutters Kopfpolster gelegen hatte. Aber das Polster war unbeweglich, schwer, aus Blei. Irgendeine Hand suchte und war ohne Kraft. Plötzlich waren es vier Polster, und alle vier stellten sich wie vier Soldaten um ihren Kopf auf. Erwin wandte sich zu ihr. Er wollte zu ihr und konnte es nur nicht. Sie wußte, daß er sie rief. Sie ahnte sein von Angst und Anstrengung verzerrtes Gesicht. Auch sie wollte sprechen. Sie wollte ihm sagen … was wollte sie nur sagen? Aber er hatte den rechten Arm in die Höhe gehoben, und unter diesem Arm streckte ein fremdes Mädchen seinen kleinen Kopf hindurch und züngelte. Die Augen waren groß und grau wie Asche. »Nun weißt du, es ist nur ein Traum«, dachte Franzi im Traum. – Immer näher drängten sich die fremden Augen. Sie fühlte, wie sie in ihre Brust stachen, da stieß sie die Augen weg, riß sie aus. »Wenn ich gewußt hätte, daß das so leicht ist«, dachte sie und nahm die Augen in die Hand. Aber sie wogen schwer. Ganz nahe starrte ihr der Schädel des Mädchens entgegen, und die zwei Steine in ihrer Hand wurden Lasten und unerträglich. »Ich will nicht!« sagte Franziska im Traum. »Barmherzige Mutter Gottes, ich will wenigstens nachts Ruhe haben. Warum läßt du mich so leiden? Bin ich zu stolz? Ich bin nicht mehr stolz. Bin ich zu hart? Ich bin nicht mehr hart. Es ist Nacht, und alle ruhen. Ich bitte um Frieden. War doch der Tag böse genug. Barmherzige Mutter Gottes! Mutter Gottes Maria, Mutter der Gnaden … Seit wann betest du, Franziska?«

Es war doch Erlösung. Sie zitterte. Sie war glücklich. Sie war wach. Aber plötzlich hatte sich Erwin über sie geworfen. Sein Blick war fieberhaft, entsetzt, der Blick eines Menschen im Delirium.

»Schrei nicht! Schweig!« Seine Hand preßte sich auf ihren Mund.

Ich träume ja doch noch! Sie lächelte. Aber sie fühlte den Duft einer Hand, die sie kannte.

Sie schwieg. Der fürchterliche Traum lastete noch auf ihr. Aber sie hörte Erwin atmen. *Er ist es ja doch. Er bleibt bei mir!* Sie schlummerte ein.

Als sie erwachte, war sie allein. Es war Tag.

Sie stand auf und klingelte. Das blonde Hausmädchen kam, brachte eine Kanne Kaffee, zwei Tassen, Brot und Butter. Franziska machte sich an ihrem roten Geldkästchen zu schaffen. Sie wollte dem Mädchen nicht ins Gesicht sehen. »Lassen Sie nur, Ihr Herr hat schon heute früh bezahlt«, sagte eine gutmütige Stimme.

Franziska bemerkte, daß zwei Banknoten verschwunden waren. Sie fühlte einen fürchterlichen Schmerz, aber sie lächelte. Sie fühlte sich fallen, mit dem Kopf nach hinten sinken. Das Mädchen sprang herbei.

»Ah«, sagte Franziska lächelnd, sofort Herrin ihrer selbst, »ich habe gestern Kirschen gegessen, und nun wäre ich beinahe auf einem Kern ausgeglitten.« Sie stand wieder sicher da.

Das Mädchen schwieg. Sie hatte schon viele Szenen, viele Dinge, viele Menschen, viele Tragödien aus einer solchen Nähe gesehen, daß sie abstoßend und nicht mehr ergreifend wirkten.

»Bitte, begleiten Sie mich zur Bahn«, sagte Franzi. »Das ist für Ihre Mühe. Es ist österreichisches Geld, aber wir können es ja umwechseln.«

»Wir?« dachte das Mädchen erstaunt. »Aber alleinstehende Damen sind stets sehr höflich, manchmal sind sie sogar freigebig mit ihren Trinkgeldern. Nehmen kann man alles; Geld ist Geld. Wozu fragen?«

Sie küßte Franziska die wehrlose Hand, trug den Koffer zur Bahn und setzte sich dann im leergewordenen Zimmer mit Behagen an den Frühstückstisch nieder, und als sie mit dem Kaffee fertig war, bemerkte sie mit freudiger Überraschung die Tüte mit den Kirschen, die noch nicht geöffnet worden war.

Vierter Teil

1

Als Hedy elf Jahre alt war, war ihr Vater noch Kellner in einem großen Restaurant der Friedrichstadt. Wie die meisten Kellner war er ein guter Vater. Fast täglich brachte er seinem Töchterchen einen Leckerbissen mit, legte ihr ein Stückchen Kuchen oder ein wenig Hummersalat in einer winzigen Muschelschale auf das Nachtkästchen, während sie schlief.

Er kam selten vor drei Uhr morgens heim. Die elektrische Straßenbahn verkehrte um diese Stunde nicht mehr; müde wanderte er durch die sonderbar breiten, menschenleeren Straßen, schlief und träumte im Gehen. Er war groß und mager, das Apfelgrün seines dünnen Paletots schlotterte ironisch über dem schwarzen Frack, und über die schmutzigweiße, angerauchte Halsbinde war der etwas speckige Kragen des Mantels emporgeschlagen. Er war intelligent, betrank sich nie. Sein einziges Laster war eine übertriebene Sparsamkeit. Er hoffte, im Alter von fünfunddreißig Jahren so viel Geld erspart zu haben, um ein kleines Restaurant in einem Vorort der Stadt zu eröffnen. Man bot ihm ein bereits eingeführtes Geschäft an, aber er mochte es nicht übernehmen: alles sollte neu sein, und ihm war, als könne er dann in dem neuen Geschäft, in den frischgeweißten Sälen, an lauter frischgedeckten Tischen eine neue Jugend erleben.

Er hätte gern einen Sohn gehabt, um ihm dieses Geschäft, von dem er träumte, zu vererben, aber seine Frau machte ihm klar, daß die kleine Hedy einmal heiraten würde und es für den Schwiegersohn keine bessere Mitgift geben könne als ein gutgehendes Wirtsgeschäft.

Seine Gedanken kreisten stets um das Restaurant und um das Kind; wenn er morgens von daheim fortging, dachte er schon an den Abend, an die Leckerbissen, die er mitbringen wollte, an die Trinkgelder, die, aus zahllosen Nickelmünzen bestehend, in den ausgeweiteten Taschen seines Paletots klingeln würden.

Das Kind entwickelte sich trotz der guten Kost nur langsam, es blieb blaß und wollte nicht recht essen. Das verstand der Vater nicht, und er verbot seiner Frau, dem Kind weiterhin an jedem Sonntag seine fünf Groschen Taschengeld auszuzahlen, weil er dachte, daß das Kind das Geld vernasche. Die Mutter stimmte seufzend bei und sagte, das Kind habe ohnedies alles, was es brauche.

Hedy schien zufrieden, sie weinte nur selten, sie wunderte sich nicht und lachte fast nie, solange die Eltern anwesend waren. Nur ein Ereignis machte starken Eindruck auf sie. Die Mutter brachte einmal aus der Waschküche einen kleinen, silbergrauen Kater mit. Das Tier war noch ganz jung. Es entzückte Hedy durch seine plumpen Bewegungen und erschreckte sie zugleich durch seine Krallen, die es lustig und unbekümmert gebrauchte. Hedy war verwandelt, sie wurde lebhaft, lachte und zitterte vor Freude und Angst, als sie das kleine Tier auf den Arm nahm. Sie mochte es den ganzen Abend nicht von sich lassen und schleppte es des Nachts mit in ihr Bett. – Man ließ ihr das Tier. Plötzlich zeigte die Kleine Appetit, aß alle Teller leer, wenn sie nur der Katze etwas von ihrem Essen abgeben konnte. Sie begann zu lachen, und selbst die Katze, wie alle jungen Tiere von drolligem Ernst, schien das Lachen von ihr zu lernen.

Aber die allzu reichliche Fütterung schadete dem Tier; es erkrankte, wurde plötzlich über Nacht wild und boshaft, heulte, von Schmerzen geplagt, kratzte alle und drohte, der Mutter mit den Krallen das Auge zu zerfetzen. Hedy, die aus einer Ecke zusah, schrie vor Angst.

Die Mutter nahm die Katze, preßte ihre Vorder- und Hinterpfoten mit beiden Händen zusammen, knotete sie wie einen Strick und schleuderte das Tier aus dem Fenster hinaus.

Die Katze überschlug sich in der Luft, ganz still. Als sich die Mutter ins Zimmer zurückwandte, sah sie Hedy auf dem Boden lang hingestreckt liegen. Es gelang sehr schwer, sie aufzuwecken. Sie weinte nicht, sie sprach auch nie von der Katze. Das Tier hatte nicht einmal einen Namen gehabt, so schnell war alles gegangen. Aber Hedy wollte nicht mehr unter die Menschen. Sie verkroch sich, sie war am liebsten im Dunkeln allein. Im Schlaf begann sie aufzuschreien und das heulende Miauen der Katze nachzuahmen. Der Vater konnte nicht schlafen. Man mußte das Kind zu Verwandten aufs Land geben.

Als es wiederkam, war es verwandelt. Es trieb sich viel auf der Straße umher (die Eltern wohnten zu dieser Zeit in der Nähe der Tempelhofer Heide), es brachte Erde in seinen Haaren, Ungeziefer in seinen Kleidern mit, es sang gemeine Lieder, verwahrloste, und der Lehrer warnte die Eltern. Hedy und eine Freundin waren bei einem Diebstahl in der Schule ertappt worden. Die Mutter wollte es nicht glauben, aber in einer Tischlade fanden sich sechs Federkästchen, ein Armband aus blaßroten Korallen und drei Klumpen Bonbons.

Der Vater bestrafte das Kind; er prügelte es nicht, aber er ließ es einen Tag hungern und drohte auf Rat des Lehrers mit Übergabe in eine Besserungsanstalt in Teltow. Das schien zu wirken; aus der Schule kamen keine Klagen mehr.

Aber die Aufregungen daheim hörten nicht auf. Der Vater erkrankte. Sein Appetit wurde zur Eßgier. Die Leckerbissen, die er sonst dem Kinde mitgebracht hatte, verzehrte er selbst auf dem Heimweg und weckte zu Hause alle, indem er in der Küche herumrumorte. Der Arzt stellte Zuckerkrankheit in leichtem Grade fest. Er empfahl dem Kellner eine strenge Diät, schrieb lange Listen auf. Eine genaue Küchenwaage mußte gekauft werden. Der Vater durfte kein Brot essen, kein Bier trinken. Obst, süßer Wein und Mehlspeisen waren streng verboten. Die Frau nahm sich des Mannes ernsthaft an, sie kochte alles, was der Arzt verordnet hatte, wog jeden Bissen ab, zwang sich, selbst mitzuessen. Aber der Vater hielt sich nicht daran; es war nicht zu verhindern, daß er in dem Lokal, in dem er angestellt war, jeden Tag zwischen den Serviergängen zwei Liter dunkles Bier trank, und wenn die Frau das Brot versperrte, so brachte er in den Taschen seines Paletots Dutzende von Semmeln mit.

Aber er magerte ab. Oft erwachte Hedy, hörte den Vater durch die Zimmer schlurren, an Schlössern rütteln und Speisen suchen. Er ging nicht mehr ins Geschäft. Nach kurzer Zeit sah der fünfunddreißigjährige Mann aus wie ein Greis; er wurde still, sanft und zärtlich, verhielt sich nachts ruhig, brach nicht mehr die Blechbüchse auf, in der das Brot verschlossen war. Tagsüber ging er fort. Oft erwartete er Hedy an der Schule; er gab ihr Bonbons, in Silberpapier eingewickelt, mit Kognak gefüllt. Einmal sah ihn Hedy am Fensterplatz eines vornehmen Restaurants sitzen. Er winkte ihr mit seiner ganz weißen, ausgetrockneten Hand, nahm sie zu sich auf einen Plüschfauteuil, fütterte sie mit kostbaren Leckerbissen und verbot ihr, der Mutter etwas davon zu sagen.

Die Frau hoffte, er würde noch lange Zeit leben; in einer Zeitung war angekündigt, ein großes Lokal in Reinickendorf, das sich gut für ein Restaurant eigne, sei zu vermieten. Sie fuhr hin, ging durch alle Räume, strahlte in der Hoffnung auf den künftigen Besitz. Es war das Richtige. Voll Freude kehrte sie heim. Der Mann war noch nicht zu Hause. Sie wartete. Ein Wagen fuhr vor und brachte ihn schlafend, bewußtlos. Er hatte in einem feinen Restaurant gesessen, Sekt getrunken, war eingeschlafen. Man konnte ihn nicht mehr erwecken. Zwei Tage später war er tot. Von den ersparten zehntausend Mark waren kaum mehr zweitausend vorhanden.

Die Frau schlug Lärm. Sie dachte an Diebe, an ein Versteck in einer Mauer, an einen Einbruch. Sie verstand die Katastrophe nicht. Selbst Hedy wurde verdächtigt. Sie bekam Prügel, zum erstenmal in ihrem Leben. Damals war sie dreizehn Jahre alt. Auch jetzt weinte sie nicht. Ein sonderbares Gefühl schauerte durch ihren Körper. Sie hatte nie einen Menschen berührt, war nie von Menschen berührt worden. Der Schmerz war sonderbar, grauenhaft und süß zugleich.

Aber das Geld fand sich nicht wieder. Die Mutter nahm eine Stelle als Garderobenfrau in der Philharmonie an. Nun war sie keinen Abend daheim. Tagsüber war das Kind in der Handelsschule, denn es sollte Maschinenschreiben und Buchführung lernen. Hedy war fleißig; sie hatte die Intelligenz des Vaters geerbt; die Mutter liebte sie doppelt, weil sie an ihren Gatten erinnert wurde und in Hedys Schönheit die Schönheit ihrer eigenen Jugend wiedersah. Manchmal eilte sie vor dem Ende der Konzerte heim; in ihrer Angst um Hedy überließ sie den Erlös des Abends einer Freundin. Aber Hedy war abends stets zu Hause. Mutter und Kind lebten friedlich zusammen. Sie sprachen über alles, und die Mutter warnte das Kind vor alten Herren und vor Ausländern. Aber Hedy schien nicht zu verstehen, um was es sich handelte.

Ein Jahr später bekam Hedy eine Stelle als Schreibmaschinistin. Stolz brachte sie am Ende des Monats vierzig Mark mit, und nach einem weiteren Jahre konnte die Mutter zum ersten Male seit dem Tode ihres Gatten zur Sparkasse gehen und Geld einlegen.

2

Um diese Zeit lernte Hedy Erwin kennen. Erst kamen lange Spaziergänge durch den dunklen Tiergarten, den Landwehrkanal entlang; sie küßten einander, eng umschlungen, atmeten schwer, die Brust an die kühle Brüstung des Geländers gelehnt, und sahen stumm den Zillen zu, die, mit Ziegeln oder mit Äpfeln beladen, stromabwärts fuhren.

Bunte Lichter glänzten, und ihnen war, als seien sie im Theater.

Hedy liebte Erwin. Wenn sich manchmal seine muskulösen, großen Hände über ihr Gesicht breiteten, hätte sie schreien, ihn in die Finger beißen mögen. Aber sie blieb still. Sie liebte seinen Mund, seine harten Lippen. Sie dachte Tag und Nacht an ihn. Ihr Chef wurde unzufrieden, machte ihr Vorwürfe, drohte mit Entlassung; aber sie lächelte, zuckte mit den Achseln und zeigte den Kolleginnen Briefe von Erwin, die sie vorher parfümiert hatte. Ihr Glück war fast vollkommen. Wenn Erwin ihr Bonbons oder Blumen brachte, wenn er sich beim Sprechen zu ihr beugte und lächelte, dann hätte sie alles für ihn tun mögen. Aber er verlangte nichts, er fragte nichts, er war mehr Kind als sie.

Es blieb lange Zeit bei den Küssen, aber sie begannen sie zu quälen, und die Mutter fragte mißtrauisch, woher die schwarzen Ringe um die Augen kämen. Sie schwieg. Sie trotzte. Sie hätte gewünscht, die Mutter schlüge sie. Sie dachte unaufhörlich an ihn, sandte ihm Ansichtskarten, schrieb ihm Briefe mit Bleistift, auf Geschäftspapier, nachdem der Chef aus dem Bureau fortgegangen war.

Sie telephonierte Erwin, sie konnte nicht verstehen, daß er nicht glücklich war, von der Arbeit zu ihr ans Telephon gerufen zu werden. Ihre Stimme schwankte, und wenn sie die Hörmuschel ans Ohr drückte, war ihr, als küsse er sie ins Ohr. Sie wurde still, sie konnte nicht atmen, und Erwin hängte den Hörer ab, in der Meinung, sie sei vom Apparat fortgerufen worden.

Sie gingen gemeinsam ins Kino. Die Bilder flimmerten, die Luft war heiß, lähmend süß war die Musik, und als sie in den Frühlingsabend hinaustrat, erinnerte sich Hedy an nichts, als daß Erwin ihre Hand in der seinen gehalten hatte. An einem Abend nahm er sie in ein Musikcafé mit. Die Musik dröhnte; das Licht aus vielen elektrischen Lampen gegen ungeheure Spiegel, gegen die Wandbekleidung aus Marmor und Bronze geschleudert, beängstigte sie. Erwin sah sie an; still, mit einem tiefen, sanften Blick, der nichts forderte; und seine grauen Augen, die etwas mädchenhaft geschnitten waren, zogen sie unwiderstehlich an. Die Musik spielte ein Stück aus Boheme; Trompete und Flöte ahmten plump den Klang der Singstimme nach. Plötzlich aber hob sich aus dem verstummenden Orchester die Stimme eines Grammophons hervor: ein italienischer Tenor streichelte das brutal durchleuchtete, von Menschen dunstende Lokal mit der unbeschreiblichen Süße seines Organs; und das Ablaufen der Maschine klang wie das Schnurren der kleinen Katze, die keinen Namen gehabt hatte.

Hedy war von Traurigkeit übergossen. Als sie fortging, schämte sie sich vor Erwin, als hätte sie sich vor ihm im Lichte der Kronleuchter entkleidet.

Sie sprach nicht mehr viel; wenn sie lachte, klang es heiser. Erwin durfte sie nicht mehr küssen, nicht mehr anrühren; sie wollte mit ihm in kein Kino, in kein Theater, in kein Konzert. Sie ließ ihn einige Tage allein; dann kam sie zu ihm.

Es war ein regnerischer, ungewöhnlich heißer Frühlingstag. Sie trat in sein Zimmer, riß ihn an sich und zitterte.

Sie wurde ein anderer Mensch. Sie lachte, sie weinte nicht mehr wie früher. Und wenn sie sich beim Ankleiden mit einer Nadel stach, war es ein anderer Schmerz. Sie staunte, als sie wieder unten auf der Straße stand. Sie hatte gedacht, er würde sie nicht lebend aus seinen Armen lassen. Aber es war der Abend eines Arbeitstages, und die Straße draußen, das Zimmer daheim sahen nicht anders aus als sonst. Die Mutter kam »aus ihrem Konzert«, keuchte, plauderte, rumorte. Sie klagte über Schnupfen und über das feuchte Wetter; weshalb gingen nur jetzt so wenig Menschen in die Konzerte? In diesem Augenblick haßte Hedy ihre Mutter. Sie schwieg, und in ihrem Schweigen rollte sie sich zusammen.

Am nächsten Tage mochte sie nicht aufstehen; sie schrieb Erwin, sie sei krank und habe Schmerzen. Es freute sie, zu wissen, daß er vergebens auf sie wartete.

Sie träumte den ganzen Tag von ihm. Am Abend war sie so blaß, daß die Mutter besorgt den Arzt holen wollte. Aber Hedy sagte, es sei unnötig. Die Mutter kochte Kamillentee und las aus einer Zeitung vor. Die Zeitung knisterte, es regnete draußen. Irgendwo spielte ein Grammophon. Hedy schlief ein. Als sie erwachte, war es dunkel; sie war allein, und ihr war, als sei sie jetzt erst von Erwin gekommen. Sie sehnte sich danach, ihn wiederzusehen; sie dachte, er müsse inzwischen größer, schöner geworden sein. Es schwebte ihr vor, daß er, in eine glänzende Uniform gekleidet, vor dem Tore in einem Auto auf sie warte … sie dachte an das Meer, an Italien, an Indien, die Berge, an eine Welt jenseits dieser Welt, die sie nicht kannte.

Aber er war blaß, sein Anzug war gewöhnlich, und der Veilchenstrauß in seiner Hand war nicht größer als sonst.

Sie ging still neben ihm. Sie entschloß sich sehr schwer, ihm zu antworten. Plötzlich klang ihre Stimme kühl, hart wie aus Glas. Sie wollte ihn nicht mehr küssen, sie stieß ihn von sich, wenn er sie an sich ziehen wollte. Sein Schmerz tat ihr wohl.

Als er ihr die Hand zum Abschied gegeben hatte, als sie allein war, zürnte sie sich selbst. Sie ging von der Treppe auf die Straße zurück, suchte ihn, er war fort. Sie fuhr mit der Straßenbahn nach seiner Wohnung, aber sie hatte nicht den Mut, an seine Tür zu klopfen.

Als sie einander das nächste Mal wieder trafen, war es so, als sei nie etwas zwischen ihnen gewesen. Sie sehnte sich nach seinen Küssen, aber er mußte sie erzwingen. Seine Liebe erschien ihr groß, aber fremd, wie aus einer anderen Welt. Sie lachte manchmal darüber, wie man über Worte aus einer fremden Sprache lacht. Oft dachte sie, sie hätte als Mann anders gehandelt.

Manchmal war sie mild, sanft, still. In seinen Armen fühlte sie sich ruhig, zufrieden, aber doch nie mehr überwältigt.

Er betete sie an, verherrlichte sie, stellte sie über alle anderen Frauen. Sie spottete darüber und hätte seine überschwenglichen Briefe am liebsten ins Feuer geworfen. Sie wollte noch etwas Neues von ihm, etwas Berauschendes, etwas ganz Großes, etwas, das sie zwang, sich selbst zu vergessen; und einmal träumte sie, daß er sie an den Haaren packte und so über die Erde emportrüge. Manchmal drängte sie sich in seine Nähe, sie wartete in seinem Zimmer auf ihn, zusammengekauert in einem Winkel des Sofas. Sie atmete kaum. Und dann warf sie sich wild wie eine Katze an seinen Hals. Aber im Herzensgrunde wurde sie nie satt. An einem Tage quälte sie ihn. Am nächsten bat sie um Verzeihung. Sie bat ihn, sie zu erziehen; sie las daheim seine Bücher, schlief abends über ihnen ein, versteckte sie unter dem Kopfpolster. Wochenlang gehorchte sie ihm auf den leisesten Wink, dann hatte sie mit einem Schlag, ohne erkennbaren Grund einen unbesieglichen Widerwillen vor ihm und wollte ihn nicht sehen.

Nie mehr empfand sie das, was sie in der ersten Nacht empfunden hatte …

Sie wollte seine Liebe stärker, rücksichtsloser, seine Sanftheit empörte sie, dann schämte sie sich ihrer selbst und sagte sich, sie sei Erwins nicht wert. Aber am nächsten Tage wollte sie ihn für immer verlassen. Seine Augen drohten. Sie duckte sich, aber er blieb still. Nun quälte sie ihn, den Schwächeren, mit eiserner Konsequenz, auch wenn sie selbst darunter litt. Sie verzweifelte an sich, sie stieß mit den Füßen nach ihm, sie schäumte vor Wut bei seinen Liebkosungen. Am nächsten Tage war sie allein.

Sie erwartete ihn; er kam nicht. Sie sandte ihm durch die Post Blumen, ohne ihren Namen zu nennen, und in einem eingeschriebenen Brief zwei Karten für das Kino, in dem sie einst zusammen gewesen waren. Er antwortete nicht. Der Brief mit den Karten kam zurück. Sein Zimmer war schon an jemand anders vergeben. Die Wirtin sagte, Erwin sei nach Südamerika. Aber sie glaubte es nicht. Sie dachte, er habe nur die Wohnung gewechselt, er versteckt sich vor ihr, nein, *er* wollte sie erziehen, wolle sie nur zum Nachgeben zwingen. Als sie aber allein blieb, war ihr zumute wie damals, als die Mutter ihrer Katze die Füße verknotet und das hilflose Tier auf die Straße geschleudert hatte.

Am nächsten Tage ging sie wieder nach seiner Wohnung. Nach zwei Wochen fragte sie nochmals nach ihm. Endlich mußte sie daran glauben. Jetzt erst weinte sie. Auf offener Straße wurde sie von ihrem Schmerz wie von einer Krankheit geschüttelt ... Sie schluchzte, wie ein kranker Mensch sich erbricht.

sie von ihrem Schmerz wie von einer Krankheit geschüttelt ... Sie schluchzte, wie ein kranker Mensch sich erbricht.

Erwin hätte nicht zurückkommen dürfen: dann hätte ihn Hedy immer geliebt; dann wäre sie ihm vielleicht sogar treu geblieben. Denn sie war kein kleines Mädchen. Sie verkaufte sich nicht für Bonbons, nicht für Seidenkleidchen, nicht für Karten fürs Kinotheater. Ihr Ziel war: sich selbst vergessen, besiegt, überwältigt werden.

Als Erwin noch fern war, jenseits des Meeres, jenseits der Möglichkeit, am nächsten Tage zu erscheinen, da betete sie einen Halbgott in ihm an. Als sie ihn wiedersah, war es ein kranker Mensch, ein graues Gesicht! Seine Hände waren greisenhaft geworden und zitterten.

Er bat um Mitleid; sie antwortete mit Verachtung.

Erwin lockte alles Böse, alles Niedrige aus ihr hervor, und es graute ihr vor sich selbst, als sie, nach dem ersten bösen Wiedersehen mit ihm, allein in ihr Zimmer trat.

Am nächsten Tage wollte sie sich überwinden, wollte ihm auf halbem Weg entgegenkommen, sie kaufte eine kleine Tüte Leckerbissen, um sie gemeinsam mit ihm zu verzehren, zwischen Lachen, Küssen und Umarmungen, unter hinübergeschmeichelten Worten im Dunkel seines kleinen Zimmers, in die Ecke des alten Sofas gedrückt.

Sie war auf dem Wege zu ihm. Aber schon wartete er da, auf dem alltäglichen Platz, der abgebraucht und grau war, nach den tausend Gängen in den alltäglichen Beruf, den sie haßte.

Er stand da und bettelte.

In ihrer Empörung warf sie ihm seine eigene Vergangenheit vor, zog ihm, dem Menschen von 1913, den alten Erwin von 1912 vor. Wie eine Faust an der Kehle empfand sie ohne Aufhören ihre eigene Unersättlichkeit. Sie hätte es nicht ertragen, Erwin glücklich zu sehen.

Weshalb war er ihr treu? Sie war ihm nicht dankbar dafür. Jetzt sehnte sie sich nach anderen Menschen. An anderen Menschen gefiel ihr alles, weil sie nicht Erwin hießen. Junge Leute traten ihr gemein entgegen, nahmen mit unverschämtem Lächeln ihren Arm, nannten sie Puppchen oder kleine Fee. Sie antwortete ihnen nicht, aber sie verzieh ihnen alles; Erwin nichts. Sie waren wenigstens gesund, und Erwin mit seiner Kränklichkeit, mit seinem grauen Gesicht, mit seinen matten, aber immer noch schönen Mädchenaugen wühlte Ekel, Sehnsucht, Grauen in ihr auf.

Eine Woche nach jenem Abschied an der Untergrundbahn sprach sie ein großer, eleganter Herr an. Sein Gesicht verschwand beinahe unter einem ungeheuren, fast bestialisch wilden Bart, dessen blauschwarze Locken sich um einen kleinen Mund kräuselten. Es war ein polnischer Kaufmann, Jegor Wolsky, ein Mann in reiferen Jahren, der seine Frau vor zwei Jahren verloren hatte und der seinem einzigen geliebten Töchterchen keine neue Mutter geben mochte.

Er war breitschultrig, etwas plump, er sprach laut, aber ohne daß sich in seinem Gesicht etwas rührte; nur der Bart bewegte sich, rauschte um seinen Mund.

Er gefiel ihr, aber sie mußte an Erwin denken, der schlank und blond war. Konnte sie ihn nicht vergessen? Sie war außer sich vor Wut, daß sie es auch jetzt nicht konnte. In ihrer Wut verlor sie die Besinnung. Ohne die geringste schmeichlerische Liebkosung folgte sie ihm in seine Wohnung, gab sich ihm sofort hin. In dieser Stunde, in der Stunde nachher, war in ihr etwas von der Seele ihres Vaters, der in der hilflosen Wut gegen Krankheit, Hunger und Tod den Plan seines Lebens zertrümmert, der in einer Stunde die tausend Pfennige seiner Sparsamkeit sinnlos, wie von einem fremden Willen betäubt, in sich hineingeschlungen hatte.

Sie kam nach Hause, bleich, zitternd wie ein Mensch, der einen schweren Unfall erlebt; sie schrie im Schlaf. Die Mutter ahnte, was vorgegangen war. Sie weinte, aber sie fragte nicht.

Am nächsten Tage bereute Jegor Wolsky seine Brutalität. Denn das hatte er gemerkt, daß Hedy keine Dirne war. Er brachte ihr einen Ring mit einem Opal mit. Er lud sie zu einem Souper ein.

Sie wies den Ring ab, die Einladung nahm sie an. – Sie saßen in einem eleganten Weinrestaurant einander gegenüber. Hedy hatte nicht den Mut, zu essen, zu trinken, zu sprechen, und ihre Schüchternheit rührte Jegor. Er sprach sanft zu ihr, sagte ihr »du«, aber nicht das Du, das man Kokotten sagt, sondern das Du, mit dem er seine kleine Tochter rief. Er nahm nochmals den Opalring hervor, drehte ihn im Licht herum, wobei er selbst über die Kleinheit des Steinchens lächelte. Er fragte von neuem, was sich Hedy wünsche, aber Hedy hatte keine Wünsche. Sie lehnte sich in den weichen Fauteuil zurück. Der gelbe Wein stand vor ihr, die Blasen stiegen auf, und am liebsten hätte sie den kleinen Finger in den Champagnerkelch getaucht. Sie trank. Plötzlich hörte sie Musik. Die Musik hatte schon eine Stunde lang gespielt; aber jetzt erst hörte sie die Melodie. Die Töne lagen in den seidebespannten Wänden, sie schienen näher zu kommen wie eine Fee im Märchen, die in den Bäumen wohnt zwischen Rinde und Stamm.

Etwas Unsagbares machte sie tief atmen. Sie fühlte einen Duft und sah nirgends Blumen. Die matte Tischlampe leuchtete rot, und sie riß die Augen auf, ganz erstaunt.

Der Pole hatte Schnäpse kommen lassen, goldfarbene, tiefgrüne und ganz klare, die wie geschmolzener Bergkristall leuchteten. Drei silberne Becherchen standen da, im Innern leicht vergoldet, winzig wie für Zwerge oder wie für eine Puppenwirtschaft. Der Pole mischte mit ernstem Gesicht die verschiedenen Sorten. Hedy trank. Sie schloß die Augen, atmete tief, und plötzlich begann sie zu lachen, ein trillerndes Lachen, das tief in ihrer Brust aufwachte. Ihre Finger, die ein silbernes Becherchen hielten, zitterten.

Wolsky saß ganz nahe bei ihr. Er nahm ihre Hand, streichelte ihren feinen Zeigefinger, und ihr war, als küsse er damit ihren ganzen Körper mit einem einzigen Kuß.

Am nächsten Morgen wollte er sie heimbringen, aber sie konnte sich nicht von ihm trennen. Er nahm eine Droschke und befahl dem Kutscher, durch den Tiergarten zu fahren. Die Straßen waren noch öde; an den Standplätzen der Automobile glänzten auf dem Asphalt breite Lachen schwarzen Öles; und die Luft war verpestet vom Benzin und von dem Dunst der Zigaretten, der wolkenschwer aus den Türen der Nachtlokale schwelte.

Aber unter den Bäumen wehte der frische Hauch des Tages. Einige frühe Reiter preschten über den Kies. Oben auf dem Viadukt der Stadtbahn erklang das Signalpfeifchen des Streckenwärters, der die Züge avisierte. Von den Wiesen, von der feuchten Erde der Straße, von dem verhangenen Spiegel des »Neuen Sees« stiegen Morgennebel auf.

Hedy war in ihrer Müdigkeit so glücklich, daß sie ihren Kopf auf die Knie des Polen nie-
derlegen wollte. Aber Jegor hielt sie zurück und brachte sie schnell nach Hause. Auch er war
glücklich. Hedys Stimme erinnerte ihn irgendwie an die Stimme seiner Tochter, die er bei
seiner Mutter in Russisch-Polen zurückgelassen hatte.

5

Nun war Hedy so verliebt, daß sie sich schämte, es ihm zu sagen. Alles an ihm bezauberte sie: sein gekräuselter Bart, der nach dem Aroma kostbarer Pelze duftete, seine kleinen weißen Hände, seine glänzenden Augen, die sich nie bewegten. Aber plötzlich konnten sie groß werden, unendlich tief, und sie bekam Angst vor ihnen.

Sie trafen einander fast jeden Tag. Jegor Wolsky, der mit rohen und bearbeiteten Fellen handelte, war der Geschäfte wegen in Berlin. Er war sehr reich, seit einigen Jahren schon über die erste Blüte hinaus, vom Leben gesättigt. Hedy schien es, als wisse er alles und als sei vor seinen stillen, beinahe stumpfen Augen alles klein und unbedeutend. Ganz weich, ganz mädchenhaft hing sie an seinem Arm. Jetzt sah sie wie eine Dame aus. An ihrer weißen Russenbluse schimmerten viele kostbare Spitzen. Ein dünner, roter Ledergürtel schmiegte sich weich um ihre schmale, knabenhafte Taille. Sie parfümierte sich nicht mehr wie zu Erwins Zeiten; nur einmal ließ sie über Nacht ihr Taschentuch in Jegors Schrank, wo es das scharfe und berauschende Aroma seiner Pelze annahm.

Sie wagte oft nicht zu sprechen; sein Blick hypnotisierte sie. Und er, in der Trägheit seiner alternden Jahre, ließ sich ihre Liebe gefallen. Manchmal bekam er Angst vor ihren wilden Küssen; er fürchtete, sie könne in seinen Armen sterben. Er dachte, ihr den Abschied zu geben, ihr durch die Post in einem Kuvert mit einer Visitenkarte eine große Banknote zuzusenden und heimlich von Berlin fortzureisen. Aber etwas an ihr hielt ihn zurück, zog ihn an, wenn er es auch nicht zeigen mochte. In seiner Ehe war er der Schwächere gewesen; jetzt, zum erstenmal in seinem Leben, sah er sich angebetet, verehrt, geliebt. Geliebt ohne Grund, denn Hedy mochte weder Geld noch Schmuck von ihm annehmen. Bloß den Opalring hatte sie behalten, hatte ihm dafür einen silbernen Kinderring aufgedrängt. Oft war ihr, als hätte sie Erwin nie gekannt.

Aber der Pelzhändler wollte fort. Er bekam Angst, Hedy könnte ihm unentbehrlich werden. Konnte er sie heiraten? Sollte er seinem kleinen Töchterchen eine Mutter geben, die er auf der Straße aufgelesen hatte? Und immer wieder dachte er an den Abschied, an ein Adieu ohne Eklat, ohne Tränen, ohne viel Worte, die er ohnedies nicht liebte.

An einem Sonntag machte er einen Ausflug mit Hedy. Es war Ende Mai. Die Sonne schien, der See bei Erkner war sanft bewegt, und auf der braunen Walderde schwankte hold der Schatten der Bäume. Jegor versuchte einige Male, von der Notwendigkeit einer Trennung zu sprechen. Aber sie verstand ihn nicht. Und während er es ihr erklärte, wurde ihm schwer zumute. Er wiederholte immer wieder, er sei fünfzig Jahre und Hedy erst achtzehn. Und seine Heimat sei ein kleiner Ort in einer großen, öden Steppe, in der es keine Wälder, keine Autos, keine Kinos gab. Er lächelte. (Es war nicht richtig, denn man lebte in den Städten Wolhyniens besser als in Berlin.) Sie sah ihn erstaunt an. An ihrem Schweigen, an dem Druck ihres kindlichen Armes merkte er, daß alle Worte vergeblich waren. Hedy strahlte. Nie war sie so schön gewesen wie an diesem Tag. Goldener Glanz lag in ihren großen, grauen Augen. Ihr Gang war anmutig wie ein Tanz. Wenn sie später an diesen Tag zurückdachte, war es ihr, als hätte damals die ganze Zeit hindurch Musik gespielt, hinter den dunklen Stämmen der Bäume versteckt.

Spät abends kehrten sie heim. Jegor schützte eine Konferenz mit einem Geschäftsfreund vor; er wollte, er mußte diesem Abenteuer ein Ende machen. Nach fünf Minuten sprach er eine Prostituierte an, trank unmäßig und traurig, verjubelte fünfhundert Mark, und in dem giftigen Kuß der Dirne empfing er den Keim einer schweren Krankheit.

6

Hedy konnte sich nicht erklären, warum er fernblieb. Eine unbeherrschbare Aufregung bemächtigte sich ihrer. Sie lief in seine Wohnung, wartete dort auf ihn. Aber man sagte ihr nach drei Stunden Wartens am Abend, er sei verreist.

Ganz still, ganz sanft kam sie heim. Sie wollte nichts mehr vom Leben; sie begriff, daß man sterben könne, daß es etwas ganz Natürliches sei, tot zu sein, ruhig dazuliegen wie in einem großen Bett, in einem vollständig dunklen, unbetretbaren Zimmer, über das von ferne her das feine Aroma kostbarer Pelze hinschwebte.

Sie wollte sterben; sie hatte in der Zeitung von einer französischen Tänzerin gelesen, die sich mit Äther vergiftet hatte. Dies erschien ihr rührend. Es duftete feiner als Lysol. Sie ging in eine Drogerie, verlangte Äther. Sie sagte, sie brauche es zum Entfernen von Flecken aus einem Seidenkleid. Der Drogist, im guten Glauben, schüttete verdünnten Seifengeist in das Fläschchen.

Sie kam ruhiger heim. Nun wollte sie sich mit allen aussöhnen. Sie schrieb an ihr Bureau, an Erwin, schrieb an den Pelzhändler. Sie gab die Briefe zur Post. Ihrer Mutter schrieb sie nicht. Sie fühlte, sie hatte schon lange Zeit nicht mehr in derselben Welt wie sie gelebt.

Aber die braune Flüssigkeit war kein Gift. Hedy erwachte. Ihr war zum Sterben elend. Die Mutter saß an ihrem Bett, weinte, lief im Zimmer umher, kochte ihr Tee, Bouillon, Chaudeau.

Sie liebte ihre Tochter, aber sie verstand, daß man vorläufig nicht mit ihr sprechen konnte. Zuviel war vorgegangen, ohne daß sie es gemerkt hatte, und sie ahnte, daß es bei Hedy, ebenso wie einst bei ihrem Mann, Geheimnisse gab, die man ihr verschwieg. Sie durfte nicht trösten, weil sie nichts wissen durfte. Nur durch Speisen, durch besonders sorgfältig gekochte Gerichte konnte sie Hedy zeigen, daß sie da war, daß sie innigst an ihre Tochter dachte. – Am Abend des zweiten Tages ging die Mutter zum erstenmal wieder ihrem Berufe nach. Hedy war außer Gefahr. Kaum war die Mutter fortgegangen, als Erwin an die Tür klopfte. Hedy erschrak, zitterte, jubelte. Sie erwartete Jegor. Sie hatte ihn jede Stunde dieser zwei Tage erwartet, nur er konnte so an die Tür pochen. Erwin trat ein. Sein blasses Gesicht war vom Kummer wie aufgeschwemmt, alles an ihm zitterte.

Hedy war zu Boden geschmettert. Sie konnte nicht glauben, daß Jegor fernblieb, daß Erwin vor ihr stand. Plötzlich drangen Tränen in ihre Kehle; sie schluchzte. Erwin setzte sich an ihr Bett. Er wollte von dem Briefe, vom Selbstmord sprechen, aber er schämte sich und konnte die Worte nicht finden. Gedankenlos nahm er ihre Hand, betrachtete den Ring mit dem Opal, versuchte ihn abzuziehen, drehte ihn hin und her. Ganz zart nahm Hedy ihre Hand fort.

Sie begann zu erzählen. Von wem konnte sie erzählen, wenn nicht von Jegor? Aber Erwin konnte es nicht glauben.

»Hast du ihn lieb?« fragte er.

»Ich ... ich habe ihn sehr gern«, sagte sie.

»Deine Lippen sind ganz weiß, du bist doch nicht krank, Erwin?« fragte sie.

Er lächelte. Hedy hatte früher nie darauf achten mögen, ob er blaß war oder nicht. Plötzlich lächelte auch sie; es erschien ihr so sonderbar, daß sie beide, Erwin und sie, nebeneinander saßen und einander bemitleideten.

Er sah Hedy an. Es war nicht mehr die rebellische, ewig unersättliche, grauenhaft boshafte Hedy der letzten Zeit; aber es war auch nicht die Hedy des Jahres 1912, das holde, kleine, launenhafte Glück, das keinen Namen hatte. Ein Mensch blickte ihn an, einer, der menschlich gelebt hatte. Er verstand ihren Kummer, und ihm war, als habe er sie nie tiefer geliebt als jetzt.

»Ich müßte von Franziska erzählen«, dachte er. Aber er schwieg. Die Worte machten ihm Mühe. Er fühlte sich so sonderbar müde, und plötzlich merkte er, daß das Zimmer schwankte wie die Kabine eines Schiffes im Sturm.

Es klopfte. Der Postbote brachte einen Rohrpostbrief. Er war von Jegor. Sie nahm ihn in die Hand. Sie freute sich nicht. Hatte sie sich doch schon vorhin unendlich gefreut, als es an die Tür gepocht hatte.

Jegor sagte ihr alles. Er konnte die Krankheit nicht nennen, aber soviel war sicher, niemals mehr würde er die kleine Olenka küssen können.

Es war das erstemal, daß er den Namen seiner Tochter vor Hedy nannte. Er bat sie, nicht mehr zu ihm zu kommen. Er wolle ihr und sich selbst den Abschied leichter machen und wohne deshalb in einem Hotel. Er hoffe, sie habe doch nichts angestellt. Er würde sich nie verzeihen können, wenn sie durch ihn ins Unglück käme. Sie solle Geld an seiner Bank beheben, reisen, ihn vergessen, später noch sehr glücklich werden. Er sagte ihr Lebewohl für immer, aber nannte doch den Namen des Hotels, in dem er jetzt wohnte.

Hedy zögerte keinen Augenblick. Sie kleidete sich an.

»Komm mit, Erwin, ich war zwei Tage nicht an der Luft. Ich will ihm nur ein Wort sagen, damit er weiß. Du wirst auf mich warten; es dauert ja nur einen Augenblick. Sei gut! Frage mich nicht.«

Er folgte ihr. Sie kamen vor dem Hotel an. Er wartete vor dem Portal. Hedy hatte ihm fest versprochen, spätestens in einer Viertelstunde zurück zu sein. »Wir wollen dann ins Theater gehen«, dachte Erwin. »Hedy hält ja Wort. Sie lügt nie. Aber ich habe kein Geld. Wo habe ich nur mein Geld? Ja, bei Franziska in dem roten Kästchen.« Wie klang doch nur das Wort »Franziska«! Wie war das Wort von Fieberwellen bewegt! Er sah die Temperaturkurve, mit roter Tinte auf weißen Bogen geschrieben, empor sich heben wie eine Welle im Meer. Ein heißer Wind wehte. Die Leute stießen ihn an. Ein kleines Mädchen bettelte. Er merkte nichts und wußte, daß er nichts merkte.

Hüten Sie sich nur vor Aufregungen! Das war die Stimme des braunen Arztes in Buenos Aires. Die Keime liegen Ihnen noch im Blut. Sie lauern links in der Ecke, haben sich in der Milz versteckt. Nein, er regte sich ja auch nicht auf. Er sah auf die Uhr. Es war eine Stunde vergangen. Er hatte es gar nicht bemerkt. Wo war Hedy? Und die Anfälle kamen erst alle vierundzwanzig Stunden. Daher der Name. Aber wie war nur der Name der Krankheit? Der hing doch irgendwie mit dem Gymnasium zusammen. Bis Quarta hatte er das Gymnasium besucht, jetzt aber war er Privatist und hatte den Namen der Krankheit vergessen. Das war ein Glück. Denn wenn die Krankheit keinen Namen hatte, konnte sie ihm auch nichts tun. Er fühlte sich ganz sicher, als plötzlich jemand an seinen Knien rüttelte. Er drehte sich um, er drehte sich im Kreise, er schloß die Augen; als er sie auftat, lag er in der Portierloge des Hotels auf einem abgeschabten roten Plüschsofa.

An den Wänden des Zimmers waren Schlüssel aufgehängt, die blinkten. Die Uhr zeigte drei Viertel elf.

Eine halbe Stunde später war er, immer im Fieberdelirium, mit einem Rest klarer Besinnung, daheim bei Franziska. Auf der Treppe dachte er: »Ich darf doch nicht das Geld vergessen. Für das Theater ist es schon zu spät. Aber wir können in eine Bar gehen. Ich war noch nie in einer Bar mit ihr.« – Der Kopf schien ihm ganz klar zu sein. Er lachte, flüsterte, wusch sich die Hände. Aber das Fieber wich nicht. Im Fieber riß er unter Franzis Kopfpolster die Geldschatulle hervor. Geld! Wenn ich nur Geld habe, dann kann ich ihr den Ring abkaufen, den sie von dem Polen hat. Nur Ehrlichkeit! Die Hälfte mir, die Hälfte ihr. Hedys Ring ist ja so klein, sicherlich ganz billig, flach, in der Mitte durchgeschnitten. Sicherlich ist er ebensoviel wert wie das mitten durchgeschnittene Geld. Weshalb schrie Franziska jetzt? Es geschah ihr ja nicht Unrecht. Keinem geschah Unrecht. Jeder bekam sein Teil … sein Teil … Er zitterte in Wut, stürzte über sie hin, hielt ihr den Mund zu. Er starrte sie an, er wußte nicht, wo er war. Er fiel auf das Bett und lag bewußtlos fünf Stunden von Mitternacht bis Sonnenaufgang.

Er glaubte am nächsten Morgen, er sei fieberfrei. Aber seine Besinnung war nicht klar.

Er kleidete sich sorgfältig an, wollte nun endlich zu Hedy, zuvor aber noch in die Fabrik, in seine Werkstatt. Er sah den blechbeschlagenen Tisch vor sich, in einer Ecke mit weißem Papier bedeckt. Aber es war nicht Papier, sondern der Ärmel von Hedys Spitzenbluse. Hedy hatte recht. Es gab tausend Menschen in dieser Stadt, tausend andere Mädchen, von überall quollen sie hervor, sie sprangen lachend vom Verdeck der Autobusse herunter, drängten sich gegen seine Brust, stießen an seine Knie.

Er wandte sich um. Plötzlich wünschte er, er hätte diese Stadt nie gesehen. Aber waren das nicht die weißen Häuser von Buenos Aires? Am Horizont schwebten zwei große, lichtgelbe Segel in großer Schönheit und Ruhe. Sie kamen näher, blähten sich auf, wölbten sich über den ganzen Himmel. Das Rascheln der Segelleinwand brauste in seinen Ohren.

Er lag da auf dem steinernen Pflaster, die Hände unter dem Kopf. Von allen Seiten kamen Menschen heran. »Franziska wird staunen, wenn sie mich hier liegen sieht«, dachte er. »Warum hat sie mich auch hierher mitgenommen? Und warum stehen keine Namen auf den Segeln? Warum bloß Ziffern? Warum ist es so kalt? 39? Wo ist die Sonne?« Er zitterte, atmete tief, er verlor das Bewußtsein.

Man schaffte ihn ins Virchowkrankenhaus gegen 9 Uhr vormittags. Um 1/2 10 reiste Franziska vom Anhalter Bahnhof nach Prag zurück. Gegen Mittag verließen Hedy und Jegor das Hotel und fuhren nach Wannsee, wo sie den herrlichen Sommertag am Wasser verbrachten.

7

Franziska kam allein nach Prag zurück. Die erste Nacht verbrachte sie bei Minna, dann aber schämte sie sich ihrer Schwäche und kehrte in ihre Wohnung auf der Kleinseite zurück. Am frühen Morgen öffnete sie die Tür. Kühle strömte ihr lind entgegen, die Fensterläden waren halb geöffnet, auf dem Tische stand, silbern beschlagen, eine Karaffe mit Wasser und ein paar Gartenblumen in einem hohen Glas. Diese Zeichen der Fürsorge ihrer Wirtin rührten Franziska. Sie legte ab, wusch sich Gesicht und Hände; eine plötzliche Müdigkeit kam über sie. Sie hatte bei Minna kaum eine Stunde geschlafen. Nun wollte sie auf dem Diwan ausruhen. Aber über den Kissen schwebte immer noch der Duft von Erwins Haar. Unverlierbar kam die Erinnerung zurück. Franzi konnte die Qual nicht ertragen. Sie stand auf und ging fort. Sie irrte in der Stadt umher, die plötzlich allen Zauber verloren hatte.

Sie kehrte heim. Keine Sentimentalität mehr! Sie wollte arbeiten.

Aber das Klavier war gealtert, es sprach nicht mehr an, jeder Ton machte Mühe. Alles ekelte sie an. Jetzt war sie verlassen, jetzt war sie unglücklich, jetzt war sie elend. Was nützte ihr die Hoffnung, daß sie sich später einmal an Beifall, an Blumen, an Ruhm und Reichtum freuen würde? Es gab kein Morgen, jeder Tag war wie heute von großem Kummer in dem Zimmerchen unter dem Dache bis in die letzten Minuten erfüllt.

Plötzlich fühlte sie, wie sie sich selbst verachtete. Sie gab Erwin recht. Er mußte sie verlassen. Auch Henriette hatte recht, was sollte sie denn anderes tun, als sie verachten? Aber am tiefsten beschämte sie Minna durch ihre Güte, denn sie kam an jedem Abend, oft erst spät, abgehetzt, schweißgebadet, oft nur auf zehn Minuten und nie mit leeren Händen. Das war Liebe, aber das war kein Trost.

Mit dem hilflosen Lächeln eines kranken Kindes lief Franziska stundenlang im Belvedere-Garten umher; um den Klang ihrer eigenen Stimme zu hören, sprach sie mit Kindermädchen, mit fremden jungen Herren, mit Studenten, welche Bücher unter dem Arm trugen und für sie verbotene Blumen aus den Beeten des Parkes pflückten. Vor Frau Smrtka schämte sie sich. Aber die alte Frau fragte nicht und wollte nichts wissen. Ruhig schichtete sie Erwins Kleider, Wäsche und Papiere, die Franzi aus den Schränken geräumt und auf einen Haufen geworfen hatte, wieder in den Kasten zurück. Franziska bemerkte es gar nicht. Ihr Leben war so gewaltsam angegriffen, daß sie sich nur mit der größten Mühe in der Einsamkeit zurechtfand. Sie begriff es kaum, wie sie sich von einem Tag zum andern aufrecht erhielt. Es war kein Schmerz, der einem körperlichen Schmerz verwandt war. Dieser Schmerz war so innig mit ihrem ganzen Dasein verwachsen, daß sie ein ganz neues Leben beginnen mußte. Sterben oder ein neues Leben: neue Gewohnheiten – neue Arbeit – neue Erholung – neues Erwachen am Morgen – ein neues Kissen für die Nacht – oder Tod. Nur ein ganz junger, ganz starker Mensch konnte eine solche Zeit überwinden. Franziska konnte es. Sie hatte nie über den Grund von Erwins Untreue nachgegrübelt. Nie hatte sie sich mit Eigenlob getröstet. Sie nahm seinen Verlust als endgültig hin. Unermeßlich war ihr Kummer. Nun mußte sie von Grund aus anders werden. Ihre Züge verloren die wundervolle Zartheit. Wo blieben die weichen Frühlingslinien ihres Mundes? Als Erwin wiederkam, sah er eine fremde Frau vor sich.

Er kam zurück. Wohin hätte er denn auch zurückkehren sollen, wenn nicht zu Franziska?

Sein Gesicht war grünlich blaß, seine Wangen waren eingefallen. Seine Augen flackerten. Seine Hände waren abgemagert, greisenhaft geworden zum zweitenmal – sie trugen ein braunes Handtäschchen, aber die kleine Last schien ihnen zu schwer zu sein.

Franziska erschrak, als sie ihn vor sich sah. Draußen glühte ein wolkenloser Augusttag, und Erwin zitterte vor Frost.

Wie grauenhaft hatte ihn dieses fremde Mädchen zerstört! Konnte denn ein Mensch mit klarem Bewußtsein sich so an einem andern vergreifen? Jetzt sah sie Hedy vor sich, sich gegenüber, Hand an Hand, Gesicht gegen Gesicht, eine ungeheure Wut stieg in ihr auf. Warum hatte sie bis jetzt nicht an Hedy glauben wollen? Stets hatte sie den Haß gegen dies kleine, krüppelhafte, sentimentale Wesen unterdrückt. Nun aber raubte ihr die Wut beinahe die Stimme.

Mit vorgebeugtem Kopf, mit wilden, großen Augen packte sie stumm den stummen Gast an. Dann ballte sich ihre Stimme in einem leidenschaftlich heiseren Wort: »Nun, ist sie endlich tot?«

Erwin fand keine Antwort. Wie von einer Keule getroffen, schlug sein Körper auf der Türmatte zusammen; der Hut rollte die Treppe hinab. Das blutleere Gesicht, der edle Kopf, dessen Haare kurz geschoren waren, leuchtete matt im Dunkel des Hausflures.

Franzi erschrak nicht. Das hatte sie verlernt. Sie winkte Frau Smrtka, zeigte wortlos auf Erwin, trug ihn gemeinsam mit ihr in das Zimmer, legte ihn in ihr eigenes Bett. Dann ging sie nochmals hinaus und holte den Hut, der bestaubt war.

Erwin war noch nicht bei Bewußtsein. Seine Lippen waren blau. Franzi schickte sofort um den Arzt.

Inzwischen starrte sie in Erwins Gesicht, wie um sich an etwas zu erinnern, das jahrzehntelang hinter ihr zu liegen schien.

Hatte nun das Schicksal das Wort *immer* unter ihr und Erwins Leben gesetzt? Das gab ihr ihren Stolz zurück. Ihre Hand kühlte Erwins heiße Stirn, fühlte die Adern am Halse rasend pochen. Plötzlich rötete sich Erwins Gesicht, seine Augenwimpern zuckten wie vor dem Erwachen.

Sie wollte sich abwenden. Ihr graute vor ihm.

Aber bevor er die Augen aufschlug, hatte sie sich wieder. Sie wartete ruhig, mit dem tröstenden Lächeln, mit den ausgebreiteten Händen einer Mutter, auf Erwins ersten Blick.

8

Franziska dachte keinen Augenblick daran, daß ihre grausame Frage Erwins Zusammenbruch verursacht habe. Das war ja auch nicht der Grund. Erwin hatte zwanzig Tage in dem Krankenhaus mit hohem Fieber gelegen. Am ersten, halbwegs fieberfreien Tag hatte er gegen den Rat der Ärzte seine Entlassung durchgesetzt.

Franziska oder Hedy? Für den Kranken war Franziska die einzige Zuflucht. Jetzt schämte er sich vor Hedy. Grauenhaft war ihm der Gedanke, sich von einem Menschen, den er liebte, pflegen zu lassen.

Er reiste nach Prag. Nach acht fürchterlichen Stunden war er bei Franziska angekommen.

Der Arzt erschien und untersuchte.

»Es wird Typhus sein«, sagte er, »wozu leben wir denn in Prag?«

»Der Herr kommt aus einer anderen Stadt.«

»Aber doch nicht ausgerechnet aus Indien?«

»Nein, aber er war einmal in Südamerika und hatte dort einen Anfall von Wechselfieber.«

»Wechselfieber? Malaria? In der Tat, Sie könnten recht haben. Man muß wirklich an alles denken.« Er untersuchte den Patienten genauer mit ernstem Gesicht.

»Besteht Gefahr?«

»Warum sollte Gefahr bestehen? Regen Sie sich nur nicht unnötig auf. Aber ich glaube, es wäre gut, den jungen Herrn in ein Krankenhaus zu bringen.«

Franziska schüttelte entschieden den Kopf.

»Nein, verstehen Sie mich recht«, sagte er. »Malaria oder Typhus, auf die Diagnose kommt es ja gar nicht so sehr an. Das behaupten nur die Kapazitäten. Ich glaube, es ist ganz gleich, auf welche Krankheit hin er behandelt wird. Aber…« und er runzelte die Stirn, »er muß gut behandelt werden. Es muß jemand Tag und Nacht bei ihm wachen. Alles in allem ist der Zustand ja doch ernst. Denken Sie nur, vierzig Grad Fieber! Soll ich wenigstens um eine Krankenschwester telephonieren?«

»Aber ich bin ja da, Herr Doktor.«

»Sie, gnädige Frau?« fragte der Arzt gedehnt und musterte Franzis zarte Gestalt.

»Ach Gott, sagen Sie mir doch nur, was zu geschehen hat«, sagte Franziska.

Der Arzt gab seine Anweisungen. Franziska wachte zwei Nächte, dann konnte sie nicht mehr. Regungslos, mit weit offenen Augen saß sie neben Erwin. Er atmet beinahe so wie die Mutter in der letzten Nacht, dachte sie. Ich darf nicht schlafen, ich darf nicht meine Augen schließen. Nein, sie wachte, noch wachte ihr eisernes Herz. Aber ihre Hand war zu schwach für den kleinsten Dienst. Aber die Kräfte mußten ja sofort wiederkommen, sie hatte nur zu warten, dazusitzen, zu warten, zu denken. Ich will eine Minute schlafen, dachte sie, und vier Minuten wachen, das wird das beste sein. Aber man muß mit den vier wachenden Minuten beginnen. Es ist wirklich reiner Unsinn. Wer beweist mir, ob es Unsinn ist, wenn ich doch schon schlafe? Krank ist er. Krank ist er deshalb geworden, weil seine Hedy ihn dazu gebracht hat, nach Buenos Aires zu gehen. Logisch! Logisch! Dann war alles gut, bis ihn Hedy zu sich gerufen hat. Sie sehen und krank werden ist eins, ist zwei … Nein, logisch! Logisch! Wäre er hiergeblieben, wäre alles gut. Wäre er? Große Frage, keine Frage aber, sondern absolut notwendig ist es, daß ich wache und wach bleibe. Ich konnte früher einmal gut eine ganze Nacht hindurch wachen, mußte doch Noten abschreiben. Am nächsten Morgen konnte ich sie verbrennen, weil sie dann in meinem Gehirn drin standen. Und plötzlich kommt jemand und verbrennt das ganze Gehirn. Wo stehen dann die Abegg-Variationen geschrieben? Sie sind dann verlegt. Aber meine Hausfrau weiß, wo alles ist, sie weiß sogar, wo meine teuren Haarnadeln liegen, wenn sie verlegt sind. Ja, und ich höre jetzt, wie die Hausfrau aufgestanden ist und etwas sucht. Sie geht hin und her in ihren alten Filzpantoffeln … aber sie geht so leise, daß ich gleich wieder einschlafen werde – nein – – plötzlich war Franziska ganz wach. Sie lief zur Hausfrau, wollte sie wecken, wollte sie bitten, zwei Stunden bei Erwin zu bleiben. Aber ihr Sohn war bei ihr. Seine Frau stand vor der Geburt eines Kindes. Er keuchte. Er war zu Fuß aus Zizkow hergelaufen. Aber eine halbe Stunde konnte doch die Hausfrau noch warten. Inzwischen rannte Franziska zu Minna, weckte sie und lief mit ihr zurück. Am nächsten Morgen sprach sie mit der Frau des Generalmajors, bei der Minna im Dienst stand, und erwirkte ihr mit großer Mühe einen zehntägigen Urlaub.

Franziska und Minna lösten einander nun in der Pflege ab. Erwins Zustand blieb ungewiß. Der Arzt wollte nicht recht mit der Sprache heraus. Endlich sagte er:

»Ich glaube, Sie haben recht. Wir kommen auf diese Weise mit dem Chinin nicht recht vorwärts. Ich möchte Ihnen etwas anderes vorschlagen. Einmal, zu den schönen Zeiten, wo ich noch an der Klinik war, hatten wir einen ganz ähnlichen Fall. Glauben Sie mir, der Mann stand kurz *ante exitum,* und doch haben wir ihn durchgebracht ...«

»*Ante exitum?* Was ist das?«

Der Arzt machte eine ganz kleine, flache Handbewegung.

»Das Ende vom Ende.«

»Und was schlagen Sie vor, Herr Doktor?«

»Eine Einspritzung in die Blutgefäße.«

»Habe ich da mitzureden?«

»Sie sind doch seine Frau!«

Franziska schüttelte den Kopf. »Bin ich nicht.«

»Dann will ich doch den Patienten selbst fragen, vielleicht ist das Bewußtsein gegen Abend klar.«

»Nein, Herr Doktor, um Himmels willen, fragen Sie ihn nur nicht. Er darf nicht wissen, daß es eine Gefahr gibt. Sie kennen ihn nicht.« Und nach einer Weile: »Ja, es ist das beste. Ich habe Vertrauen zu Ihnen. Wenn Sie wollen, werde ich Ihnen dabei zur Hand gehen.«

»Ja«, sagte er, »wir können nicht gut umhin. Denn sonst verlieren wir ihn. Er vergeht uns unter den Händen.«

Die Einspritzung wurde ausgeführt.

Das Fieber sank. Franziska war glücklich. Sie ging mit dem blinkenden Thermometer zu Minna hinaus, um ihr die freudige Botschaft zu bringen. Aber Minna war nicht in ihrem Zimmer. Sie stand unten im Hofe am Brunnen und wusch sich. Ein Stück Küchenseife hatte sie in der Hand, sie sang, sie zwitscherte wie ein Vogel, der trinkt. Ein Handtuch war über den Pumpenschwengel gebreitet.

Franzi rief:

»Minna, komm doch herauf! Wie oft habe ich dir verboten, dich im Hofe zu waschen?«

»Es wird nicht wieder vorkommen«, sagte Minna beschämt.

»Nein, es wird immer wieder vorkommen. Kannst du nicht lernen, mir zu gehorchen?«

»Ich lasse mir von allen Leuten befehlen, nur nicht von dir«, sagte Minna.

»Dann kannst du gehen.«

»Du schickst mich fort, Franzi?«

»Ja, ich werde schon allein fertig.«

Minna packte ihre Sachen zusammen. An der Tür sagte sie: »Du mußt nicht böse sein, Franzi, daß ich gehe. Eigentlich tut mir der arme Erwin leid. Aber du, Franzi, du machst es mir zu schwer ...«

»Gut, gut!« sagte Franzi und warf den Kopf zurück.

Sie blieb allein. Vier Tage lang blieb sie allein bei dem immer noch Schwerkranken, der kaum eine Hand rühren, kaum verständlich sprechen konnte. Aber sie erriet alles, was er wünschte, brachte ihm unaufgefordert alles, was er brauchte.

Doktor Mauthner, der in ihr nur noch die aufopfernde Geliebte eines stellenlosen Monteurs sah, sagte ihr einmal: »Liebes Fräulein, wollen Sie nicht außerhalb Privatpflege übernehmen? Es wird gut bezahlt, vielleicht besser als hier.« Franziska lächelte. Aber sie schämte sich im Grunde.

»Na ja«, sagte der Doktor, »Sie sind unbezahlbar.«

Nach vierzehn Tagen kam Frau Smrtka zurück. Ihre Schwiegertochter hatte einen prächtigen Jungen bekommen. Ohne besondere Mühe wanderte die gute Frau von einem Bett zum andern.

»Aber, um Himmels willen, wie sehen Sie nur aus, Fräulein Franzi? Was ist aus Ihnen geworden?«

»Schreien Sie nicht, Herr Erwin schläft.«

Franziska, die bis dahin von einer herben Schönheit gewesen war, war um Jahre gealtert. Ihre Haare, früher so üppig und schwer, gingen aus. Zum erstenmal seit langer Zeit sah sie sich im Spiegel.

»Na, Gott sei Dank, jetzt sehe ich ganz genauso aus wie Henriette«, sagte sie zu sich. Aber Erwin hatte kein Fieber mehr, und seine Augen waren klar.

Franzi ging zum Klavier und spielte. Machtvoll stiegen die Töne empor; die Harmonien klangen ineinander; der Rhythmus donnerte, die Melodie sang. Franzi lächelte: Mein Klavierspiel ist nicht gealtert.

Abends durften zum erstenmal die Fenster weit geöffnet werden. Weihrauchduft drang herein. Eine dumpfe Glocke dröhnte. Franziska setzte sich an Erwins Bett. Sie sahen einander lange an.

»Nicht wahr, ich habe dir viel Mühe gemacht?«

Franzi schüttelte den Kopf. Sie schwieg.

»Kann ich dir danken, Franzi?«

Franzi gab lange keine Antwort.

»Willst du mir wirklich danken? ...Die ersten Tage waren schwer, es ging um Leben und Tod. Warum bist du damals in der Nacht fort? Und warum hast du damals das Geld geteilt? Was soll mir das Geld? Du bist todkrank und denkst an Geld. Ich kann dich nicht verstehen. Wenn ...wenn es anders geworden wäre, und wenn dir etwas in Berlin passiert wäre und du wärest gestorben – dann hätten sie mir nicht geschrieben. Warum denn auch gerade mir? Wer weiß dort etwas von mir? Mir wäre es dann immer gewesen, als hättest du mich nie wirklich liebgehabt. Dann hätte ich nicht einmal Trauerkleider um dich tragen dürfen. Warum bin ich nicht deine Frau? Warum darf ich mich nicht vor aller Welt zu dir bekennen?«

»Trauerkleider? Liegt denn soviel an den Kleidern, die wir tragen? Du weißt doch, daß wir...«

Das Feuer in Franziskas Augen erlosch.

»Könnten wir uns so quälen, wenn wir einander nicht liebten?«

9

Erwin erholte sich nur sehr langsam. Anfang Oktober durfte er kaum auf eine Stunde aufstehen. Und dann lag er im Lehnstuhl, auf Kissen gestützt. Franziska saß täglich sieben Stunden am Klavier und bereitete sich für ihr erstes Konzert vor.

Es kam der Herbst. Es war so lange Abend, so zögernd wölbte sich die kühle Nacht über die Stadt, die in Klarheit und buntfarbigem Glanz funkelte.

Ende Oktober gab Franziska in Prag ihr erstes Konzert.

Erwin sah sie von seinem Lehnstuhl aus in ihrem Zimmer sitzen; Frau Smrtka stand hinter ihr, flocht ihr das dunkelgoldene Haar mit einer tiefen Andacht, als stecke sie die Zöpfe einer Braut auf. – Das bescheidene Batistkleid, das Franzi aus ihrer Heimat mitgebracht hatte, hing über dem Stuhl.

Ein Wagen rollte durch die stille Straße heran und hielt. Die sonst so zarte Glocke an der Tür läutete energisch. Schwere Seide rauschte über den Fußboden des Vorzimmers. Und plötzlich war das ganze Zimmer, das ganze Haus voller Duft.

»Nun, wie weit bist du, liebes Kind?« fragte die Constanza. Sie ließ Franzi aufstehen und drehte sie wie eine Puppe hin und her.

»Ah, sehr gut, sehr distinguiert, ganz eine Komtesse. Halte dich grade, Franziska. Wo hast du deinen Schmuck? Du hattest doch einmal ein kleines Kreuzchen aus Granaten, es paßte zu deinem Kleid. – Was fällt dir ein, du willst doch nicht ganz ohne Schmuck ins Konzert gehen? Da hast du meine Kette – nein, kein Wort, bitte. Verliere sie mir nur nicht. Sie ist von Einar. Schwedische Arbeit, sehr einfach und sehr kostbar. Die Sachen, die ich von meinem Mann habe, sind alle so pompös.«

Franziska und die Constanza waren seit einiger Zeit vertraut geworden, Dagmar war verheiratet, nun liebte die Constanza Franzi an ihrer Statt.

Endlich trat die elegante, schöne Dame in Erwins Zimmer. »Nun, wie geht's, junger Herr?« sagte sie zu Erwin. »Warum kommen Sie nicht mit uns?«

»Er ist heute zum erstenmal aufgestanden«, sagte Franziska, und ihre Stimme legte sich sanft wie eine Decke über ihn.

»Schade, sehr schade«, sagte die Constanza. »Na, geben Sie sich nur Mühe, werden Sie bald gesund. Komm, Franzi, es ist Zeit.«

Frau Smrtka ging der Constanza voran, eine Messinglampe in der Hand. Die Constanza sah sich noch einmal im Zimmer um.

»Eigentlich wohnt ihr ja geradezu feudal«, sagte sie. »Ja, die Franzi versteht zu leben.«
Sie ging.

Franziska beugte sich über Erwin. Ihr Hals duftete nach Reseda. Vielleicht hing dieser Duft an Einars schwedischer Kette. Ihr weißes Kleid leuchtete im Halbdunkel. Ihre junge Brust pochte.

»Leb' wohl, Liebling, ich bin um zehn Uhr wieder zurück. Die Hausfrau wird die ganze Zeit bei dir bleiben.«

Sie nestelte an den Kissen, und während sie sich aufrichtete, streiften ihre feuchten, warmen Lippen Erwins trockenen Mund.

Die Tür schloß sich leise, der Kutscher knallte mit der Peitsche, das holprige Pflaster der Straße donnerte unter den Hufen der Pferde. Die Leute liefen an die Fenster wie bei einer Hochzeit oder einem Begräbnis.

Erwin schlief ein. Als er erwachte, war es ganz dunkel. In der Küche spazierte Frau Smrtka hin und her und sang ein endloses böhmisches Lied, in dem von einer Holunderlaube, einem Wasserfall, von einem Mädchen und einem Soldaten die Rede war.

Alles erschien Erwin von einer neuen Seele belebt.

Sein Herz schlug stärker, schlug stärker in Freude, als er Franziska durch die Tür treten sah.

Beide Arme hatte sie schwer mit Blumensträußen beladen, mit gelben, purpurnen, teefarbigen Rosen, mit schweren, fast schwarzen Veilchensträußen, mit schwankenden Orchideen, lilafarbigen, mit züngelnden Blütenblättern, Maiglöckchen, zu einer schlanken, duftstrahlenden Fackel geordnet, und weißen Flieder, der mit seinen langen Dolden Franzis Arme streichelte. Es waren die Blumen, welche die Freunde der Frau Constanza Franziska geschenkt hatten.

»Oh, es war herrlich!« sagte sie und warf die Blumen über ihn.

»Aber Franzi«, sagte er, »willst du mich mit deinen Blumen ersticken, damit du nachher ein schwarzes Trauerkleid tragen kannst?«

»Nein, mein Lieber! Aber sieh nur, ich hätte nie gedacht, daß es so schön sein könnte, so grenzenlos schön. Wenn du nur das Klavier gehört hättest! Das klang von selbst. Und du?« Mit einem tiefen Blick: »Jetzt endlich bist du gesund, kannst vom Sterben sprechen, ohne blaß zu werden. Nun mußt du wieder einschlafen. Die Constanza und die anderen warten auf mich. Du hast doch kein Fieber? Warte nur bis morgen, dann erzähle ich dir alles.« Sie ging. Es wurde still, ihre Blumen begannen in der Dunkelheit stärker zu atmen.

Die Blumen waren noch nach acht Tagen nicht verwelkt. Frau Smrtka hatte sie zwischen die Fenster gestellt. Einige verfärbten sich, andere blühten wieder auf.

Erwin und Franziska saßen in dem kleinen Gärtchen, das ihnen ihre Hausfrau trotz des Verbotes der Fürstin geöffnet hatte. Sie hatte sogar den alten Nußbaum geplündert, und Franzi war gerade dabei, die grünen Schalen von den reifen Nüssen zu lösen, die in dem kleinen Körbchen neben ihr lagen.

Erwin sah ihr zu. Die Hände hatte er auf die dunkle feuchte Platte des Tisches gelegt.

»Du Armer!« sagte Franziska. »Deine Hände sind jetzt ganz weiß geworden. Bis zu deiner Krankheit waren sie so schön braun. Ja, es war schwer.«

»Ich weiß, Franzi«, sagte Erwin, »ich habe dir viel zu danken. Aber Worte? Worte sind doch nicht das Richtige. Ich denke jetzt nur darüber nach, was aus uns werden soll.«

»Was du willst.«

»Noch ein paar Wochen oder Monate, und dann wirst du ja doch von hier fortreisen. Nach einem solchen Erfolg wie vor acht Tagen wird dich Herr Diemitz nicht mehr lange müßig gehen lassen.«

»Gehe ich denn müßig?« Sie wies auf die blankgeschälten Nüsse, die vor ihr auf einem großen weißen Suppenteller lagen.

»Nein, im Ernst, es kann nicht lange dauern, und du hast in irgendeiner anderen Stadt ein zweites Konzert zu geben.«

»Das ist ja mein Beruf.«

»Und dann bin ich allein.«

»Willst du es nicht so, Erwin?«

»Ich?«

»Aber du kannst ja immer mit mir kommen. Wir werden immer ein Zimmer haben, immer Brot für zwei, immer was du brauchst, und wenn ich es erbetteln müßte. Aber ich werde nicht betteln.«

»Und das soll ich von dir annehmen?«

»Weißt du denn nicht, was du mir bist, Erwin? Du kannst mir weh tun, du kannst mich verlassen, wie damals in Berlin...«

»Sprich nicht davon«, sagte er.

»Ja, manchmal glaube ich, du kannst ohne mich sein, aber ich nicht ohne dich.«

»Nein, Franzi, glaube mir doch! Du mußt mir glauben, wenn ich es dir auch nicht zeigen kann. Wir wollen alles Vergangene begraben. Ich schreibe noch heute an deine Schwester um deine Papiere. Wir wollen heiraten. Und dann will ich wieder versuchen, zu arbeiten. Vielleicht gelingt es mir ... Aber kein Wort zu Frau Constanza. Da kommt sie, du mußt ihr entgegengehen.«

»Das ist schön«, sagte die Constanza zu Erwin, »daß Sie sich endlich entschlossen haben, gesund zu werden. Meine Franzi hat viele Sorgen mit Ihnen gehabt. Es war beinahe zuviel. Aber jetzt, mein Kind, bringe ich dir eine angenehme Nachricht. Fräulein von Munzdorff ist, dem Himmel sei Dank, krank. Diemitz hat heute zwei Telegramme von ihr erhalten. Sie wollte in Berlin mit Harry ein Orchesterkonzert geben. Du weißt doch, Harry Logcziusko. Diemitz und ich haben sofort an dich gedacht. Du würdest das *A*-Dur-Konzert von Liszt spielen. Harry spielt das Brahms-Konzert für Violine. Aber – ich erinnere mich eben – wenn dir Liszt nicht liegt, kannst du ebensogut das *C*-Moll-Konzert von Beethoven spielen. Diemitz läßt dir die Wahl.«

»Was würdest du spielen?«

»Liszt! Das ist ja gar keine Frage, keine Frage für mich. Aber du, du bist zehn Jahre jünger als ich. Was soll ich nun Diemitz sagen?«

»Ja, ich folge deinem Rat. Morgen werde ich dir das Beethovenkonzert vorspielen. Ich habe es vor einem halben Jahr studiert.«

»Also, dann ist alles in Ordnung. Kommt Herr Erwin auch mit nach Berlin?«

»Nein«, sagte Erwin.

»Ach?« meinte die Constanza. Und mit einem Blick auf Franzis Hände, die vom Nüsseschälen dunkelbraun geworden waren: »Das mußt du nicht tun, Franzi, es ist wirklich schade um deine Hände. – Und nun aber möchte ich noch etwas mit dir besprechen, mein Kind. Adieu, Herr Erwin. – – Du kannst ruhig fünfhundert Mark für den Abend verlangen. Ich halte es aber für besser, wenn ich selbst das Geschäftliche mit Diemitz ordne. Aber die Hauptsache bleibt: Es ist jetzt höchste Zeit, daß du von hier fortkommst. Was findest du an diesem Menschen? Mir kommt es geradezu unnatürlich vor, wie du dich da ausgibst … Und dabei rede ich gar nicht, wie die Leute reden. Aber Vernunft, mein Kind, ein bißchen Vernunft!«

Franziska schwieg.

»Denk' doch an deine Zukunft!«

»Mir ganz gleich.«

»Sieh doch, jetzt ist er noch krank. Aber selbst, wenn er gesund ist, was ist er dann? Nichts. Er ein Nichts und du die große Nummer von morgen. Was wollt ihr voneinander?«

»Was er von mir will, weiß ich nicht. Aber ich liebe ihn grenzenlos.«

»Das verstehe ich nicht. Was sind das für Ausdrücke: grenzenlos! Grenzenlos und Herr Erwin – mir unbegreiflich. Und dann, bist du ganz sicher, daß er dich mag? Glaube mir, man täuscht sich manchmal … grenzenlos. Weshalb will er dich nicht begleiten? Nein, ich sage nichts mehr. Aber wenn er nicht mit dir nach Berlin will, muß ich mit. Denn ein junges Mädchen darf man nicht allein in der Welt umhersegeln lassen. Leb' wohl, Franzi, spiele das Konzert heute noch durch. Ein Erfolg in Berlin bedeutet die Zukunft. Aber nur ein Erfolg ohne Fragezeichen.«

Franziska kehrte zu Erwin zurück. Es wurde langsam dunkel. Die Blumen hinter den Fenstern schimmerten matt.

»Es wird kühl, Erwin. Komm mit mir hinauf. Ich muß das Beethovenkonzert durchspielen.«

»Bleibe nur«, sagte Erwin mit sonderbarer Stimme, »wir haben noch gut Zeit.«

»Was soll das?«

»Du wirst nicht in Berlin spielen. Wenn du noch einen Funken Liebe für mich hast, dann verzichtest du darauf.«

»Unmöglich«, sagte sie kalt.

»Ich habe dich früher nie um etwas gebeten, laß mich jetzt nicht zweimal bitten.«

»Keine falsche Sentimentalität. Ich habe zugesagt, es bleibt dabei.«

»Sieh, Franzi, vor drei Wochen hast du mich gefragt, ob ich dir meinen Namen geben wolle. Erinnerst du dich? Damals, als du von den Trauerkleidern gesprochen hast. Damals sagte ich nein. Damals habe ich gefühlt, du hast mich nicht genug lieb.«

»Das ist ja lächerlich«, sagte Franziska im Zorn. »Wir haben ja nicht einmal Brot für zwei Tage, wenn du mich an meiner Arbeit hinderst.«

»Ich werde für dich sorgen.«

»Ach du! Erinnerst du dich nicht des Tages in Berlin? Wie soll ich dir trauen? Nein, alles oder nichts. Ich mache keine Geschäfte. Ich teile dich mit niemand. Ich fürchte keine Menschen, keine Stadt, keine Hedy in der ganzen Welt…«

»Schweig!« rief er drohend.

»Ich verbiete dir diesen Ton. Nein, ich kann mich beherrschen. Ich will gar nicht ernst nehmen, daß … du bist krank…«

»Bitte, nimm an, daß ich gesund bin.«

»Höre, Erwin! Das ist mein letztes Wort: Ich fahre nach Berlin. Keinen Widerspruch mehr, bitte. Ich reise. Bleib' du hier, wenn du willst. Und wenn auch nicht meine und deine Zukunft auf dem Spiel stünde, soviel Vertrauen muß ich zu dir haben können – ich könnte auch hier in Prag nicht ruhig mit dir leben, wenn ich dir die geringste Untreue zutrauen könnte.«

»Du stellst mich auf die Probe?«

»Du zwingst mich dazu.«

»Ich war dir nie untreu.«

»Untreu? Nein, das war schon mehr. Es war infam, wie…«

»Du schämst dich nicht, mir Vorwürfe zu machen?«

»Willst du ein Ende, dann gut. Wir sind noch nicht Mann und Frau.«

»Nein, wir sind noch nicht Mann und Frau, aber ich will deinem Glück nicht im Wege stehen, Franziska. Es wäre vielleicht zuviel, was ich von dir verlangte.«

»Erwin!«

»Nein, Franzi, was ich von dir will, ist nicht mehr, als was du von mir verlangst. Ich soll dir folgen wie dein Schatten. Dann bin ich der etwas reduzierte junge von X. und du die junge, große Künstlerin. Ja, ich soll dein Brot essen, daß du im Schweiße deines Angesichts verdienst...«

»Genug, genug, ich mag von dir keine Vorwürfe hören.«

»Nein, du willst mich nur füttern, liebe Franzi ...Ich soll keine ehrliche Arbeit haben. Ich will hierbleiben, du schleppst mich mit. Ich will meine Arbeit als Hauptsache sehen, du willst, alles soll Franziska heißen. Mir soll keine freie Stunde mehr gehören, ich soll auf alles verzichten, was...«

»Ich gedenke dich zu gar nichts zu zwingen«, sagte Franziska ruhig. »Ich habe dir vorgeschlagen, mich zu deiner Frau zu machen, weil ich mich vor deinem Arzt schämte, der mich für deine Mätresse hielt. – Du warst sterbenskrank, deine Frau sollte entscheiden, ob man die Chinineinspritzung wagen sollte oder nicht. Ich als deine Geliebte mußte die Verantwortung auf mich nehmen. Ja, mein lieber Junge, du hast mir Mut beigebracht. In dem halben Jahr, das wir zusammen gelebt haben, habe ich alle möglichen Tugenden gelernt. Es war gut so. Du hast mich gebraucht. – Jetzt bist du gesund. Und die Freude daran werden mir deine giftigen Worte nicht nehmen.«

»Verzeih'«, sagte er nach einer Weile, »alles sei wieder gut.«

»Verzeihen? Das sind für mich nur Worte. Es ist heute ohnedies schon viel zuviel geredet worden. Verzeiht eine Mutter ihrem Kind, weil es mit Schmerzen auf die Welt gekommen ist?«

»Gut«, sagte Erwin, »du willst es. Muß ich mit dir? Ist es dein letztes Wort? Sei klug! Nein, könnte ich dir nur sagen, wie ich diese Stadt hasse...«

»Ach, sprich nicht davon. Wer hat mehr Grund? Du oder ich? Entweder, oder. Ich oder Nicht-Ich. Was ist mir Berlin! Was sagt mir das Wort Berlin! Erinnere mich nur nicht daran. Es wäre besser, zu schweigen, als diesen alten Schmutz aufzurühren.«

»Schmutz?«

»Ja, du hast ganz richtig gehört, Schmutz! Etwas anderes war es nicht.«

Sie schlug im Dunkel des Zimmers den Deckel des Klaviers empor. »Genug, ich bitte dich. Laß mich jetzt arbeiten. Ich will mich nicht auch noch vor der Constanza schämen.«

Das war das letzte Wort. Erwin kam abends nicht zum Essen. »Ich rufe ihn nicht«, dachte Franziska. »Es ist besser, er hungert, als daß er denkt, daß ich mir seine Küsse erbetteln will.«

Fünfter Teil

1

Anfang November kam Erwin mit Franziska nach Berlin. Er fuhr sofort in das Hotel, vor dessen Portal er damals mit Hedy gewartet hatte. Weil es das einzige war, das er kannte? Weil es ihn mit Erinnerungen verband, bösen, aber unentrinnbaren? Oder tat es ihm wohl, dort zu wohnen, wo die tief Geliebte früherer Zeiten gelebt hatte, auch sie nicht glücklicher als er? Hoffte er, sie doch zu treffen, wie sie dort in ihrer schlanken Schönheit am Arme ihres Jegor über die Treppe herabkommt, ihm und Franziska entgegen? Sie kamen spät am Abend an. Franziska schrieb der Constanza eine Karte. Sie war sehr müde. Erst jetzt merkte sie, wie sehr mit Anspannung der letzten Kräfte sie in den letzten Wochen gearbeitet hatte. Sie schlief sofort ein. Erwin konnte nicht schlafen. Wie konnte er in dem Bett schlafen, in dem vielleicht Hedy einmal gelegen hatte? Er bereute es jetzt, daß er gerade dieses Hotel aufgesucht hatte, und doch fühlte er sich ihr hier unsagbar nahe, warm von ihrer Wärme. Vor den Fenstern schwankten die Bogenlampen an ihren Drähten zwischen seelenlosen Mauern und glitzernden Fassaden, das Licht rann über das feuchte Verdeck der Autobusse, die ganz verlassen waren. Unten glitten unzählige Menschen vorbei, lautlos wie im Traum. Es war spät im Herbst. Leise dröhnte die Straße. Er schloß die Fensterläden, legte sich zu Bett. Plötzlich trat aus dem Dunkel des Zimmers Hedys Gestalt hervor. Ihm war, als sähe sie auf seine geschlossenen Augen hin, als berühre sie ihn von ferne, als streichle sie mit zarten Fingern sein Gesicht ... Er sah auf. Irgendwo flüsterte ein Schritt über den Teppich des Korridors. Nie, nie hat sie mir wirklich gehört, nie habe ich sie so wirklich geliebt wie heute, dachte er. Daß sie ihm unersetzlich war, fühlte er, unersetzlich selbst jetzt, wo sie endgültig verloren war, untergegangen in der Unendlichkeit ihres Schicksals, das er nicht mehr verfolgen konnte. War sie glücklich? Sollte er sie beneiden? Ging es ihr schlecht? Sollte er Mitleid mit ihr haben und Schonung? Nichts meldete sich, und selbst die schattenhafte Erscheinung löste sich ganz in dem schweren Schlafe dieser Nacht.

In diesem Hotel begegnete er ihr am nächsten Morgen, nachdem er, gleich der vergessenen Schildwache im Schlosse von Windsor, monatelang auf sie gewartet hatte. Sie kam von der Loge des Portiers. Sie hatte eine Zeitung in der Hand. Sie sah ihn nicht, ging an ihm vorüber. Sie schien zu frieren. Das Treppenhaus des altmodischen Hotels war nicht geheizt, vielleicht war es deshalb, daß ihre Hände zitterten.

Er eilte ihr nach. Er rief sie, aber sie wandte sich nicht um. »Hedy, erkennst du mich nicht?«

»Ach, du? Wieso du? Seit wann bist du hier? Ich danke dir, Erwin. Bleibst du jetzt hier? Dann sehen wir uns bald wieder? Und nun, Adieu.«

Keine Fiber in ihrem sehr blassen Gesicht bewegte sich. Sie nickte ihm zu, sie wandte sich ab. Langsam ging sie die Stufen der Treppe empor, öffnete eine Tür und verschwand. Weiß schimmerte die Tür über dem dunkelroten Teppich.

»Wie heiser doch ihre Stimme war«, dachte er. »War es denn wirklich Hedy? War es die Hedy, die gestern im Traum mein Haar gestreichelt hat?«

Eine Stimme rief ihn an. Die Constanza stand auf dem Absatz der Treppe und lachte zu ihm hinauf. Langsam ging er wieder die Stufen hinab und führte die Constanza zu Franziska.

»Wie hast du geschlafen, Franzi?«

»Ich war müde. Als ich heute morgen aufwachte, dachte ich, es sei Mitternacht. Die Fensterläden waren geschlossen. Erwin mußte mir mit der Uhr in der Hand beweisen, daß es beinahe Mittag ist.«

»Ja, der Erwin ist ganz brav«, sagte die Constanza. »Aber wie könnt ihr in einer solchen Spelunke wohnen? Ihr habt ja nicht einmal elektrisches Licht.«

»Da mußt du Erwin fragen.«

Erwin stand am Fenster und hörte nicht.

»Vielleicht hat der junge Herr hier alte Bekanntschaften«, sagte die Constanza leise. »Na, ich bitte sehr, keine Aufregungen heute. Warte bis morgen! Aber heute. Vor dem Konzert hast du an gar nichts anderes zu denken!«

Franziska beherrschte sich:

»Nein, du irrst dich. Aber findest du nicht auch, daß die Luft hier fürchterlich dumpf ist? Auch mir gefällt es gar nicht hier. Ich kann vielleicht heute abend in deinem Hotel wohnen. Wenn ich …«

»Aber selbstverständlich, wird mir nur eine große Freude sein. Jetzt aber beeile dich, wir müssen um elf Uhr in der Philharmonie sein. Ich warte unten im Vestibül auf dich, wenn man eine so speckige Örtlichkeit Vestibül nennen kann.«

Sie ging.

»Erwin?«

»Ja.«

»Du hast Bekannte hier getroffen? Mit wem hast du gesprochen?«

»Ich habe mit niemand gesprochen.«

»Schnell, ich habe keine Zeit, die Constanza wartet auf mich. Wer war es?«

Schweigen.

»Ich frage dich ja sonst nie, aber heute ist mein Konzert, schnell, schnell doch! Vergiß nicht, es ist nicht das Konzert allein … es hängt mehr an diesem Abend … Bitte, quäl' mich doch nicht … quäl' mich heute nicht wieder!«

»Ich verstehe dich nicht.«

»Wer war es?«

»Fräulein Hedy.«

»Das sagst du mir so? Hedy? Fräulein Hedy? Sie ist ja wie der Hampelmann im Puppentheater. Sie taucht immer wieder aus der Versenkung auf. Sie kommt immer wieder. Das Kind kann ja ohne den Kasper nicht sein!«

»Ich hatte mich nicht mit ihr verabredet, es war Zufall.«

»Zufall? Alles nennst du Zufall.«

»Franziska, sei doch vernünftig, ich lüge nicht, ich weiß wirklich nicht, was dich beleidigt.«

»Beleidigt? Nein, beleidigen kann mich solch eine Kreatur nicht.«

»Franziska!«

»Aber Erwin, du glaubst doch nicht, daß ich hierbleibe? Mutest du mir zu, in dem Hause zu wohnen, in dem eine …«

»Franziska!«

»Nun, ist es keine …?«

»Du kannst sie nennen, wie du willst. Sie kann sich nicht verteidigen.«

»Du kannst es ihr ruhig erzählen.«

»Franzi, im Ernst, ich habe die ewigen Szenen satt. Wenn es dir hier nicht gefällt, können wir in ein anderes Hotel ziehen. Deshalb muß es doch nicht gleich Szenen geben. Mir liegt gar nichts daran, wo wir wohnen. Ich richte mich ganz nach dir.«

»Nein, ich weiß, dir liegt an allem nichts. Was kümmert es dich, wenn ich heute abend elend spiele, wie damals in Prag? Was liegt dir daran, daß ich mir fünf Monate lang die Finger zerbreche und mich dann die Leute auslachen. Ich muß Tag und Nacht für uns schuften und du …«

»Und ich?«

»Du wirst inzwischen Spazierengehen und neue Damenbekanntschaften machen …«

»Franziska, ich verbiete dir solche Worte!«

»Du hast mir gar nichts zu verbieten. Verbiete deiner Hedy … ich …«

»Du weißt einfach nicht, was du sprichst.«

»Nein, ich weiß es nicht. Du weißt ja alles besser. Du bist der Fleißige, der Kluge, der ›von und zu‹, der studierte Herr, der Latein kann. Wozu habe ich dir Bücher gekauft? Wozu habe ich vierzig Kronen auf die Straße geworfen? Seit Monaten siehst du kein Buch mehr an, seit Monaten …«

»Ja, ich gebe dir recht. Aber wer ist schuld daran?«

»Ich! – Ja, selbstverständlich ich! Ich bin es, die dich am Studium hindert.«

»Wo wäre ich, wenn ich dich nie getroffen hätte?«

»Du bereust, du…?« Sie hatte vor Wut Tränen in der Kehle.

»Ich hätte ohne dich mein Examen gemacht, ich könnte ohne dich jetzt auf die Universität gehen. Ich hätte ohne dich eine Existenz, wenigstens eine bürgerliche Existenz. Das alles ist nichts. Tausendmal wichtiger ist das eine: ich hätte wenigstens ohne dich meinen Frieden.«

»Und bei mir hast du keinen Frieden? Nicht einmal Frieden? Was willst du denn dann noch von mir?«

»Ich? Gar nichts.«

»Nun, dann geh!«

»Ich habe nur auf dieses Wort gewartet.«

»Selbstverständlich! Fräulein Hedy auch.«

»Ja, Hedy auch! Jetzt endlich ist alles in Ordnung.«

»Um Himmels willen, besinne dich doch. Hast du mich denn nicht lieb?«

. . . . . .

»Gar nicht…?«

Endlich, endlich muß doch das erlösende Wort kommen, dachte sie. Ihr war wie im Theater, bei der Szene, in der Carmen ermordet werden soll. Sie wußte es im voraus, es konnte nicht anders sein, aber sie hoffte, Don José würde im letzten Moment den Dolch fallen lassen. Carmen würde nachgeben. Sie fühlte, wie sie im Schweigen zitterte.

»Erinnere dich doch!« sagte sie ganz leise.

»Ach, erinnern!« sagte er.

Franzi schwieg: Nein, ich kann nicht ohne ihn sein! Die ganze Welt ist stumm, wenn ich seine Stimme nicht mehr höre.

»Ich dachte, du weißt es«, sagte er.

»Ja, ich erinnere mich, du hast es mir schon einmal gesagt. Jetzt geh nur schnell. Ich werde … Ich werde mich … ich werde dir bald das Geld schicken … Du hast mir einmal etwas geliehen … damals in Berlin die dreihundert Kronen, die Hälfte … aber es gehört alles dir … schreibe mir nur, wo du wohnst – du hast auch noch Sachen in unserer Wohnung – Kleider – alles andere, die vielen Bücher – wäre es nicht besser … jetzt … in der ersten Zeit … ja, du, komme auf ein paar Stunden täglich … Verstehst du, wie ich es meine? … Nein, es geht doch nicht – tu du nur, was du willst. Ich werde dir immer schreiben … nur wo ich bin … Du hast recht, ich hätte nichts gegen sie sagen sollen – verzeih – verzeih mir, Erwin – du mußt mir verzeihen, daß ich … dich…«

Sie fiel in die Knie. Sie weinte, häßlich und ergreifend anzuhören, unbeherrscht wie ein Kind: sie hatte nie geweint, sie lernte es zu spät.

»Keine falsche Sentimentalität«, dachte Erwin. Er schwieg. Er ging leise aus dem Zimmer. Man hörte seine Schritte nicht. Dicke Teppiche lagen da. Unhörbar schloß sich die Tür.

Es klopfte. Die Constanza stand vor Franziska, ganz rot vor Ungeduld.

»Um Himmels willen, was ist mit dir? Warum wälzest du dich auf dem Boden herum?«

»Schweig!« schrie Franziska. »Du bist an allem schuld! Ich hasse dich! Mich ekelt vor dem gottverdammten Klavier. Das Konzert ist ein niederträchtiger Fetzen. Ich hasse dich und Diemitz. Ja, dich auch! Du und er, ihr habt mich zu dem gemacht…« Tränen erstickten ihre Stimme.

»Und also, Franzi, kein Wort mehr! Du richtest dich ja zugrunde. Leg' dich sofort zu Bett. Wenn du nicht in fünf Minuten ruhig bist, telephoniere ich an Theodor. Wir sagen das Konzert ab.«

Franziska schwieg. Blaß, zitternd wie ein Kind im Fieber lag sie im Bett.

»Ihr habt euch ja noch nie geliebt. Ihr wart ja zwei Todfeinde. Es war unheimlich, euch nur zuzusehen. Ein Pistolenduell ist das reine Kinderspiel dagegen. Ja, ich weiß ganz genau, warum ich dir das jetzt sage. Du glaubst, du hast ihn liebgehabt. Aber es gibt heutzutage gar keine

Liebe mehr. Es gibt ja dafür tausend andere Sachen, die man früher nicht gekannt hat. Automobile, Marconitelegraphie (darin ist dein Erwin Meister), Aeroplane, Grammophone, aber Liebe? Vielleicht gibt es noch Menschen, die sich das einbilden …Ja, ich sehe, du willst schlafen. Worte haben ja auch noch nie geholfen. Die Philharmonie wartet. Na, die Franzi kann ja schließlich die Leute ebenso warten lassen wie die Constanza …Du bist ein sonderbares Ding. Ist dir gar nicht leid um deine schönen Augen?«

Sie holte ein Taschentuch, tauchte es in kaltes Wasser und legte es Franziska auf die Stirn.

2

Es war Nacht, als Erwin zum drittenmal an Hedys Tür klopfte.

»Hedy, bist du hier?«

Nichts antwortete ihm.

Hedy war da. Sie saß am Fenster. Sie erhob sich nicht. Sie schauerte vor ihm zurück, als er ihr die Hand geben wollte.

»Du gibst mir nicht die Hand, Hedy? Was ist mit dir? Bist du krank? Habe ich dich erschreckt? Ich … Ich war heute schon zweimal bei dir.«

»Ja, es ist schön, daß du kommst … Ich freue mich. Ein glücklicher Zufall, daß wir uns getroffen haben. Nun, bleibst du wieder in Berlin?«

Erwin schüttelte den Kopf.

»Ich dachte, du hättest wieder eine neue Erfindung gemacht. Radio ist gut. Die Zukunft gehört Radio und dir. Du wirst hier noch ein großer Mann.«

»Nein, ich reise morgen wieder fort. Ich wollte dir nur adieu sagen.«

»Wie oft haben wir uns schon adieu gesagt!«

»Macht es dir soviel Mühe, mit mir zu sprechen?«

»Ja, mich schmerzt alles, jedes Wort tut mir weh.«

»Warum gehst du nicht zum Arzt?«

»Zum Arzt? Wozu? Morgen bin ich ja gesund.«

»Soll ich Licht anzünden? Es ist so unheimlich hier, so kalt.«

»Ach, kalt! Hast du Angst vor mir?«

»Wie kannst du nur so sprechen? Ich wollte dich ja wiedersehen. Seit Monaten habe ich mich darauf gefreut.«

»Hast du dich denn immer noch nicht getröstet? Sprich doch! Nein … was soll das? Was kann denn noch aus uns werden? Was willst du denn noch von mir?«

»Ich verlange nichts von dir. Habe ich denn je etwas von dir verlangt?«

»Erwin, ich ertrage diesen Ton nicht. Ich will überhaupt nichts als Ruhe. Du weißt nicht, was mit mir ist, denn sonst …«

»Sonst?«

»Ach, du zupfst schon wieder an den Worten. Das ist ja grauenhaft. Ich kann es nicht ertragen. Ich bin ja krank … merkst du es nicht? Was willst du von einem kranken Menschen?«

»Hätte ich abreisen sollen, ohne dich zu sehen? Soll ich morgen kommen? Wenn du es willst. Wenn es dir Freude macht, bleibe ich gern noch ein paar Tage hier. Ich habe ja jetzt Zeit. Und Franziska …«

»Ah! Das klingt, als ob du dich doch getröstet hättest.« Sie sah auf und lächelte. »Aber es ist ja alles gleich. Vorhin, vor einer Stunde, als du zum erstenmal anpochtest, da wünschte ich, du kämst doch – warum hast du so wenig Mut? Daran liegt viel. Aber du bist ja noch jung. Ich will dich erziehen. Nein, was wollte ich dir nur sagen? Ich dachte vorhin, ich hätte dir so viel zu sagen, und jetzt, du hast recht, es ist schrecklich kalt hier. Gib mir bitte meinen Mantel herüber. Wir wollen gehen. Meine Mutter wartet auf mich.«

»Du wohnst daheim?«

»Was denkst du dir eigentlich? Das ist doch selbstverständlich. Ich bin jeden Abend zu Hause wie ein braves Kind. Ich sitze still am Tisch. Mit meiner Handarbeit, und dann fange ich an, zu erzählen, was es Neues bei uns im Bureau gegeben hat. Und die Mutter hört zu – lacht – sie tut ganz, als glaube sie wirklich daran. Ich hätte nie gedacht, daß wir beide so gut Komödie spielen können. Und denk’ nur: Vorgestern hatte die Mutter zwei Karten fürs Kino, für den Marmor-Palast. Erinnerst du dich, auch wir waren einmal dort? Und in ihrer Freude telephoniert sie in mein Bureau. Ich sollte früher heimkommen, und inzwischen wollte sie mir mein neues Seidenkleid ausplätten. Und sonderbar – die jungen Leute im Bureau wußten nichts von mir …«

»Du gehst nicht mehr hin?«

»Am Abend – glaubst du, die Mutter fragt mich, wo ich mich eigentlich tagsüber umher-
treibe? Ach nein, sie sieht mir nicht einmal ins Gesicht. Sie lächelt bloß ganz fein. ›Ich höre
schon so schlecht‹ sagt sie, ›ich höre am Telephon gar nichts. Das Telephon ist nichts für uns
alte Leute…‹ Und solche kleinen Überraschungen gibt es bei uns oft. Wir haben immer etwas
zu lachen. Du willst wohl wissen, wo ich tagsüber bin? Nein, hab' keine Angst, ich bin immer
allein. Ich bleibe hier, lese die Zeitung, und wenn es langweilig wird, gehe ich auf die Straße.
Oder nachmittags ein wenig ins Café. Ich habe noch Geld. Das Zimmer hier kostet mich nichts.
Jegor hat es bis zum nächsten Monat vorausbezahlt, für die nächsten sechs Wochen. Er denkt
sich nichts dabei.«

»Er weiß also doch, daß du nicht mehr ins Bureau gehst?«

»Woher sollte er das wissen? Mit dir kann man sprechen, mit ihm nicht. Und dann soll er
auch keine Sorgen haben.«

»Und wer sorgt für dich? Wie wird das einmal enden, Hedy?«

»Ach, hab' keine Angst! Eines Tages werde ich ganz lustig erwachen, werde ganz gesund sein
und wieder ins Bureau gehen – und werde mich wieder in jemand verlieben. Oder nein, soll
ich dir schreiben, damit du wiederkommst? Wird das deine Franziska erlauben? Ich bin frei,
aber du?«

»Und Jegor?«

»Ach, Erwin, ich war glücklich, als er abreiste, bevor er alles merkte. ›Glücklich‹, das ist auch
das richtige Wort, nein, im Ernst, er ist wie ein Kind, er glaubt alles, was man ihm sagt. Übrigens, zwischen uns ist alles aus. Er wird vielleicht noch einmal heiraten. Er ist ja immerhin noch
jung, vielleicht nimmt er sich ein junges Mädelchen, ganz egal, oder die Gouvernante seiner
Tochter, die hat zwei Jahre auf der Universität studiert. Er will sie seiner Tochter erhalten…«

»Und was wird aus dir?«

»Das wird sich finden. Vielleicht engagiert er dann mich als Gouvernante, oder es passiert
etwas anderes. Weißt du, Erwin, manchmal wäre es mir am liebsten, ich wüßte den Tag vorher,
die Stunde, wann endgültig Bureauschluß ist. Bitte, unterbrich mich nicht. Du glaubst, es ist
nicht mein Ernst? Erinnerst du dich meines Briefes, damals, vor drei Monaten? Ja, damals habe
ich im Grunde nicht recht daran geglaubt, denn ich habe weiterleben können. Ich war froh, als
ich wieder zu ihm laufen konnte. Aber diesmal …Man muß keine Briefe schreiben. Du Armer.
Du bist damals eigens hergefahren, bist zu mir gekommen. Wohin bist du dann verschwunden?
Ach, verzeih, ich war schuld …ich konnte nicht zu dir hinunterkommen. – Nein, verzeih mir.
Soll ich bereuen? Ja, willst du? Soll ich dir die Hände küssen? Ja, die Hände, die mochte ich so
gern an dir …damals …Und doch – nein; Erwin, selbst jetzt, wo es mir so hundeelend geht …
ich kann nicht bereuen. Ich denke, es mußte so kommen. Vielleicht war das notwendig, daß
mir der Drogist damals Seifengeist statt Äther eingeschenkt hat. Erinnerst du dich? Später, als
ich wußte, was mit mir geschehen war, ging ich wieder zu ihm. Da sagte er: »Seifengeist ist
besser als Äther, er hinterläßt keinen Rand in der Seide.‹ Aber ich habe doch nichts mehr bei
ihm gekauft…«

»Ich kann dein Lachen nicht hören.«

»Ach, laß mich doch lustig sein. Spiel' ich Theater, gut, dann laß mich Theater spielen.
Sieh …es ist doch gut, daß es so dunkel ist, da hörst du mir so schön ruhig zu, und ich …Nein,
sieh mich nicht so an …gerade du solltest froh sein, daß es mit mir ein Ende nimmt. Glaubst du,
ich spiele jetzt Komödie? Ja, vielleicht hast du recht. Ich habe oft mit dir Komödie gespielt, aber
du hast es nie gemerkt. Ich wollte, du …ja, du solltest mich an den Haaren reißen, aber statt
dessen hast du mich gestreichelt. Aber heute ist es mein Ernst. Soll ich es dir beweisen? Gib
mir meinen Mantel herüber. Du darfst ihn ruhig anrühren. Sieh, hier ist ein kleines Fläschchen.
Und das ist echt. Oder ist es Komödie? Meiner Mutti wurde es einmal für ihr schwaches Herz
verschrieben. Tropfenweise. Aber sie hat vor Medizin mehr Angst als vor Kranksein. Und ich
gehe nun seit sieben Wochen zum Apotheker und bekomme jedesmal zwanzig Tropfen. Der
gute Mann wird sich wundern, wenn ich mal nicht mehr komme…«

»Hedy!«

»Ach still, Liebling! Hör' mich doch an. Kannst du mich denn nicht ruhig anhören? Dann geh doch wieder deiner Wege! Was soll das Rufen, Hedy, und ach ...und schade. Was ist da denn überhaupt zu überlegen? Ja, wenn ich wüßte, daß ich sonst ewig leben könnte, ewig zwanzig Jahre alt bleiben und schön und ein wenig reich und alles andere, dann würde es mir schwer fallen, sicherlich. Aber ich kann mir nicht helfen, es müßte auch dann sein. Ach, du weißt ja, wie grauenhaft es ist, krank zu sein ...Manchmal vergesse ich so ganz daran, frühmorgens erwache ich so kerngesund, ich denke, alles ist vorbei, aber dann ...Wenn ich wenigstens zu Bett liegen könnte, mit dem Gesicht nach unten, und müßte keinen Menschen sehen, aber so krank sein! Nein, nein ...wenn mich der Arzt bloß mit seinen feuchten Händen anfaßt, wenn ich bloß diesen kalten Stuhl sehe, auf den ich heraufklettern muß. Und dort liegen, und ... Nein, ich will nicht mehr.«

»Ich lasse dich nicht allein.«

»Ach, warum denn *du*? Was willst du noch? Du warst einmal unglücklich verliebt. Aber ich habe dich wirklich zu sehr gequält. Willst du mich nehmen? Willst du mich heiraten? Mich? Ach! Aber die anderen Menschen werden besser sein. Nein, versuche nicht, mich davon abzu-bringen. Ja, wäre ich nur gesund, wäre ich einen einzigen Tag wieder ganz gesund! Nein, nicht einen Tag, was fange ich auch mit einem Tag an? Ein Jahr! Was könnte ich dann tun. Wie ganz anders würde ich dann sein. Aber jetzt! Laß doch meine Hände.«

»Hedy! Komm doch zu dir! Du hast Fieber, du weißt nicht, was du sagst. Erinnere dich doch ...«

»Ja, erinnern! So fing es immer an. Jetzt wirst du wieder die alten Rechnungen aus der Tasche ziehen und immer recht haben. Damit bringst du mich zur Verzweiflung. Du, ja du bist im Grunde an allem schuld. Du hast mich doch einmal gehabt. Ich hatte dich doch einmal lieb! Was hast du getan, damit...«

»Kann ich dir nicht helfen?«

»Ach, das sind doch nur Worte. Einen Tag würdest du hierbleiben, dann würdest auch du ... Und nun komm, wir müssen jetzt gehen.«

Die Straße draußen glänzte im Regen. Alles war lustig, alles lebte, alles bewegte sich. Die Automobile schossen lautlos vorbei, die Zyklonetten schossen durch das Gewühl, bohrten sich mit spitzen Schnauzen glitzernd durch. Schwerfällig dröhnten die Autobusse über die Straße, der Weidendammer Brücke zu, die unter ihnen erzitterte. Im Wasser, tief unten, spiegelten sich aufgeregt die Lichter, das Rad der Zigarettenreklame drehte sich hurtig, die hohen Lichtbuch-staben tauchten auf, züngelten in hellem Feuer und wurden von unsichtbaren Händen wieder ins Dunkel zurückgezogen. Schwerfällige Zillen schwammen vorbei, heller rauschte das Wasser am Bug, ganz zart stieg der Geruch feuchten Holzes empor, der Duft nach Äpfeln, der aus geschlossenen Schränken emporzuschweben schien.

»Ich will dich heimbringen«, sagte Erwin. »Es ist Zeit.«

»Weißt du ganz gewiß, daß ich heim will? Hast du wieder einmal recht? Nein, schweig, sprich doch nicht immer, warte. Laß auch mich eine Weile ganz ruhig sein. Willst du eine Droschke nehmen? Wir wollen durch den Tiergarten fahren.«

Schüchtern klang das Klappern der Hufe. Die Bäume des Parkes standen kahl. Plump ragten ihre Zweige gegen den Himmel, der rötlich schimmerte. Viele graue Wege liefen umher, kreuz-ten sich und verkrochen sich endlich im Nebel. Nebel hing über dem Marmor der Denkmäler wie ein Mantel aus Leinwand über unfertigen Statuen. – Ein Auto raste vorbei. Das Licht des Scheinwerfers brach brutal durch das Geäst der Bäume, die weit auseinanderwuchsen wie die Haare einer alten Frau.

Das Pferd scheute, der Wagen schwankte. Leise lehnte sie sich an ihn. Einen Augenblick lang fühlte er ihren Kopf an seiner Schulter. Wie schimmerte ihr dunkles Haar! Wie unsagbar duftete ihre Nähe! Er beugte sich zu ihr. Er küßte sie. Sie schauerte zurück, sie zitterte, aber sie trank seine Küsse.

»Du sollst mich nicht küssen, nicht mehr ...aus! Nicht so...«

Er hörte nicht auf sie. Zum erstenmal fühlte er sie, wußte, daß sie sich nach ihm sehnte. Nun fragte er sie nicht mehr. Gesunken, krank, hilflos, elend, so wie sie jetzt war, so liebte er sie. Sie nahm seine Hand und drückte sie.

»Wie gut du zu mir bist, Erwin, immer noch. Ich kann es nicht verstehen. Nun bleibst du bei mir. Ja, bleibst bei mir. Hältst mir die Hände fest. Nein, ich werde selbst ganz ruhig sein, keiner braucht mir die Hände zu halten. Wenn ich nur wüßte, wie es ist. Aber du, du brauchst doch nicht zu zittern. Warum hast du so heiße Lippen? Nein, du darfst mich auch nicht mehr küssen. Sag' mir, glaubst du, ist genug in dem Fläschchen? Und wie schmeckt es? Ich habe noch nie davon gekostet, nur daran geschnuppert, und es duftete so schwer wie grüner Likör. Und jetzt sag' mal, hast du schon mal einen Menschen sterben sehen? Nein, sag' mir erst, ob du Zeit hast. Du mußt nur ein kleines Weilchen warten, dann kannst du wieder fortgehen. – Hier hast du meine Schlüssel. – Du kommst nur einen Augenblick nach oben, schließest dann ganz sachte zu, damit niemand hereinkommt. – Nein, bitte, tu mir den Gefallen, küß mich nicht so, wozu? Es tut mir weh. Warum hast du mich früher nie so geküßt? Jetzt ist es doch zu spät, nicht wahr? Sag', ist es zu spät? Ach, bitte, bitte, laß mich doch.«

Plötzlich waren sie wieder daheim.

»Nein«, sagte sie auf der Treppe. »Ich habe es mir überlegt. Wozu auch? Es leben doch soviel andere kranke Menschen, die niemand haben. Aber jetzt mußt du mich allein lassen. Adieu. Ich danke dir für alles. Es war doch gut, daß du gekommen bist. Lebe wohl. Glaube nicht, daß ich es tue ... jetzt nicht mehr. Ich warte auf dich, Erwin, und du, mein Erwin, du wartest auf mich! Ich will nur mein Fläschchen in den Schrank stellen, denn nach Hause mag ich es nicht mitnehmen. Die Mutter darf nichts davon wissen. Sie könnte es finden und erschrecken. Das wäre schlimm für ihr schwaches Herz ... ihr armes. – Nein, Erwin, sieh mich nicht so an. Glaube mir doch! Ich *lüge nicht*! Habe ich denn je gelogen? Warte hier auf mich. Warte nur einen Augenblick hier auf mich. Ich komme gleich zurück.«

»Nein, Hedy«, sagte er.

Wie eine Umarmung nahm das Dunkel des Zimmers sie auf.

3

Ein paar Minuten nach Erwins Abschied stand Franziska auf.

»Ist es jetzt noch Zeit?« fragte sie die Constanza.

»Noch!« sagte die Constanza aufatmend.

»Dann schnell ein Auto! Bitte, geh voraus, warte auf mich, ich muß mich umkleiden.«

Ihre Stimme war ganz ruhig, aber ihre Augen flackerten im Zimmer umher, jedes irrte für sich, wie von einer anderen Unruhe getrieben. Ihre Knie zitterten, vergebens hielt sie sie mit den Händen umklammert.

Die Constanza, schon an der Tür, zögerte. »Ach, umkleiden? Wozu? Du kannst auch in diesem Kleid zur Probe kommen. Wir sind ganz unter uns. Spangenberg, der Dirigent, ist Gott sei Dank noch nicht Geheimrat. Und auch dann wäre es ihm ganz gleich, welches Kleid du anhast. Kannst du gehen? Dann gut ... Nur fort aus dieser gottverlassenen Spelunke! Bitte, sieh nicht vorher in den Spiegel! Selbstverständlich hast du geschwollene Augen. Aber je länger du in den Spiegel schaust, desto nervöser wirst du ... Ich kenne das. Aber einerlei, bis zum Abend ist wieder alles gut ... Ach, du bist jung, in einer halben Stunde siehst du aus wie immer.«

»Und wenn auch nicht ...«, sagte Franzi und ging.

In zehn Minuten waren sie im Konzertsaal.

»Ja, es gibt in Berlin keine Entfernungen«, sagte die Constanza.

Aber Franziska hörte sie gar nicht. Gebändigt war das Zittern ihrer Knie, bezwungen das Zucken ihrer Lippen, aber noch riß ein Lächeln an ihrem Mund, ein verbissenes, gewaltsames, ganz verstocktes Lächeln, wie es Menschen haben, die vor einer schweren Operation stehen und ihr aufrührerisches Herz mit Gewalt ersticken. Aber ein Lächeln war es doch.

» *Das* ist ein Mensch«, dachte die Constanza.

»Du hast Glück, Franzi, daß du dich noch ein wenig erholen kannst. Harry probt noch, ich kenne ihn, in der Regel dauert das endlos lang. Inzwischen ... Du kannst jetzt in das Künstlerzimmer kommen. Hast du Hunger? Ich will dir etwas besorgen lassen. Sag' nur, was du magst.«

»Du sprichst zu mir wie zu einem kranken Kind«, sagte Franzi, »bitte, tu das nicht. Ich habe es nicht gern.« Und ihre Lippen lächelten nicht mehr.

»Ich kann auch ruhig sein«, sagte die Constanza gleichmütig und nahm in der ersten Parkettreihe Platz. Der Saal war ungeheizt, und die Constanza war froh, daß sie ihren Pelz hatte. Jetzt saßen Franzi und die Constanza still nebeneinander und hörten, wie Harry Logcziusko Brahms spielte.

Nach zwanzig Takten klopfte der Dirigent ab.

Das Orchester verstummte. Nur eine Pauke dröhnte nach.

Franzi wollte aufstehen und über eine kleine Holztreppe zu dem Podium emporsteigen.

»Was fällt dir ein?« fragte die Constanza und hielt sie zurück. »Sie sind ja noch mitten drin in der Probe ... Was ist dir? Ich glaube, du weilst noch in höheren Sphären.«

Aber Franzis Blick erstickte ihr Lächeln.

Die Probe ging weiter. Nach fünf Minuten klopfte Spangenberg zum zweiten Male ab. Aber Harry Logcziusko, ein zerzauster kleiner Mann mit goldener Brille, spielte weiter, mit Begeisterung, fast mit Gewalt. Ein Teil des Orchesters schwieg, ein Teil folgte ihm. Der Dirigent stand mitten im Gewühl der Töne, und mit ernstem dunklen Oberlehrergesicht blätterte er in der Partitur wie in einem Haufen Schulhefte.

Endlich schwieg alles.

Empört wandte sich der Geiger um. »Herr Spangenberg, Sie werden sich nach mir richten.«

»Ich werde nicht«, sagte Spangenberg in Ruhe.

Logcziusko sah sich im Saale um. Er verbeugte sich gegen die Constanza. Die dunkle Geige schwankte an seiner kleinen weißen Hand. Die Constanza lächelte, strahlte primadonnenhaft.

»Ich habe das Konzert Brahms vorgespielt«, sagte Harry, »so wie ich es spiele, ist es klassisch.«

»Ich bedaure«, sagte der Dirigent.

Wie ein eigensinniges Kind stand der kleine grauhaarige Logcziusko da.

»Wer sind Sie?« fragte er den Dirigenten. »Wo ist der Mensch, dem zuliebe ich auch nur einen Bogenstrich ändere?«

»Wir wollen nicht persönlich werden«, sagte Spangenberg. »Vielleicht entschließen Sie sich doch dazu, exakt zu spielen. Hat einer der Herren« (er wandte sich zu den ersten Violinen) »im siebenundzwanzigsten Takt ein Rubato gefunden? Bei wem steht ein neunsiebzehntel Takt vorgezeichnet?«

Selbst Franzi lachte.

Die Constanza sah sie an. Sie kann also doch lachen, dachte sie. Ich hätte nie geglaubt, daß es mit ihr so weit kommen könnte. Schließlich habe auch ich gelebt. Wozu ist das Leben da, als daß man es glücklich übersteht?

Logcziusko trat ab.

»So, jetzt wär's so weit«, sagte die Constanza zu Franzi.

Harry wütete irgendwo unter den Holzbläsern umher, er hatte den zweiten Klarinettisten an der Schulter gepackt und beschuldigte ihn, daß er ihn aus dem Takt gebracht habe.

Spangenberg führte Franzi zum Klavier.

Das Konzert begann. Ein ungeheures Motiv bäumte sich aus dem Orchester empor. Aber schon senkten sich die Flöten in Orgeltönen herab. Oboe und Fagott hielten sich vereint und sangen ihre Melodie, menschlicher als eine menschliche Stimme.

Nun kam der Einsatz. Wie eine Feuersäule sollte ein wilder Anlauf, dreifach gesteigert, aus der letzten Fermate des Orchesters empordringen. Aber man hörte kaum mehr als drei leichtbetonte Tonleitern.

Spangenberg wandte sich zu Franzi. Sein Oberlehrergesicht zitterte.

»Spielen Sie, meine Dame, oder spielen Sie nicht?«

»Ich markiere bloß«, sagte Franzi, »es ist doch nur die Probe.«

»Nur die Probe«, höhnte der Dirigent. »Oh, gnädiges Fräulein, ich bin mit allem zufrieden.«

»Bitte, dirigieren Sie, als wenn ich gar nicht da wäre, mir ist es nur um die Einsätze zu tun.«

Das Orchester spielte. Franzi saß ruhig da, die Hände weiß und leblos auf die weißen und leblosen Tasten des Klaviers ausgebreitet. Kein Muskel in ihrem Gesicht rührte sich. Nur die Ellbogen zitterten. Die Constanza saß neben ihr, ganz blaß, und fror in ihrem schweren Pelz. Aber durch den Pelz hindurch fühlte sie Franzis Zittern. »Also doch!« dachte sie.

Das Orchester spielte. Logcziusko hatte recht, die Klarinette kam stets zu spät oder zu früh. Aber endlich war alles eine Stimme, eine Melodie. Das Allegro rauschte, das Adagio sang, das Scherzo jubelte.

Franziska saß da und schien aufmerksam zuzuhören. Selbst ihre Ellbogen zitterten nicht mehr. Aber das Finale war längst zu Ende, bevor sie es merkte.

Harry war inzwischen ungeduldig auf der höchsten Etage zwischen den großen Trommeln und den Triangeln umhergeirrt. Nun kam er herab, seine Geige auf beiden Armen tragend wie ein neugeborenes Kind.

Franzi wollte aufstehen, aber die Constanza hielt sie zurück. »Versuche es noch einmal! Bitte, mir zuliebe! Nein? Warum nicht? Wie wird es nur heute abend werden? Sieh nur, das kommt davon, daß du Beethoven verwünscht hast... ach, ich... ich könnte dich schlagen... hättest du doch wenigstens heute nur so gespielt wie vor einem Jahr.«

»Bitte, keine Vergleiche!« sagte Franzi ganz laut und stand auf.

»Es wird schon werden«, sagte Logcziusko und drängte sich herbei. »Das liebe Fräulein ist eben noch ein wenig befangen. Und Sie, mein lieber Spangenberg, was denken Sie? Wollen wir es noch einmal versuchen?«

»Gewiß«, sagte Spangenberg, »aber ohne Rubato.«

»Brahms selbst...«, begann der Geiger.

Spangenberg, einen grauen, ganz abgewetzten Taktstock in der Hand, die Augen aller seiner Leute in seinen Augen, sagte: »Brahms hat persönlich hier nicht mitzureden«, und er begann.

Die Constanza zog Franzi auf die Straße hinaus. »Sag', bist du eigentlich wach? Laß dich anschauen! Deinen Augen ist nichts mehr anzusehen. Gott sei Dank, wenigstens etwas wird die Presse an dir zu loben haben: deine sympathische Erscheinung und dein hübsches Gesichtlein.«

»Gib dir keine Mühe, ich weiß ganz genau, was ich tue und was nicht.«

»Und ob du es weißt! Du sagst doch selbstverständlich ab.«

»Warum?«

»Ich denke, du hast deine Gründe. Ich bin ja auch Frau. Ich verstehe dich ganz gut. Es gibt Dinge, über die man nicht hinwegkommt.«

»Nicht?« sagte Franzi und sah die Constanza starr an.

»Mein Liebling, ich hoffe, daß du mich nicht bloßstellst. Franzi, glaub' mir, ich kann es vor Diemitz nicht verantworten, daß du nach einer solchen Probe öffentlich spielst. Auch Spangenberg ist meiner Ansicht. Solltest du in Geldnöten sein, kannst du selbstverständlich auf mich rechnen. Ich gebe dir die fünfhundert Mark aus eigner Tasche.«

»Besten Dank für deinen guten Willen, aber bitte, kein Geld! Geld würde unsere freundschaftlichen Beziehungen stören. War das deine Absicht? Willst mich los sein?«

»Aber, mein Kind«, sagte Constanza, »sei doch vernünftig! Ich verstehe dich, ich billige alles... Was soll ich denn auch sonst tun? Ja, beinahe möchte ich sagen, ich beneide dich darum, daß du deine Privatexistenz noch so ernst nehmen kannst.«

»Bitte, tröste mich nicht! Ich denke, wir lassen die Sache auf sich beruhen. Schließlich ist es doch *mein* Name, der auf dem Programm steht.«

»Wie du willst«, sagte die Constanza. »Hast du mir noch etwas zu sagen? Kann ich noch etwas für dich tun?«

»Willst du mir heute noch Gesellschaft leisten? Ist es dir recht, wenn wir einen Wagen nehmen und irgendwohin spazierenfahren?«

»Und dann?«

»Ja, dann gehen wir in dein Hotel, und du läßt mir deine Friseurin kommen. Mein Haar hat es notwendig. Bitte, sprich nicht, ich weiß alles. Und wenn du in deiner Freundschaft schon soviel für mich getan hast, dann telephoniere noch in mein Hotel, damit mir die Leute mein weißes Kleid zu dir herüberschicken...«

»Ist das alles?« fragte die Constanza.

»Alles«, sagte Franzi, »und wenn Erwin zurückkommt, so soll er mich dort um zehn Uhr abends erwarten. Dann ist mein Konzert doch wohl zu Ende?«

»Zu Ende? Nein, Franzi«, sagte die Constanza mit Entschiedenheit, »ich kann nicht glauben, daß du in deiner jetzigen Verfassung spielen willst.«

»Nicht spielen? Was denn sonst? Hältst du mich denn für wahnsinnig?«

»Entschuldige, liebes Kind, ich kann dir nur eines sagen, vorhin, ja, es sah geradezu grauenhaft aus. Du sitzt leichenblaß da und schepperst mit den Ellbogen. Der arme Spangenberg renkt sich beinah die Arme aus, aber du siehst nichts und hörst nichts. Ich weiß nicht, ob ich dir gesagt habe« (sie zog die Schultern in die Höhe), »daß mir alles Hysterische im höchsten Grade unsympathisch ist. Mag sein, ich habe selbst etwas davon an mir, aber ich kann das bei anderen Leuten nicht aus der Nähe ansehen. Gott helfe mir von allem Übel! Es stößt mich geradezu ab.«

»Es kommt nicht wieder vor. Ein Tag wie der heutige steht nur einmal im Kalender.«

»Wenn dir das jemand wünscht, bin ich es, glaub' es mir! Was wünsche ich dir nicht alles? Aber sag', mein junges Kind, hast du Hunger? Willst du nicht etwas zu dir nehmen? Es ist Zeit genug.«

»Nein, danke. Ich werde nicht verhungern. Auch Dagmar hat soviel Charakter aufgebracht.«

»Ach, du und Dagmar. Ich habe nun schon einmal solches Pech!« sagte die Constanza.

»Ja, ich weiß, du vergleichst mich mit ihr. Schade.«

»Seit heute verstehe ich euch nicht mehr.«

»Euch? Ist das Erwin und ich? Oder Dagmar und ich?«

»Ach, keine Spitzfindigkeiten!« sagte die Constanza und winkte ab. »Wozu reden? Philosophie ohne Verstand! Da ist doch nicht zu helfen.«

»Ich dachte, das weißt du schon lange. Und trotzdem hältst du zu mir. Und ich, ich bin dir im Grunde dankbar – für vieles.«

»Franzi«, sagte die Constanza, und aus der Stimme der Primadonna brach Menschlichkeit hervor, »wenn du es doch nur könntest! Nimm dich zusammen. Mach endlich einen Strich unter das Ganze! Folge mir! Folge doch dir selbst! Du weißt doch selbst alles viel besser, als ich es dir sagen kann. Es ist absolut klar, so geht es nicht weiter, so gehst du zugrunde. Und er mit dir. Ist es das wert? Denk' doch, was soll noch kommen? Es graut mir, wenn ich daran denke. Nein, du, ein Mensch wie du…wie kann sich eine Franzi so etwas antun…einen Tag wie heute…vor all den Leuten. Das war keine Probe, das war ein Skandal!«

»An die Probe habe ich gar nicht mehr gedacht. Ich wollte dir nur dafür danken, daß du mich vor dem Spiegel gewarnt hast. Sonst wäre ich womöglich auch noch nervös und müßte über mich und mein Elend und meine geschwollenen Augen und zerrauften Haare weinen…«

»Daß du jetzt noch lachen kannst!«

»Ach, warte nur, heute abend…«, und sie sah auf.

»Na, geb's Gott!« sagte die Constanza.

Franzi spielte am Abend. Nie hatte die Künstlerin sich ihrer Kunst so ganz hingegeben wie an diesem Tag. »Ich kann also doch leben«, dachte Franziska, als alles zu Ende war.

»Doch, doch!«

»Ich wußte es ja«, sagte die Constanza, »es ist etwas an dir. Du warst heute besser als du selbst. Aber versuche Gott nicht zum zweitenmal!«

Als sie beide nach dem Schlusse des Konzertes auf der Straße standen und auf den Wagen warteten, kam Harry Logcziusko an ihnen vorbei und grüßte nicht.

5

Erwin war ganz nahe bei Hedy, und Hedy war ganz nahe bei ihm. Aber nur eine Sekunde lang. Eine Sekunde lang beglückte sie das Dunkel des Zimmers, trieb sie zueinander, so nahe, daß einer des anderen Herzschlag hörte, dann aber wichen sie voreinander zurück, vorsichtig und voller List, damit keiner es merke.

Hedy beruhigte sich zuerst. Undenkbar war es ihr, daß Erwin bei ihr bleiben sollte. Schon war er ihr zur Last, unerträglich bis zu der Luft, die er ausatmete, so nahe an ihr, schon bereute sie jedes Wort, das sie gesagt hatte. Er wußte von ihrem Schicksal, von ihrem Gift, und Jegor wußte von nichts. Vor Erwin hatte sie sich zu schämen und vor Jegor nicht. Nur ihren Haß gegen Erwin fühlte sie lebendig: das einzige Glück dieser Stunde.

Ganz leise atmete sie, hielt sich zurück, bändigte ihre kalte Leidenschaft. Und wenn sie es nie gefühlt hatte, daß es heute Zeit war, heute der letzte Tag, da sie sterben konnte, sterben mußte, nun fühlte sie es.

Klebrig, ekelhaft war alles, alles griff nach ihr und ließ sie nie mehr ganz los, allzu nahe drängte sich Kummer, Lust und Elend an sie heran. Wie sollte sie sich losmachen, wie sollte sie alles das Klebrige von sich abstreifen, ohne sich selbst dabei in Kauf zu geben? Schon längst war sie eins geworden mit dem gemeinen Schmutz des gemeinen Daseins.

Aber Erwin durfte nicht dabei sein. Sollte er auch in dieser Stunde bei ihr sein, dann immer noch bei ihr sein, wenn sie nackter war als nackt?

Sie schwieg; hörte ihren Namen mit einer Stimme rufen, die ihr einst süß geklungen hatte. Aber sie rührte sich nicht. Nichts mehr rührte sich in ihr.

»Was suchst du eigentlich, Erwin? Hast du Durst? Ach ja, ich erinnere mich. Willst du trinken? Ich habe Likör da, roten und weißen, aber den findest du nicht, du kennst dich ja doch in dem dunklen Zimmer nicht aus.«

Aber er wollte nicht trinken, er wollte bloß im Dunkel bleiben; er hatte Angst vor ihrem Gesicht.

»Nein, Hedy, wozu brauchen wir Licht? Ich mag keinen Likör. Wir wollen doch gleich wieder fort. Hast du es mir nicht versprochen? Du wolltest doch nur dein Fläschchen hier lassen ... damit es zu Hause niemand sieht.

Hedy, gib mir das ...die Medizin, die der Arzt für deine Mutter verschrieben hat.«

»Bitte, sei gut! Ich bin doch auch gut! Quäl' mich nicht! Nein, du sollst mich nicht anfassen. Jetzt nicht. Du mußt mich in Frieden lassen! Du mußt ...Nein? Fängst du wieder damit an, mich zu quälen? Dann...«

»Hedy!«

»Spiel' doch kein Theater! Ich sagte dir doch vorhin, ich habe es mir überlegt. Das alles war bloß Ulk. Die Erde hat mich wieder. Und wenn ich wollte, selbst dann ginge es gar nicht. Hast du nicht gesehen, wie fest das Ding verkorkt war? Da könnte ich mir eher tausendmal die Fingerchen zerbrechen, bevor ich den Pfropfen herausbekomme. Bin ich nicht klug? Sag', Erwin! Damit sich die Hedy nicht etwas antut, was die kleine Hedjuschka eigentlich nicht will, sperrt sie das Giftchen ganz fest in ein Fläschchen ein.« Sie zog ihn an sich und drängte seine Hand in ihre Taschen, in denen sich noch kleine Reste von altbackenen Brötchen befanden. Aber das Fläschchen war nicht zu finden. Nun zündete er eine Kerze an. Sie sah ihm zu, auf ihr Gesichtchen fiel der erste Schimmer des Lichtes. Er blickte sie an. Ihre Gesichtsfarbe war zart und rosig, ihre Lippen zitterten noch vom schnellen Sprechen. Er atmete auf.

Um Hedys Mund spielte ein reizendes, spitzbubenhaftes Lächeln. Könnte sie so aussehen, wenn es ihr mit dem Sterben ernst wäre? Nun wußte er, alles wird gut. Nun blieb sie bei ihm.

»Ich gehe jetzt«, sagte er, »und dann, kommst du dann mit mir?«

Sie nickte.

»Was wird deine Mutter dazu sagen, wenn du heute abend nicht heimkommst?«

»Nun«, sagte Hedy und legte kokett den Kopf zur Seite, »was wird sie wohl sagen? Laß das nur meine Sorge sein. Ich kenne sie doch schon so lange, ich weiß, sie wird mit allem fertig.

Und dann kann ich ihr auch schreiben, damit sie sich nicht ängstigt, oder du bist so gut und gibst mir mal eine Stunde frei.«

»Nein, es ist doch besser, wenn du ihr schreibst.«

»Gut. Dann schreibe ich ihr, daß du mich heiraten willst, oder willst du das eigentlich doch nicht? Ach, ganz egal. Die Hauptsache ist, daß ihr alle keine Sorgen mehr mit mir habt. Bring mir also Papier, aber kein solches, auf dem der Name des Hotels draufsteht, nein, ganz neues, ganz unschuldiges … ach, willst du mir eine Kassette kaufen? Ganz in der Nähe beim Bahnhof Friedrichstraße ist ein Papiergeschäft … es muß ja nicht das teuerste sein…«

Lange sah sie Erwin an.

»Warum warst du denn nicht immer so zu mir? Hedy!«

»War ich nicht immer so zu dir? Ja, ich verstehe mich selbst nicht. Ich bin ein psychologisches Rätsel. Aber jetzt mußt du nicht grübeln, geh nur, und komme recht schnell zurück.«

»Ich habe zwei oder drei Briefbogen in meinem Koffer«, sagte er, »genügt dir das für den Anfang?«

»Ach gewiß.«

Sie wandte sich ab. Er kam ihr nach und bat sie um einen Kuß.

»Wozu? Ein Kuß? Wieso kommst du darauf? Nicht jetzt, Erwin, später, wenn du zurückkommst. Ja, du sollst mein sein, Erwin, und ich will dein sein, aber hier, sieh nur, hier ist alles so fürchterlich. Mir graut vor dem Zimmer, und dem Zimmer graut vor mir. Warte nur, bis ich wieder bei dir bin … Oh, du! Du! Sag', aber lach' mich nicht aus, du mußt für uns das Zimmer nehmen, wo du damals gewohnt hast. Willst du nicht hingehen und fragen, ob es frei ist?«

»Sicherlich ist es frei. Ich bin in fünf Minuten wieder zurück, dann fahren wir beide hin.«

Er ging. Schon war er an den ersten Stufen der Treppe, als er hörte, wie ein Schloß leise versperrt wurde. Er eilte zurück. Noch war er ihrer nicht sicher. Er klopfte an die Tür. »Hedy! Ich wollte dir nur noch etwas sagen…«

Niemand antwortete. Es schwieg das ganze Haus. Das Zimmer schien unbewohnt. Aber war es ihr Zimmer? Er klopfte an einer andern Tür. Ein dicker Mann, in Hemdsärmeln und in einer schottischen Reisemütze auf dem kahlen Schädel, kam hervor.

»Herr, was beliebt?«

»Ein Mißverständnis«, flüsterte Erwin.

Hedy öffnete. Sie blickte ihn verwundert an, mit naivem Staunen, belustigt wie ein Kind.

»Nun, Erwin? Was treibst du eigentlich? Willst du nicht endlich vernünftig werden? Sei doch kein Kind! Nein, das mußt du nicht tun! Jetzt geh in dein Zimmer, sag' der Franziska adieu, und wenn du fertig bist, komm zu mir und bringe gleich die Briefbogen mit. Schlimmstenfalls hat auch der Portier welche. Und wenn du kommst, irre dich nicht in der Tür! Wir müssen irgendein Zeichen verabreden, damit ich weiß, daß du es bist. Bitte, klopf dreimal. Und nun leg' ich mich auf ein Weilchen nieder. Darf ich? Bin so müde. Ich wollte mich eben auskleiden, deshalb war die Tür versperrt. Sollte ich das nicht? Ja, es ist eigentlich unnötig. Ich bleibe wie ich bin, du nimmst die kleine Hedjuschka auch dann mit, wenn ihr Kleid ein wenig zerdrückt ist.«

Sie lachte schelmisch mit lustig blinkenden Augen.

»Nein«, sagte sie, »geh noch nicht! Bleib' noch ein Weilchen bei mir. Ich war vorhin ungeduldig, aber du verzeihst mir ja … du … ich kann gar nicht glauben, daß du es bist … Sag' doch … nein … später … du…«

Sie nahm seine Hand, zog sie an sich, breitete sie über ihr Gesicht, ganz zart, so wie sie es früher einmal getan hatte, und mit ihren etwas feuchten Lippen liebkoste sie die Fläche dieser Hand und küßte sie, ohne daß es jemand sah…

Der Schlüssel zu Erwins Zimmer hing unten in der Portierloge auf einer großen schwarzen Tafel, die mit verschiedenen Zahlen und Namen beschrieben war. Auf seinem Sofa, das mit abgeschabtem roten Samt bespannt war, lümmelte müde der Portier.

»Auch ich bin einmal hier gelegen«, dachte Erwin, »damals fing meine Krankheit wieder an, und meine Liebe zu Hedy fing auch wieder an. Ich träumte von Buenos Aires, von Schiffen und großen Segeln, aber eigentlich immer von ihr.«

»Hier ist Ihr Schlüssel«, sagte der Portier, der sich endlich doch erhoben hatte ... »Man soll Sie wohl morgen um zehn Uhr wecken? Ach nein, die Zahl bedeutet ja ganz etwas anderes: Ihre Dame hat angerufen, Sie sollen sie bis zehn Uhr abends hier erwarten. Reisen die Herrschaften dann ab?«

»Ich weiß noch nicht«, sagte Erwin, »die gnädige Frau wird Ihnen Bescheid sagen.«

Oben schloß er seinen Koffer ab. Er verließ das Zimmer, stieg mit dem Koffer in der Hand die teppichbelegte Treppe empor und kam zu Hedys Tür. Er wartete noch, eine Sekunde nur, bis sein Herz sich beruhigen würde. Wie gut war es, daß er sich des Briefpapiers erinnerte, das sich Hedy erbeten hatte. Er stellte den Koffer hin, sperrte ihn auf und holte zwei Briefbogen hervor. Wenn der eine Brief an Hedys Mutter war, so war der zweite an Franzi, damit sie nicht länger warte.

Nun klopfte er ganz leise, wie man zum Schein an eine Tür klopft, die man offen gelassen hat. Aber er konnte nichts hören. Denn das Stubenmädchen kam vorbei, trippelnd auf hohen Absätzen, eine kleine Kerze in der Hand, einen Schlüsselbund am Gürtel. Das Mädchen öffnete allerhand Türen, ordnete mit leisen Händen raschelnd die Betten, von denen sie nicht wußte, wer heute in ihnen schlafen sollte.

In einer anderen Etage fielen Türen ins Schloß, von unten her drang plötzlich die Stimme der Constanza, und dann, ganz fremd, wie Musik in einem dunsterfüllten, alltagsgrauen Raum, klang Franziskas Stimme. Wie sang diese Stimme, wie war sie von Gesundheit und Glück erfüllt! Weshalb habe ich Franziska nicht geliebt? Sie ist schön und jung und gut, weshalb habe ich sie nicht geliebt? Hätte ich mit ihr nicht glücklicher werden müssen als mit Hedy? Er erinnerte sich jener Nacht, da sie ihn mit ihren Blumen überschüttet hatte. Aber drei Tage später hatte er sie wieder von sich gestoßen, er wollte ja nicht Franzi, sondern jemand, der ihm wehe tat, er konnte ohne Schmerzen nicht leben, selbst in seinen Träumen rief er Hedy, liebte sie, weil sie unerreichbar war, und ihre Kälte tat ihm wohler als jedes Glück, aus ihrem Schweigen hörte er mehr heraus als aus Franziskas Worten.

Leise wollte Erwin die Tür öffnen, ganz zart die Klinke an sich ziehen, so daß sie es gar nicht merkte, aber die Tür widerstand.

Sie wußte ja, daß er draußen stand, sie hatte längst sein Pochen gehört, sie ließ ihn eine Weile warten, damit sie ihn, den ohnehin schon so sehr Verwöhnten, nicht noch mehr verwöhnte. Oder sie schlief, ihren Kinderarm über das schmale, dunkeläugige Köpfchen gepreßt. Aber nun war sie doch aufgewacht, er fühlte, wie ihre Schritte gingen, und ihm war, als streifte ihn ihr Atem.

Aber immer noch schwieg diese unbarmherzige Tür. Sie nahm sein Pochen auf, gab nichts zurück. Plötzlich dröhnte sein Herz.

Er mußte zur Portierloge hinabgehen, aber immer noch hörte er die Constanza mit Franzi plaudern. Er sah auf die Uhr. Sie war zwei Minuten nach zehn.

Er ging den Korridor zu Ende, endlich hörte er Franzis Stimme nicht mehr, die von Glück gesättigte.

Er stieg eine Nebentreppe hinab, die für Lieferanten und Boten bestimmt war. Nun stand er in einem von blinden Mauern umschlossenen Hof. Gemüseabfälle verwesten, von Asche halb bedeckt, in einer schlecht verschlossenen Eisenkiste. Endlich war er auf der Straße. Aus einem Kino kam ein Rudel von Menschen, bessere Herren schoben sich vorbei, einen Zigarrenstummel im Mund, und blinzelten mit ihren Augen, die noch vom Flimmerlicht geblendet waren, niedlichen Mädchen zu. Liebespaare, die einander im Dunkel des Kinoraumes gefunden hatten, gingen vorbei und wiegten sich noch im Takt eines Tango, summten ein Lied, schwiegen, lächelten, innig gegeneinander gebeugt, in der Vorfreude einer schönen Nacht. Andere Menschen lebten ein leichteres Leben, aber an ihn klammerte sich ein unglücklicher Mensch, riß ihn ein Stück mit, überließ ihn sich selbst. Er kehrte in das Hotel zurück, rüttelte an Hedys Tür, mit Gewalt schlug er den schweren Koffer gegen die Türfüllung.

Tief atmend sehnte er sich nach Schweigen, nie hatte er sich so nach Hedys Worten, nach Hedys Küssen, nach Hedys unerreichbarer Umarmung gesehnt, wie er sich jetzt nach ihrem toten Schweigen sehnte.

Gut, gut. Alles schwieg.

Noch war er seiner Sache nicht sicher. Er legte sein Ohr an das kühle Holz. Irgendwo begann ein Mensch zu husten. In einem der vielen Zimmer, vielleicht nebenan. Das Hotel *schien* ja nur unbewohnt, aber in Wirklichkeit wimmelte es von Leuten, nicht nur von heimlichen Liebespaaren, sondern auch von Eheleuten, die in breiten Betten schliefen, ein kleines Kind neben sich, ein kleines Kind, das hustete und nachts nicht zur Ruhe kommen konnte.

Nein, es war kein kleines Kind, es war Hedy, Jegors Hedjuschka, die das Stöhnen eines halb erstickten Kindes ulkig nachahmte, eines ihrer vielen Mätzchen, um ihn zu erschrecken. Warum mußte er das anhören? Er mußte ja doch nicht, er konnte seinen Koffer gegen die Tür schleudern und sie überschreien…

Er starrte die Türklinke an, gerade in diesem Augenblicke schien es ihm, als senke sie sich ganz langsam, als begänne sie sich eben zu neigen, als müßte im nächsten Augenblick Hedy vor ihm stehen, müßte hurtig an ihm vorbei die Treppe hinablaufen, deren Messingstäbe glänzten. Oder lebte sie nicht mehr?

Nichts rührte sich.

Nun stürmte er die Treppe hinab. Eine unerträgliche Aufregung schüttelte ihn. Lebte sie nicht mehr? Aber ihm war, als hörte er eine Stimme lachen. Vielleicht war der Pole Jegor Wolsky bei ihr und streichelte sie mit seinen ekelhaften Liebkosungen, nahm sie, die süße, wundervolle Hedy ganz in seinen Mund.

Franziska war daheim. Erwin lächelte, irgend etwas in ihm lächelte gegen seinen Willen. Aber Franziska, licht und strahlend in ihrem weißen Kleid, sah kalt an ihm vorbei zur Tür.

»Du kommst also doch?«

Er sah auf die Uhr. »Du hast recht, ich kam etwas zu spät, aber es ist nicht meine Schuld...« ›Wessen Schuld ist es‹, dachte er. ›Ist Franziska ein Mensch, dem man von einer Hedy erzählen könnte?‹ »Auch du warst nicht allein. Ich glaubte, die Constanza sei noch bei dir.«

Franziska wartete einen Augenblick mit der Antwort. »Ist das ein Hindernis?«

»Ich dachte, alles wäre anders geworden, wenn du die Constanza nie gekannt hättest.«

Wäre die Constanza nie nach Prag gekommen, dachte Erwin, dann wäre Franziska das geblieben, was ich bin, wir hätten uns vertragen als zwei gleiche Menschen mit einem mäßigen Einkommen, einer mäßigen Liebe, mit mäßigen Wünschen. Wo sind wir jetzt? Sie ist am Anfang, ich bin am Ende.

»Nun Erwin? Was willst du jetzt von mir?«

»Ich von dir? Hast du mich nicht für zehn Uhr bestellt?«

»Ich wollte dir deine Sachen einräumen. Aber wie ich sehe, hast du es schon ohne mich getan. Ich hoffe, du hast nichts vergessen.«

Sie hatte den Deckel ihres Koffers aufgeschlagen, den Einsatz herausgehoben und wühlte nun ungeduldig in dem Koffer umher. Ihr Kleid, das von der Achsel her frei war, flatterte. Ihr weißer Arm, zart und sehnig zugleich, leuchtete im Licht der Kerze. Franziska stand auf und sah zur Tür.

»Weshalb schließt du nicht die Tür? Erwartest du hier Besuch? Bitte, laß dich ja nicht abhalten. Deine Sachen scheinen ja in Ordnung zu sein. Nein, das gehört dir. Auch das ... wie es scheint, hast du alle deine Taschentücher bei mir gelassen. Und wie willst du ohne Taschentücher leben? Bitte, nimm sie doch! Sie sind dein Eigentum, von deinem Geld gekauft. Wo ist dein Koffer? Wir wollen doch endlich einmal Ordnung machen. Nimm ihn nur ruhig hinein, wahrscheinlich stehen er und Fräulein Hedy vor der Tür...«

Er schüttelte den Kopf. Sie nahm Erwin bei den Schultern, zog ihn zu sich, und dann legte sie die Taschentücher, zu je vier Stück geordnet, in die Taschen seines Rockes. »Nun, mein lieber Erwin? Noch etwas? Bist du nun zufrieden? Dann adieu...« Sie streckte ihm die Hand entgegen. »Ich reise heute nacht ab, wir müssen uns also adieu sagen ... Sieh mich nicht so an, ich scherze nicht, diesmal lasse ich dich allein, jetzt ist es mein Ernst! ... Ich reise über Prag nach Verona, die Constanza muß wohl oder übel mit. Aber schließlich opfert sie sich mir zuliebe. Ich bin also morgen um zehn Uhr in Prag ... Und du?«

»Habt ihr nicht über eure Zukunft gesprochen?«

»Unsere Zukunft?«

»Vor zehn Minuten hat sie noch geatmet, gehustet«, dachte Erwin, »sie hat mich mit dem Koffer gegen die Tür donnern lassen, hat geschwiegen. Sie hat alles gehört – oder doch nicht alles? Nicht mehr alles? Und doch geschwiegen? Kein Laut? ... und jetzt?«

Er schwieg. Auch Franziska schwieg.

»Nun, auf jeden Fall kannst du mir morgen noch deine neue Adresse mitteilen. Vielleicht durch ein Telegramm.

Oder erwartest du noch etwas von mir? – Du kannst in bezug auf mich ganz ruhig sein. Ich habe mit allem abgeschlossen. Du warst heute von bewunderungswürdiger Aufrichtigkeit. Eigentlich warst du es immer. Aber ich wollte es dir nur nicht glauben, sonst wäre es nie zu so einer Szene gekommen wie heute vormittag. Ich habe das alles bereut, es tut mir sogar leid, daß ich dich damals mit mir nach Prag geschleppt habe. Vielleicht hättest du aber auch in Prag arbeiten können, wenn du mir nicht krank geworden wärst.«

»Ja, ich war krank«, dachte Erwin. »Und ich habe Franzi immer noch nicht für ihre Mühe gedankt. Ohne die Chinininjektion wäre ich tot ... wer aber wird bei der armen Hedy bleiben?«

»Nun, Erwin?«

Erwin schrak auf.

»Mein Lieber, ich halte dich nicht. Du willst gehen? Das soll dir nicht schwer fallen. Worauf wartest du dann noch...?« Erwin lauschte. Hedys Zimmer lag vielleicht über diesem Zimmer. Man hätte das Zuschlagen der Tür hören müssen, denn Franzi hatte nur ganz leise gesprochen.

»Bist du jetzt für die erste Zeit in Verlegenheit? Aber warum sprichst du nicht davon? Ich habe unser Zusammensein immer als eine Art Ehe betrachtet. Solange ich mehr Geld besitze als du, kannst du dich ebenso an mich wenden, wie du dich an deinen Vater gewandt hättest.«

»Nie hat sie von meinem Vater gesprochen«, dachte er. »Aber auch ich habe lange nicht mehr an ihn gedacht. Man vergißt alles. Meine Mutter hat gelebt, und jetzt ist mir, als hätte ich sie nie vor mir gesehen. Alles wiederholt sich, aber so grauenhafte Dinge wie meines Vaters Tod wiederholen sich nicht. Es ist gegen die Wahrscheinlichkeit, es ist gegen jede Vernunft, gegen jede Rechnung, daß Hedy ebenso zugrunde gehen sollte wie er. Es ist ganz unmöglich, daß einem Menschen alles, was er liebt, durch Selbstmord zugrunde ginge...«

»Lieber Erwin, nimm das Geld mir zuliebe an. Wenn du unglücklich sein willst, gut. Aber nicht unglücklich durch Geldsorgen. – Nein, verzerre doch dein Gesicht nicht so. Nein, ich weiß, du bist schweren Sorgen nicht gewachsen. Und dann: du hast so gut wie gar nichts bei dir. Ich weiß einen Ausweg: Für dich sagst du nein, und für Hedy sagst du ja.«

»Ich danke dir, Franziska. Aber ich brauche nichts, und Hedy würde kaum Geld von dir nehmen.«

»Nicht von mir. Das Geld gehört dir. Konventionelle Rücksichten kommen doch bei uns nicht in Betracht. Hat sie einen Beruf?«

»Ich weiß nicht ...wahrscheinlich.«

»Wahrscheinlich? Dann ist sie sicher außer Stellung. Sieh, lieber Erwin, es gibt keinen Menschen auf der Welt, der mir gleichgültiger ist als sie. Aber bitte, sieh in den Spiegel, du wirst sehen, wie blaß du bist. Wenn es irgend möglich ist, sollst du mit deiner Arbeit und deinem Studium noch zwei Monate warten. Der Arzt hat mir das ausdrücklich ans Herz gelegt. Er nahm an, ich würde dein ganzes Leben lang für dich sorgen. Du weißt nicht alles, du hältst dich offenbar für den gesündesten Menschen auf der Welt.«

Weshalb hört man Hedy nicht in ihrem Zimmer hin und her gehen? Ich muß sie sehen, und wenn ich die ganze Nacht vor ihrer Tür lauern müßte. Franziska läßt mich nicht allein. »Willst du wirklich etwas für mich tun, Franzi?«

»Ja, sag' selbst, will ich etwas für dich tun? Aber du mußt mir deine Bitte auf dem Wege ins Hotel Bristol klarmachen. Die Constanza wartet dort. Vor Mitternacht geht unser Zug.« Erwin schüttelte den Kopf.

»Kannst du nicht fort von hier? Lieber Erwin, von heute ab bin ich neutral ...ich meine es nun gut mit der ganzen Welt.«

»Spotte nicht, du bist tausendmal glücklicher als sie.«

»Ach«, sagte Franziska, »es war ganz ernst gemeint. Habt ihr euch denn nicht für heute abend verabredet? Ich seh' nicht ein, warum wir uns nicht von diesem häßlichen Hotelzimmer trennen können ...ist sie vielleicht hier, will sie zu dir in dieses Zimmer kommen?«

Erwin schwieg.

»Was geht eigentlich vor? Sie erwartet dich? Aber wozu sie warten lassen?«

»Sie wartet nicht auf mich. Sie hat ihre Tür abgeschlossen.« »Was also dann?«

»Du weißt nicht, was sie will. Seit Monaten spielt sie mit Selbstmordideen. Erinnerst du dich des Abends damals in Prag? Das ist drei Monate her, und jetzt ist sie wieder so weit.«

»Schade, jawohl, sehr schade«, sagte Franziska und zog ihren Abendmantel an.

»Ich gehe mit dir«, sagte Erwin. »Ich begleite dich zur Bahn, ich tue dir jeden Willen, aber ich kann nicht fort von hier, bevor ich nicht weiß, ob sie noch lebt.«

»Warum drängst du ihr deine Liebe auf? Keine Haltung? Kein Stolz? Nur Gefühl?«

»Ich liebe Hedy nicht mehr.«

»Ob du sie liebst oder nicht, das ändert nichts zwischen uns. Aber wozu soviel Worte! Du willst zu ihr gehen; geh! Ich habe keine Zeit. Du hast keine Zeit. Was soll die Diskussion?«

Erwin zog Franziska die Treppe hinauf.

Nun standen sie vor der Tür. Er ließ Franziskas Arm los und pochte.

Nichts rührte sich.

»Ruf sie doch bei ihrem Namen!«

Erwin rief Hedy. Alles schwieg.

»Fort«, sagte Franziska.

»Ich hätte hören müssen, wie ihre Tür ging. Ihr Zimmer liegt über deinem.«

»Ah«, sagte Franzi, » *deshalb* bist du zu mir gekommen? Hedy ist gemein, auch du bist gemein! Was soll ich noch hier?«

»Warte doch!«

»Ich? Worauf?«

»Vielleicht ist sie tot.«

»Scheint, sie hat Besuch.«

»Wenn du so etwas sagst, könnte ich dich erwürgen.«

»Theater! Liebling!«

»Ja, du bist klug.«

»Ich muß«, sagte Franzi. »Und nun adieu.«

»Ich muß in dieses Zimmer.«

»Geh nur, wer hält dich denn? Ich nicht. Hast du keinen Schlüssel? Dann ruf doch den Zimmerkellner. In solch einem Hotel kommen derartige Szenen öfters vor. Übrigens, für die Schulen, für die Hotels werden die Schlüssel fast nur nach zwei Schablonen gearbeitet wie der meine. Du hast also Chancen, fünfzig Prozent Wahrscheinlichkeit.«

Erwin hatte Glück. Kein Schlüssel steckte von innen im Schloß, und Franziskas Schlüssel paßte.

Das Zimmer war dunkel, aber es war nicht leer. Ein schwerer Dunst von Medizin schwelte ihnen entgegen, ein tückisch süßer Duft, der den Menschen Gewalt antat.

Von der Straße her kam das Dröhnen der Autobusse durch eine hohe Feuermauer hindurch, der elektrische Ventilator eines Kaffeehauses surrte, und aus den Küchenräumen, die im Keller lagen, kam die keifende Stimme einer Magd. Franzis überempfindliches Ohr hörte einen Menschen atmen.

»Erwin, du gehst jetzt in unser Zimmer und bringst Licht!« Erwin ging.

»Beherrsche dich«, sagte Franziska zu sich. »Morgen … morgen!«

Als Erwin mit dem Licht wiederkam, war schon der ganze Korridor von Krankenhausluft erfüllt. Er zitterte, tastete an Franzis Gesicht umher, spionierte, ob sie schon etwas wußte. Aber Franzis Gesicht war ruhig, ganz ernst. Nur ihre Arme, nackt unter dem leichten Abendmantel, zitterten. Erwin wagte sich nicht näher.

In einer Ecke nahe dem Fenster lag ein Bündel Kleider, lichtgraue Handschuhe mit weißen Knöpfen schimmerten. Ein Gesicht wie aus Mörtel lag auf dem Dunkel des Teppichs. Ein gieriger Mund, unnatürlich rot, jagte wild, haschte hilflos nach Luft, und nun verstummte er, sammelte sich zusammengekrampft nach einem Schrei, der nicht kam.

»Erwin … hier ist ein Unglück geschehen. Hole schnell einen Arzt. Oder willst du hierbleiben bei ihr?«

»Nein, ich gehe«, sagte er an der Schwelle.

»Du, ich fürchte, dazu ist nicht mehr Zeit. Rufe nach Menschen, irgendwer kann nach einem Arzt telephonieren. Unten, beim Portier, sah ich eine schwarze Kiste. Vielleicht ist irgendein Gegengift da. Schnell, nur schnell! Inzwischen will ich mich um sie kümmern. Vielleicht ist es gar nicht Gift. Ich sehe, sie blutet. Sie blutet aus dem Mund … Fort! Worauf wartest du?«

Hedy lag da, die Hände mit den Handschuhen hatte sie ein wenig aufgestützt. Die Blutstropfen flössen auf ein weißes Spitzenjabot. Sie hatte Mantel an und Hut, sie war ganz angekleidet. »Sie wollte gerade weggehen«, dachte Franziska, »als es über sie kam. Es ist ein Glück, daß ich die Tür geöffnet habe, sonst läge sie vielleicht hier im Dunkeln ganz allein und verblutete sich.« Sie nahm ein Taschentuch und legte es auf Hedys Mund. Da fühlte sie, wie dieser Mund sich mit allen Muskeln im Kampf anspannte, als würge er an einem eisernen Bissen. Große Augen wurden aufgerissen und schimmerten matt, halb verschleiert wie mit Asche bestreut.

Franzi sah fort. Hedys kleine Finger bewegten sich wie in Fünffingerübungen auf einem stummen Klavier. Neben ihnen aber, ihnen bereits unerreichbar, lag ein kleines Fläschchen da, dessen Hals zackig aufgebrochen war.

Franzi erschauerte. »Ich habe nie einen Menschen sterben sehen«, dachte sie. Sie fühlte etwas, das nie in ihr gewesen war die ganzen Jahre hindurch, das sie tiefer rührte als ihre Musik.

Mit unentrinnbaren Fingern griff dieser fürchterlich verendende Mensch nach ihr. Ihr nach, ihr entgegen: und sie fühlte, ihre eigenen aufgerissenen Augen lagen mitten in Hedys Augen.

Wie kann ich atmen, weiteratmen, wenn diese da nicht mehr atmet? Sie stand auf. »Wir haben uns nie gekannt. Wo war sie, wo war ich! Aber was wäre mein Leben geworden ohne sie! Sei klug! Beherrsche dich! Du kannst nichts für sie tun. Wir alle leben unser schweres Leben. Der Tod ist nicht das schlimmste. Man sollte nicht versuchen, sie zu retten. Zu welchem Leben retten? Wem zuliebe? Ich muß sie hier liegenlassen, das tut ihr wohl; ich aber will leben, weiterleben, als hätte ich sie nie gekannt. Habe ich wirklich nie einen Menschen sterben sehen? Ist nicht meine Mutter vor meinen Augen gestorben? Was kann mir dieses fremde Mädchen sein? Man darf sie nicht anrühren, nur ein Tuch über sie. Ich aber muß fortsehen, sie liegenlassen.«

Franzi zog die Vorhänge von den Fenstern fort, und Licht sickerte herein. Gedämpft dröhnte die Straße. Die Magd in der Küche keifte, eine Katze entfloh fauchend aus dem Keller. Dann wurde es still. Franzi konnte es nicht ertragen, die Sterbende in ihrem Rücken zu wissen. Sie zwang sich dazu, zu ihr zurückzukehren.

Aber Hedys Augen schienen sie nicht zu sehen. »Es ist vorbei«, dachte Franzi.

Plötzlich aber raffte sich Hedy auf. In ihren Augen spiegelte sich blind die weiße Bogenlampe, die jenseits der Feuermauer über einer fremden Straße schwankte. Mit klammerndem Griff riß sie ihren Rock zum Gesicht empor, die Knöpfe ihres Handschuhes klirrten über das Metall der Strumpfhalter, ihre weiße Wäsche knisterte, zarte Volants schimmerten sanft wie irgendwem zur Freude. Auf einmal ließ alle ihre Kraft nach, ihre Hände fielen zurück. Ihre Augen wollten sich schließen, endlich, endlich doch, aber eine unüberwindliche Kraft hielt sie offen und überschüttete die wehrlosen Augen mit Licht. Von allen Seiten kam das Licht, es rollte herab von einer fernen Lampe wie von einem fremden Stern.

»Ich darf es nicht sein, die ihr die Augen zudrückt«, dachte Franzi. »Wo ist Erwin? Ihr Erwin? Erwin! Warum läßt er uns allein?«

Sie nahm das Taschentuch fort, von Hedys schönen Lippen floß kein Blut mehr.

Erwin pochte an die Tür.

»Jetzt denkt er noch daran, anzuklopfen«, dachte Franzi.

»Wie hast du solch einen Menschen lieben können?«

Sanft zog sie Hedys Rock bis zu den Knöcheln hinunter.

Erwin stand mitten im Zimmer. »Wir haben nichts gefunden. Man telephoniert.«

»Es ist gut.«

Niemand rührte sich. Hedys gemarterte Augen wanderten umher. Von der Tür her kam grelles Licht. Es gab eine Qual, die stärker war als Worte. Noch einmal warf sich Hedy empor, noch einmal krallten sich ihre kleinen, unmündigen Hände in den dünnen Stoff ihres Rockes, rissen diesen Stoff an eine unsagbar gequälte Brust. Hedy beugte ihren Kopf mit dem dunklen Samthut, reckte ihn in die Dunkelheit, wollte ihn vor dem Licht verbergen und konnte es nicht.

Kalt gleißte ein schmaler Streifen nackter Haut...

»Du sollst jetzt gehen ... Erwin«, sagte Franzi sehr weich.

Erwin hielt sich unbeweglich in der Mitte des Zimmers. Zum erstenmal sah Franzi an ihm eine aristokratische Haltung. Aber wie er jetzt dastand, kalt und kraftlos, immer zwischen den Menschen und nie in ihnen, begriff Franzi die kleine Hedy und verstand sich selbst nicht mehr. »Nun erst ist alles vorbei«, dachte sie. »Wie grauenhaft geht diese grauenhafte Zeit zu Ende.«

»Warte draußen, Erwin, bis der Doktor kommt. Ich habe mit Hedy gesprochen, sie braucht nur Ruhe, laß uns allein.« Erwin ging. Franziska schloß die Tür und verlöschte das Licht.

Franziska hüllte Hedy enger in ihren Mantel. Wie zart sie ist! dachte sie.

Bloß ganz sanftes Licht drang von außen herein. Kein Wind rührte sich, still stand die Bogenlampe in der unbewegten Luft. Aber irgend etwas glitzerte an Hedys Lippen ... Es waren zwei Glassplitter. Franzi nahm sie fort. Hedys Hände sträubten sich, ganz weich nahm Franziska sie in ihre Hände. Sie fühlte Hedys Puls, ganz beseligt fühlte sie ihn selbst durch die grauen Glacéhandschuhe hindurch. Als aber die Handschuhe abgestreift waren, waren die Hände kalt. Wie oft hast du selbst kalte Hände, dachte Franziska, wenn du zu enge Handschuhe trägst. Aber sie belog sich nur einen Augenblick. Ein Glück flackerte in sich zusammen. Der Puls schlug nicht mehr.

Aber noch war Leben in Hedy. Noch wird sie es fühlen, dachte Franzi, wenn du gut zu ihr bist. Aber wenn sie auch die Küsse nicht fühlte, fühlte Hedy doch, daß jemand zu ihr sprach? Sie anhauchte mit seinem Herzen? Und der schmale Kopf drängte sich näher an Franzis warmen Schoß.

Franziska beugte sich über Hedy, legte die immer noch Geblendete in ihren Schatten und breitete ihre Hände über ihren noch immer aufgerissenen Augen aus. Morgen werden wir alle leben, können wir leben, müssen wir leben. Nur diese nicht. Die Wimpern bewegten sich, streichelten die Innenseite ihrer Hand, wogten leise, Schmetterlingsflügeln gleich.

Aber als plötzlich die Tür aufging und eine Menge fremder, lärmender Menschen in das Zimmer strömte, bewegten sich Hedys Augenwimpern nicht mehr.